「ご苦労。急な呼び出しに応えてくれて感謝するぞ、ベヒトルスハイム卿」
ロードベルク王国
国王
オスカー
4
エノキスルメ
Illust.高嶋しょあ
ひねくれ領主の幸福譚
性格が悪くても辺境開拓できますぅ！

不安のあまり、涙が一筋零れる。
マチルダと約束したのだ。
彼女は今ごろ、戦場でノエインの傍にいる。
だから自分はここで、ノエインの領地を、
彼が帰る場所を守り続けるのだ。
これが自分の戦いだ。
自分はこの孤独と、不安と戦わなければならない。

「……ノエイン様」
アールクヴィスト士爵領
領主夫人
クラーラ

アールクヴィスト士爵家
メイド
ロゼッタ
アールクヴィスト士爵家
メイド
キンバリー
アールクヴィスト士爵家
メイド
メアリー

ひねくれ領主の幸福譚

性格が悪くても辺境開拓できますぅぅ！

4

エノキスルメ

Illust. 高嶋しょあ

HINEKURE RYOSHU
NO KOFUKU-TAN

CONTENTS

一章 王命 …… 003
二章 戦場へ …… 032
三章 開戦 …… 076
幕間 待つ者たちの日々 …… 134
四章 激戦と喪失 …… 149
五章 希望と決着 …… 176
六章 待つ者たちの戦い …… 236
七章 帰還 …… 281
終章 朗報 …… 295

MAP

一章　王命

HINEKURE RYOSHU NO KOFUKU-TAN

ロードベルク王国の王都リヒトハーゲンは十五万の人口を抱え、王国最大の、そして王国の存在するアドレオン大陸南部全体を見ても屈指の規模を誇る都市としてその名を知られている。

円形の城郭都市である王都の北側には、広大な敷地を持つ王城がある。王城は王家の生活の場であると同時に、多くの官僚が立ち働く国家運営の中枢でもある。

王暦二一三年の十一月。ロードベルク王国北西部の貴族閥を盟主としてまとめているジークフリート・ベヒトルスハイム侯爵は、この王城へと呼び出されていた。

「ジークフリート・ベヒトルスハイム、国王陛下の命により参上いたしました」

ジークフリートが通されたのは謁見の間ではなく、国王と臣下の会議などに使われる一室。このことから、この度の呼び出しが儀礼的なものではなく、実務的な話し合いのみを目的としたものだと分かる。

「ご苦労。急な呼び出しに応えてくれて感謝するぞ、ベヒトルスハイム卿《きょう》」

「私は陛下の忠実なる臣なれば、陛下がお呼びとあらばいつでも喜んで参ります」

入室して即座に片膝をつき、臣下の礼をとったジークフリートは、親子ほども歳《とし》の離れた国王と言葉を交わす。親ほどの年齢なのがジークフリートで、子ほどの年齢なのが国王だ。

ロードベルク王国の当代国王、オスカー・ロードベルク三世は現在三十一歳。先代国王が病によって早逝したため、弱冠二十四歳のときに王位を継承した若き王だった。

確かな自信を感じさせる堂々とした振る舞い、そして勇ましさと知的さ、気品を兼ね備えた表情には、一国の王として申し分ない存在感と威厳がある。若いが故にやや経験不足な部分もあるものの、新進気鋭の君主として貴族たちから一定の支持も集めている。

そんなオスカーは大らかな性格のジークフリートと気が合う部分も多く、王太子時代からこちらに気を許してくれている。ジークフリートにとっては付き合いやすくてありがたい主君でもある。

「私とお前の仲だ、堅苦しい挨拶は仕舞いにしよう。座ってくれ」

「はっ、それでは」

ジークフリートはオスカーに促されて立ち上がり、円卓の前に並べられた椅子のひとつ、オスカーから見て左前の側に座る。

オスカーから見て右前の側、ジークフリートと丁度向かい合う位置にも、着席している者がいた。

「ご無沙汰しております、ベヒトルスハイム閣下」

「久しぶりですな、ブルクハルト卿」

ジークフリートが挨拶を交わしたその男は、ラグナル・ブルクハルト伯爵。領地を持たず官僚として王家に仕える宮廷貴族で、代々軍人を輩出する武門の名家の現当主だ。

王家の常備軍たる王国軍の一軍団長として長年戦った経験を持つ彼は、現在は軍務大臣として、オスカーの下で軍事に関する実務指揮を担っている。

そのブルクハルト伯爵が、この場に同席している。この事実を前に、ジークフリートは自身が王城へと召喚された理由を大まかに察した。

「どうやら、いよいよランセル王国との大規模な戦いが巻き起こるようですな」

謁見の間ではなく最初から話し合いの場に通され、そこにはオスカーと共に軍務大臣のブルクハルト伯爵がいる。そして、呼ばれた自分はロードベルク王国北西部の貴族閥盟主。

即《すなわ》ち、これは王国の西――ランセル王国と大戦を行うための軍議の場だ。

「そういうことだ。さすがに察しが良いな」

ジークフリートの推測は当たっていたようで、オスカーは少し嬉《うれ》しそうな笑みを見せる。

「ランセル王国のあのクソガキが、どうやら大規模な戦いの準備を進めているらしい。ランセル王国貴族たちに兵を集めるよう王命を出し、国境付近では物資の集積も始めているという情報が密偵から届けられた」

オスカーが「あのクソガキ」と呼んだのは、ランセル王国の現国王であるカドネ・ランセル一世だった。

ランセル王国は、小国が乱立していた地域を統一するかたちで今より六十年ほど前に誕生した新興の国。混乱が続いていた地域に安定をもたらしたことで周辺国からもその誕生を歓迎され、ロードベルク王国とも、友好的と言って差し支えない穏やかな関係を築いていた。

ランセル王国の建国の祖である初代国王は、誕生したばかりの国を安定させるために堅実な治世を敷き、続く二代目の国王も国内社会の安定と繁栄のために内政に励み、さらにはロードベルク王国をはじめとした周辺国との交易も発展させ、穏健派の名君として名を馳《は》せた。

ここまではよかった。ランセル王国は五十年以上にわたって発展期を謳歌《おうか》し、その発展はアドレオン大陸南部のその他の国にも利益をもたらした。問題はその次、若くして三代目の国王となったカドネだった。

カドネは先代国王の三男で、第二王妃の子。王位継承権は一応あるが、順当にいけば王位を継ぐはずのない王子だった。

しかし、カドネは大人しく一王族の立場に収まろうとはしなかった。穏健な思想に染まった王家に不満を抱く軍閥貴族たちと結び、先代国王が逝去した直後のわずかな政治的空白の隙をつき、二人の兄を謀殺して王の座を簒奪《さんだつ》した。

軍閥貴族を後ろ盾として大きな力を得たカドネは自己顕示欲を露《あら》わにし、国内には強権的な治世を敷き、国外に対しては領土的野心を発揮し始めた。

そんなカドネが狙ったのが、ロードベルク王国との国境地帯。

もともとランセル王国の建国時に、当時まだ力の弱かったランセル王国側にやや不利なかたちで国境が策定されたこともあり、「不当に奪われた領土を取り戻す」という名目でカドネは紛争を仕掛けてきた。

それが今から五年前、ロードベルク王国の王暦で二〇八年のこと。自身と数年違いで隣国の王座につき、年齢も自分とあまり変わらず、敵意を隠そうともしないカドネは、オスカーにとって今や宿敵と呼ぶべき存在だった。

「先代や先々代と同じように大人しく内政に励んでいればいいものを、余計な野心など見せおって……こうなると、先代までの王がなまじ名君だったために、ランセル王国が油断ならぬ国力を得ているのが余計に厄介だな」

建国当初はせいぜい人口百万を少し上回る程度だと言われていたランセル王国は、初代と二代目の国王の尽力もあり、今や百五十万の国へと発展。総合的な国力という点では人口も歴史も勝るロードベルク王国の方がまだ上だが、もはや絶対的に安心できる差ではない。この六十余年で、ランセル王国は決して油断ならない強国と化した。

また、ロードベルク王国は東隣のパラス皇国とも小競《こぜ》り合《あ》いを続けているので、そちらへの備えも欠かせない。ロードベルク王国は国力の半分でランセル王国に立ち向かわなければならないという現実がある。

「まさしく陛下の仰《おつしや》る通りです。嫌がらせのような紛争を重ねた後に全面戦争を仕掛けてくるというのも、カドネの悪賢さが表れておりますな。実に姑息《こそく》な男です」

苦い表情で語ったオスカーに、ジークフリートはそう返す。

カドネの率いるランセル王国の軍勢がこれまで仕掛けてきた紛争は、ひたすらに執拗《しつよう》で、ひどく嫌らしいものだった。

両国の国境を成すベゼル大森林が途切れる南側、平原と小さな森が混在する国境地帯をランセル王国側の小部隊が動き回り、森を抜けてきて畑を焼き、村や小さな町を襲っては再び森に逃げ込んでいく。ロードベルク王国の陣営はそれに逐一対応する。

まさにいたちごっこだが、しかしこの嫌がらせが確かに有効だった。

治安や食料供給が不安定になり、さらにランセル王国との貿易が途絶えたことで国境地帯の経済は低迷し、それによって難民が増え、そうするとまた余計に治安が悪化する。そうした被害が徐々に広がり、紛争が始まる前と比べて、南西部は着実に弱っていた。

「しかし、状況はまだ厳しいと言うほどではありません。確かに国境地帯の被害は深刻ですが、南西部全体を見ればまだまだ大領を中心に一定以上の経済力と軍事力を保っています」

ブルクハルト伯爵の言葉に、オスカーが頷《うなず》く。

「だからこそ、これは我が国にとっても好機と言える。敵が戦力を分散させて紛争を仕掛けてくるのではなく、真正面から決戦を仕掛けてくる方が都合が良い。敵の主力を叩《たた》き潰してしまえば、カドネもしばらくは大人しくなるだろうからな」

「確かに、ランセル王国の国力を鑑みると、大規模な戦いで一度大敗すればそれ以上の軍事行動を続けるのは難しくなるでしょう。南西部国境の状況は相当に改善されるでしょうな」

オスカーの語る考えに、ジークフリートも同意を示す。

「さて、話はここからが本題だ。我が国にとっても重要な節目となる此度《こたび》のランセル王国との戦いに、北西部閥の貴族たちも加わってほしい。カドネの軍勢を叩くのであれば、この機に徹底的に叩くべきだ。大軍を以《もっ》てランセル王国の軍勢を確実に打ち破るためにも、お前たち北西部貴族の力が必要だ……お前たちならば、私の期待に応えてくれると思っていいな？」

試すような視線で尋ねてくるオスカーに、ジークフリートは即座に頷いた。

「陛下の御為《おんため》ならば、我ら北西部貴族は一同勇んで馳せ参じます。国防のために戦うのは王国貴族の使命であり存在意義。歴史に残る大戦で戦列に並ぶのは、王国貴族にとって何よりの喜びにございます。何をおいても戦場に駆けつけ、奮戦する所存です」

ジークフリートも本音を言えば、敵が自領の間近に迫っているわけでもない戦争に好き好んで参加したくはない。

しかし、王家から領地を賜っている王国貴族である以上、ここで即答する以外の選択肢はない。即答できなければ忠誠心を疑われ、派閥ごと王国内で孤立しかねない。

なのでジークフリートはこう答えた。やや大仰に使命感を語りながら。

「よくぞ言ってくれた。この国の王としてお前たちの忠節に感謝しよう」

オスカーは満足げな表情で言った。ジークフリートが口にした勇ましい言葉の、少しばかりのわざとらしさに気づかないあたりが、この王の若さだ。

「それではベヒトルスハイム閣下。具体的な話は軍務大臣である私の方から説明いたします」

そう切り出して、ブルクハルト伯爵がオスカーから話し手の立場を受け継ぐ。老練な宮廷貴族である彼はジークフリートの言葉のわざとらしさに気づいた様子だったが、地方貴族閥の盟主であるジークフリートの微妙な立場を理解しているからか、その点には触れずにいてくれた。

「ランセル王国に忍ばせている密偵からの情報によると、推定される敵兵力はおよそ一万五千。場合によってはこれを多少上回るものと見られています。集結が完了する時期はおそらく初春、三月の上旬から中旬にかけての頃と思われます」

「ほう。数年前に王の座を簒奪した若造が集める兵力としては、なかなかの規模ですな」

ジークフリートは片眉を小さく上げて軽い驚きを示す。人口の一パーセントの軍勢を集め、動かすというのは、国内をしっかりと掌握していなければできない。

「カドネの後ろ盾はランセル王国の軍閥貴族たちだからな。国内の軍事力の大半を握っていれば、他の貴族たちから逆らわれることもあるまい……まったく、敵ながら馬鹿にできる相手ではないあたりが憎たらしい」

オスカーはそう言って顔をしかめる。カドネは内政に関しては名君か分からないが、少なくとも軍事的に対立する相手としては侮れない。

「ですが、一万五千の軍勢を叩き潰されれば、カドネの求心力にも、敵側の軍閥貴族たちの権勢にも相当の傷が付きましょう。やはりこれは好機です」

「まさしくベヒトルスハイム閣下の仰る通り。なのでロードベルク王国としては、敵の兵力を確実に上回る大軍勢を組織したい所存です」

まず、王国軍から派遣されるのが三個軍団三千人。これは王国軍の総兵力の三割にあたる数で、東部国境の防衛と王領の警備、王都の治安維持に必要な数を除いた全兵力にあたる。

王国軍は兵の練度では下手な貴族領軍を遥《はる》かに上回り、実数以上に大きな戦力になり得る。なかでも最精鋭である第一軍団は並みの兵士数千人分の力があると評されており、王家の抱える即応部隊である彼らもこの度の戦いに投入されるという。

そして南西部閥からは、盟主であるガルドウィン侯爵をはじめとした貴族たちの領軍が参戦。その数は総勢で四千に及ぶ予定で、さらに領民から募る民兵が七千、傭兵《ようへい》が二千になる予定だとブルクハルト伯爵は語った。

「なるほど、王国軍と南西部閥の兵力を合わせた時点で、敵を上回る見込みというわけですか」

「左様です。そしてここへ、北西部閥の諸卿も加わっていただくことになります。さすればこちらは兵力で敵を大きく上回り、勝利を確実なものとすることが叶《かな》うでしょう」

戦争は数である。そのような言葉は古今東西の様々な歴史書で語られている。

寡兵が大軍を打ち負かす逸話は、珍しい事象だからこそ逸話として語られる。多くの戦いでは、単純に多勢の側が勝利を得る。

特に今回のように両軍が真正面から激突する大戦では、どれほど多くの兵を揃《そろ》えることができるかが肝要となる。数が多ければ必ず勝てると決まるわけではないが、少ない兵しか揃えられなければその時点で圧倒的に不利に陥る。戦いは既に始まっている。

「では、北西部閥からは貴族領軍を軸に総勢で五千、派兵させていただきましょう。二月の下旬を目処《めど》に、迅速かつ確実に送り込める兵力としては、このあたりが限界になります。これで足りますかな？」

集結時期を考えると、北西部閥の各部隊が領地を発《た》つのは冬の終わり頃。軍隊は規模が大きくなればなるほど移動速度が落ちる。

そのことを考慮すると、ジークフリートが提示したのは極めて妥当な数だった。王国軍と南西部閥の兵力を合わせれば総勢で二万一千。十分以上の有利を得られる規模となる。

「どうだ、ラグナル？」

「十分かと。感謝いたします、ベヒトルスハイム閣下」

「それはよかった。ああ、それともう一点。我々北西部閥から、此度の戦いで新兵器をひとつ、投入させていただきたく存じます」

ジークフリートの提案に対して、オスカーが不敵に笑う。

「それは例の、クロスボウとかいう新種の弓のことか？」

「これはこれは、陛下は既にご存じでいらっしゃいましたか」

クロスボウの情報をオスカーが既に摑《つか》んでいたことにジークフリートは驚いてみせるが、その顔には笑みが含まれている。王家が各地方の貴族閥の動向を常に調べているのは百も承知だ。

「そういう兵器があるらしいということは調べがついている。その有用性についても予想はつく……むしろ、お前がいつその話を切り出してくれるのかと待っていたぞ。この期に及んで王家に新兵器を隠し立てするようであれば、北西部閥の謀反を疑わなければならないからな」

「ははは、まさか。私が盟主を務めているときに限ってそのようなことがないのは陛下もご承知のはずです。私は陛下が今よりずっとお若くあられた頃より、陛下に気に入っていただいた身でありますれば」

ジークフリートの少しおどけたような言葉に、オスカーは微苦笑を返す。その反応から、オスカーも本気で謀反を疑っていたわけではないと分かる。

「ああ、冗談だ。お前は私にとって、小うるさい親戚のじじいのようなものだからな。お前のまとめている貴族閥が王家に牙を剝《む》くとは考えていない」

貴族が王家に牙を剝くような事態は、もう百年近くも起こっていない。単独で王家とぶつかり合える貴族閥は存在せず、そもそもジークフリートがオスカーから気に入られている現状で、北西部閥が王家に牙を剝く理由はない。そんなことをしなくても、派閥として何か不満があればジークフリートが直接オスカーに伝えることができる。

「クロスボウの件を陛下にお伝えしていなかったのは、単にこの兵器が未《いま》だ試験運用の段階にあったためにございます。クロスボウは世に出て間もない新兵器でありますので、まだ細かな運用方法が確立されておりませんでした。この一年ほど、訓練や魔物狩りである程度の運用実績を重ねたため、そろそろ陛下にお伝えしようとしていたところで戦争の方が先にやってきた次第でして」

本当はここに「他の地方貴族閥に先んじてクロスボウを量産し、軍事力を強化することで北西部閥の存在感を高める」という思惑もあったが、それについてはジークフリートは語らない。

「……ふむ、まあよかろう。お前にも派閥盟主としての立場があるだろうからな。どちらにせよ、我が国にとって有用な兵器が生まれるのは喜ばしいことだ」

派閥内で新兵器や技術が生み出されたら、それを派閥の強靭化《きょうじんか》に使いたいのは貴族としてごく自然な発想。よほど節操なく派閥の利益を追求しない限りは、オスカーも国王として煩《うるさ》く口を挟むことはしない。

「ベヒトルスハイム閣下。そのクロスボウという兵器ですが、数はどの程度揃っているのでしょうか？」

「我がベヒトルスハイム侯爵領に三百、その他の貴族領が保有する分を合わせて……この度の戦いに投入できるのは二千を超える程度でしょうか。連射性や有効射程の制限はありますが、同数の弓兵に概《おおむ》ね匹敵する戦力と考えてもらって問題ないかと」

「ほう、弓兵を追加で二千か。実に頼もしい話だな」

ブルクハルト伯爵とジークフリートの会話を聞いて、オスカーが呟《つぶや》く。

弓兵の数は戦況を大きく左右するが、弓を扱うことは特殊技能である以上、多くの弓兵を揃えるのは難しい。弓兵を予定より二千以上も増やせるとなれば、ロードベルク王国側が有利になるのは間違いない。

「それにしても、新兵器か……ベヒトルスハイム卿。北西部閥は一体どうやってそのようなものを生み出した？　王家ではそうした細かい点までは調べがついていない。種明かしをしてくれ」

尋ねられたジークフリートは、どこか意味深に笑って答える。

「クロスボウは北西部の中でも北西端、アールクヴィスト士爵領で昨年に開発されたものです。アールクヴィスト士爵領が抱える鍛冶職人の突飛な発想によって生まれたものだと、アールクヴィスト士爵本人より聞いています」

「アールクヴィスト士爵……マクシミリアン・キヴィレフト伯爵の庶子か」

キヴィレフト伯爵にアールクヴィスト領を飛び地として与えたのは、オスカーの父である先代国王だった。そこがキヴィレフト伯爵の庶子に押しつけられたという話は、オスカーの耳にも当然届いていた。

「キヴィレフト卿は必要最低限の才覚はあるが、必ずしも善き領主貴族とは言い難かったはずだ。その庶子は優秀なのか？」

「かなりの変わり者ですが、相当に頭が切れる男です。今後の北西部閥に……いえ、王国そのものに大きな利益をもたらす逸材となり得るかもしれません」

ジークフリートの言葉に、オスカーはわずかに目を見開いた。

「そうか。お前がそこまで褒めるほどか。一度会ってみたいものだな」

「クロスボウは此度の戦争で一定以上の効果を示すでしょう。それに絡め、クロスボウ開発に関して報奨を与えるなどと理由を付けて会っていただけるのではないかと存じます」

「確かに、お前の言う通りだな。楽しみだ」

オスカーはアールクヴィスト士爵領を治める若者への興味を大いに膨らませた様子で言った。

「それではベヒトルスハイム閣下。北西部閥からは五千の兵力とクロスボウ二千を投入するということで、決定とさせていただきます。集結の期限は二月下旬となっております」

「ジークフリート。お前たち北西部閥の奮戦に、この国の王として期待しているぞ」

「はっ。陛下への我ら北西部貴族の忠誠を、戦いぶりをもって示してまいりましょう」

右手で拳を作って左胸に当てる敬礼を示しながら、ジークフリートは自信に満ちた声と表情でそう言った。

・・・・・

王暦二一三年。十二月の上旬。派閥の晩餐会《ばんさんかい》に出席するため、領都ノエイナを発つ準備を進めていたノエインのもとに、王家の使者がやって来た。

使者は王国軍の騎士だった。今日の午前中にレトヴィクのアルノルド・ケーニッツ子爵へと報《しら》せを届け、馬を替えてさらに走り、夕刻前にこの領都ノエイナまで来たという若い騎士は、強行軍に

よる多少の疲れを表情に滲《にじ》ませながらも整った所作で敬礼する。

「アールクヴィスト士爵閣下、急な参上にもかかわらずお目通りをいただき感謝いたします。この度は国王陛下よりの御王命をお届けにまいりました」

屋敷の応接室で騎士と顔を合わせたノエインは、内心とは裏腹に穏やかな表情を浮かべる。

「遠路はるばるご苦労様でした。早速ですが、国王陛下の御王命を伺いましょう」

後ろにマチルダとユーリを、部屋の隅にはメイド長のキンバリーを控えさせ、ノエインはソファに座って騎士にも着席を促す。

騎士と向かい合い、彼が伝える王の言葉を待つ。

「はっ、それでは」

騎士はきびきびとした動作で、一枚の羊皮紙を取り出す。丸められた羊皮紙の封蠟《ふうろう》を、ノエインに見えるように割ると、羊皮紙を広げてそこに書かれた文面を読み上げる。

此度、西の隣国であるランセル王国との南西部国境付近において、大軍の集結する予兆が確認された。これがロードベルク王国への侵攻を意図した行動であることは疑いない。

ロードベルク王国の国土、民、安寧を守るためには、ランセル王国の邪悪なる侵略者たちを撃滅することこそが唯一の道。勝利のため、王家と諸貴族が力を合わせて戦うことでこそ、王国の明るき未来は切り開かれる。

よって、王国貴族の一員であるノエイン・アールクヴィスト士爵には、此度の戦いへの参加を王の名のもとに命じる。アールクヴィスト士爵は兵を率い、王暦二一四年二月二十七日までに、王国南西部ガルドウィン侯爵領へと参上するように。

ロードベルク王国第十四代国王、オスカー・ロードベルク三世。

「……以上が、国王陛下よりの御王命となります」

騎士は読み上げた羊皮紙をノエインに向け、応接室のテーブルに置く。ノエインが確認すると、騎士が読み上げた内容が間違いなく羊皮紙に記され、王家の印が押されていた。

「確かに、国王陛下の御王命を受け取りました」

ノエインは動揺を表さず、静かに答える。

昨今の情勢から、このような日が来ることは予想していた。覚悟はしていた。備えもしていた。だから今さら驚きはしない。

しかし、ついにこの日が来てしまったと心が重くなることは避けられない。嬉しいはずがない。それでもこの感情を、王家の遣いの前で顔に出すわけにはいかない。

「王国貴族として御王命に応じ、勇んで参戦する所存であると、国王陛下にお伝えください」

なのでノエインは、王国貴族として模範的な反応を示した。

「承りました。アールクヴィスト閣下のご決意、確実に国王陛下へとお伝えいたします」

「感謝します……本日は長距離の移動でお疲れになったでしょう。屋敷の客室をご利用の上、ゆっくりとお休みください」

ノエインはそう言って、キンバリーに騎士を客室へと案内させる。騎士が退室したのを見届けてから、ため息をつく。

「……とりあえず、クラーラとアンナ、それとペンスを呼ぼうか」

士爵夫人である妻と、文官の長、そして従士副長。ひとまずこの件を話すべきだとノエインが考えた顔ぶれは、マチルダとメイドたちが手分けをして呼んでくれたことですぐに集まる。

「いよいよ本当に戦争になってしまったね」

気を許せる家族や臣下たちの前であるため、ノエインは憂いの感情を隠さずに言う。

「情勢を見ても、いつかはこうなると予想していましたが……やはり、とても明るい気持ちになれるものではありませんね」

クラーラも悲しげな表情で答える。生まれながらの貴族令嬢であり、父や兄が軍務に臨む姿を見てきた彼女は貴族の現実を理解しているが、それでも夫が戦場に出ると聞いて喜びはしない。

「それにしても、この書状には驚きました。アールクヴィスト士爵家、と名指しで記されているなんて」

「珍しいことなの？」

「ええ。下級貴族家は数が多いので、出征を命じる王命では『ケーニッツ子爵家ならびに周辺の下級貴族家は――』などと記されて、王家の遣いではなく寄り親の上級貴族家の遣いから報を受け取るのが一般的であるはずです。わざわざ王家の遣いが書状を持って訪れて、その書状で名指しされるということは……王家から特別の注目をされているということになるのでしょうか」

上級貴族家の出身で、貴族社会の慣例や歴史に詳しいクラーラならではの気づきを受けて、ノエインは微妙な表情になる。

「王家からの特別の注目か。多分、クロスボウ開発の件がベヒトルスハイム閣下から国王陛下に伝わったんだろうけど……喜ぶべき、なのかな?」

「今回の戦争に際しては、喜んでいいことだと思うぞ」

首を傾《かし》げるノエインにそう返したのは、従士長ユーリだった。

「この戦争で、おそらくクロスボウは一定以上の成果を見せる。そんなクロスボウを開発したアールクヴィスト士爵家だ。王家もベヒトルスハイム侯爵家も、他の下級貴族と一緒くたにして無下に扱うことはないだろう。アールクヴィスト士爵領軍は、あまり危険ではない位置に置かれるんじゃないか?」

「その点では、私がケーニッツ子爵家の出であることも有利に働くかと思います。父は北西部閥の中では比較的大きな発言力を持っていますから、義理の息子であるあなたの扱いについては便宜を図ってくれるはずですわ」

「国境地帯から離れた北西部閥の貴族まで動員されるってことは、相当な大戦でさぁ。そうなると敵と真正面から戦う以外にも、野営地の警備だったり、後方での物資輸送だったり、南西部国境なら主戦場から外れた砦《とりで》の警備なんて任務もあるはずです。アールクヴィスト士爵領軍が置かれるのも、多分そんなところでしょう」

ユーリに続いてクラーラやペンスが語るのを聞き、ノエインは少し安堵《あんど》する。

「なるほど。そう聞くと少し安心できるかな。実際にそうなることを願おう……僕自身もだけど、一緒に戦地に向かう従士や領軍兵士の皆も死なせたくないからね」

領主ノエインとの軽い話し合いを終えたユーリとペンスは、屋敷の廊下を歩いていた。

「本格的な戦場というのも久しぶりだな」

「ですね。自分が戦争の要領を覚えてるか、少し心配でさぁ」

ユーリもペンスも数年前までは戦場にいるのが当たり前の人生を送っていたが、今ではすっかり平和な日常に慣れた。

オークや盗賊団との戦いなどもあったが、それはあくまでアールクヴィスト領内での、自衛のための戦闘だった。

自衛戦闘と本格的な戦争ではあまりにも勝手が違う。行軍して戦場に赴き、大規模な軍勢の一員として戦うというのは、本当に久しぶりのことになる。

「大丈夫だろう。長年の経験で培った勘は忘れないものだ。今は多少鈍《なま》っていても、戦場の空気を吸えばすぐに思い出す」

「そういうものですかねぇ」

そんな会話をしながら屋敷を出ようとしていたユーリとペンスに、そこで屋敷内から声がかけられる。正確には、ペンスのみに。

「ペンスさん〜！　ま、待ってください〜！」

駆け寄ってくるのは屋敷のメイドの一人で、厨房《ちゅうぼう》を任されているロゼッタだった。いつもおっとりした雰囲気の彼女としては珍しく、少し焦った様子を見せている。

「……先に帰ってるぞ」

ユーリは空気を読んでその場を去る。ロゼッタがペンスのことをどう思っているかは、ペンス以外の誰もが既に知っている。

「はっ？　何でですか？」

当事者でありながら未だ何も知らないペンスは、ユーリの行動に怪訝《けげん》な顔をする。そんなペンスの腕をロゼッタが摑む。

「どうしたんだよロゼッタ。何か用か？」

何故《なぜ》ロゼッタと二人きりにされたのか理解していないペンスは、仕方なくロゼッタの方を向く。

「……戦争が始まるって、アールクヴィスト領からも兵を出すって聞いたんです〜」

「ああ、もう聞いたのか。西のランセル王国が南西部国境からの侵攻を企ててるらしくてな。北西部の貴族領からも援軍が出されることになった。当然、ノエイン様も兵を率いて参戦される」

「それって、それって、ペンスさんも戦争に行くってことですか～？」

「そりゃあ、俺は武門の従士だし、従士副長で領軍の副隊長だからな。領軍の全員が出征するわけじゃないだろうが、俺の場合は役職的にも行くことになると思うぞ」

ペンスが答えると、ロゼッタの目にみるみるうちに涙が溜《た》まる。

「お、おい。何でお前が泣くんだよ」

「そ、それは……私が、ペンスさんのことを好きだからです～！　好きだから、戦争に行くペンスさんが心配なんです～！」

狼狽《うろた》えるペンスに、ロゼッタは一瞬だけ少し呆《あき》れたような表情を向け、そして意を決した様子で思いを打ち明けた。

「はあ？　お前が俺を？……冗談だろ」

「本当です～！ っていうか何で今まで気づかないんですか～！」

ロゼッタは顔を赤くしながら、摑んだペンスの腕を揺さぶる。

「いや、だってお前……俺とお前じゃあ歳の差が……」

「あり得ない歳の差じゃないです～！　ユーリさんとマイさんとか、エドガーさんとアンナさんだって、歳の差は私たちとそこまで違ってないです～！」

「……まあ、確かに」

「ペンスさんは私じゃ駄目ですか～？　女として魅力がないですか～？」

ロゼッタに真っすぐ見つめられて、ペンスはたじろいだ。

「……それでもやっぱり、いつ死ぬか分からない軍人で、三十も超えた俺みたいな男より、もっと安全な仕事をしてて歳も近い男の方がいいんじゃないか？　お前のためにも」

「……」

ペンスの職業。そして尚《なお》も持ち出された年齢差。それは明らかに、断るために取ってつけた理由だった。あからさまな言い訳で、ペンス自身の気持ちを答えるものではなかった。

だからこそ、黙り込んだロゼッタの顔に怒りの感情が浮かぶ。

「おい、ロゼッタ？」

「……ペンスさんの馬鹿ぁ～！」

ペンスはさすがに心配になってロゼッタの肩に手を置いたが、しかしロゼッタはそれを払いのけると、泣きながら走り去っていった。

「あーあ、やっちゃいましたねっ、ペンスさんっ！」

「うおっ」

突如としてかけられた声にペンスは驚く。声の方を向くと、そこにはメアリーが立っていた。キンバリーもいた。

「お前らいつから聞いてたんだ……？」

「最初からですっ！　ロゼッタの一世一代の告白に、ペンスさんがものすごく残念で言い訳じみた答えを返すところ、ばっちり見せてもらいましたっ！」

　ペンスの問いかけに、メアリーが何故か胸を張って答える。

「失礼ながらお尋ねします。ペンス様ご自身は、ロゼッタのことをどう思っていらっしゃるのでしょうか？　ロゼッタではご自身の結婚相手に不足だとお考えでしょうか？　ロゼッタの言動はご迷惑だったでしょうか？　そうであれば、ロゼッタには平民の一使用人として言動をあらためるよう言い聞かせますが」

「……いや、別に迷惑じゃないけどな。あいつは性格もいいし……可愛《かわい》らしい、とも思うぞ。俺の方こそあいつの夫には不足だと思う」

　生真面目なキンバリーに生真面目な表情で尋ねられると、ペンスも誤魔化さずに答えなければならない気がして正直に自分の気持ちを語る。

「ではどうか、ロゼッタの告白にあらためてどのような返答をなされるか、真摯にご検討いただけると、彼女の同僚として嬉しく存じます……彼女は本気です。もう一年以上も前から」

「このまま一人寂しく歳をとって、一人寂しく死んでいくか、ロゼッタみたいな可愛い子と楽しく暮らして子作りして家庭を育むか、好きな方を選ぶといいですよっ！」

　メアリーの調子に乗った言動に、普段は突っ込みを入れるキンバリーが、今回は何も言わない。

「皆様が戦争に発たれるのは冬の終わり頃と聞きました。どうかそれまでには、ペンス様のご決断をロゼッタに伝えていただけると、彼女も喜ぶと思います」

「ロゼッタの気が変わらないうちに決めてくださいねっ！」

そう言い残してロゼッタを追いかけていく二人を、ペンスは呆然《ぼうぜん》と見送った。

・・・・・

毎年十二月の中旬に開かれる、ロードベルク王国北西部閥の晩餐会。派閥に所属する主だった貴族たちが近況を語らい、情報を交換し合う和やかなこの集いは、しかし今年は例年とは違い、春先の大戦に向けた決起集会となる。

そして晩餐会の前には、北西部閥から送る援軍五千の概要を決めるための軍議が行われる。

王家と北西部閥の間で取り決められた五千という数はあくまでも目安だが、この目安より極端に少なければ王家への忠誠が足りないと見られ、また極端に多くても補給を圧迫する上に「援軍の立場でありながら出しゃばって戦功を得ようとしている」と思われて、共闘すべき南西部閥との間に軋轢《あつれき》を生む。

各貴族領より、当主の判断で個別に兵が送られる以上、ある程度の調整は必須だった。

貴族たちが軍議のために集結しているのは、ベヒトルスハイム侯爵家の屋敷の会議室。屋敷の主《あるじ》であり、派閥の盟主であるジークフリート・ベヒトルスハイム侯爵が入室すると、集結した貴族たち三十余人は一斉に礼をする。

会議机を立って囲む貴族たちの端の方に、ノエインも立っている。いくら新興の有力貴族とはいえ一士爵でしかないノエインは、この軍議では脇役だ。

「諸卿《しょけい》。まずは、ここまでの移動ご苦労だった。急な軍議となったが、皆の顔を見たところ既に戦いに向けて気持ちを切り替えることはできているようだな」

ジークフリートの言葉に、貴族たちは真剣な面持ちで、あるいは不敵な笑みを浮かべて頷く。

「おおよそのことは王家の遣いより聞いていると思うが、あらためて確認といこう。頼んだぞ、マルツェル卿」

「はっ」

ジークフリートに促され、その隣に立っていたエドムント・マルツェル伯爵が一歩前、会議机の目の前まで進み出た。

領地の規模や発言力ではジークフリートに次ぐ北西部閥の二番手であり、屈指の武闘派として知られるエドムントは、このような場での仕切り役には最適と言える。

「王家からの情報によると、南西部国境の付近でランセル王国の軍勢が集結準備を進めており、三月の前半頃に大規模な攻勢を仕掛けてくるものと見られている。現在、これに対抗するために王国軍と南西部閥の諸貴族が戦いの準備を始めている。そしてこの戦いに、我ら北西部閥の諸貴族も参戦するよう、国王陛下より御王命を賜った」

ここまでは誰もが聞いている話なので、貴族たちの反応はない。

「王家の密偵からの情報では、ランセル王国側の推定兵力は一万五千。これに対して王国軍は三個軍団三千を、そして南西部閥は領軍と徴募兵、傭兵を合わせて一万三千を動員する予定だという」

「南西部貴族どもは貿易にかまけすぎてすっかり軟弱になったかと思っていたが、それなりの兵力を集める気概はまだ残っていたということだ」

ジークフリートがそう付け加えると、貴族たちの間でやや下品な笑い声が上がる。

レスティオ山地をはじめとした山岳地帯を多く有し、鉱業や工業で栄えてきた王国北部と、陸続きの国境や港湾を有して貿易をはじめとした商業で栄えてきた王国南部は、伝統的に仲が悪い。

ジークフリートが南西部閥を揶揄《やゆ》したのは、対立派閥を小馬鹿にすることで北西部貴族たちにガス抜きをさせるためだった。援軍という立場で参戦し、対立派閥と共闘しなければならない状況では、派閥の貴族たちをコントロールするためにこうした小技も一定の効果がある。

「閣下の仰る通り、南西部貴族どもは数だけは立派な軍勢を揃える予定だという。しかし、軟弱なあ奴《やつ》らが主力では大いに不安が残る。だからこそ我ら北西部貴族が重要になる。我らは精強なる五千の軍勢をもって戦場に馳せ参じる」

エドムントもジークフリートに同調してそう語り、貴族たちの気概を煽《あお》る。それを聞いた貴族たちの半数ほどが、好戦的な表情で目をぎらつかせる。

領主貴族は皆、武芸の訓練を積んで領軍を指揮する軍人でもある。訓練の成果を発揮し、鍛えた領軍に真価を発揮させ、戦功を挙げて武勇伝を得たいと考える者も多い。

「ベヒトルスハイム侯爵閣下は領軍と徴募兵を合計で千、私は六百、シュヴァロフ卿は三百を動員することが決まっている。これを参考にして、諸卿も、諸卿の寄り子の下級貴族たちも、各々の領地規模に見合った兵数を動員してくれるものと期待する」

「そして、各々クロスボウをできるだけ多く投入するようにしてくれ。既に陛下にはクロスボウの件をお伝えしている。まとまった数のクロスボウを実戦に投入し、目立った戦果を挙げることができるか否かが、今後の北西部閥の権勢を決めるだろう……これは北西部閥の新たな力を見せる好機でもある。そうだろう、アールクヴィスト士爵！」

会議場の端まで届く大声で、ジークフリートは言った。

その言葉に、一同の視線がノエインに集まる。自分に注目が集まることも、自分が発言することもないだろうと高を括《くく》っていたノエインは一瞬固まるが、すぐに笑顔を作って口を開く。

「……はい。私もクロスボウを開発した地の領主として、そして当然ながら王国北西部貴族の一員として、微力ながら奮戦いたします」

やる気がないと思われてはいけない。しかし、生意気と思われてもいけない。ノエインが言葉を選んで答えると、貴族たちからは好意的な笑い声が上がった。

「ははは、よく言った！　卿は北西部閥の期待の星だからな。格別の頑張りを見せてくれると願っているぞ！」

ジークフリートも貴族たちと一緒に笑いながら、機嫌良さそうに言う。

どうやら答え方を間違えることはなかったようだ。そう思って安堵するノエインが会議室の前方側にいる義父アルノルドを見ると、彼も「上出来だ」とでも言うように頷いてくれた。

「では諸卿、これより各領のおおよその動員数と、クロスボウの投入数を確認していこう」

エドムントがそう呼びかけ、その後は淡々と軍議が進んでいった。

ベヒトルスハイム侯爵領での軍議と決起集会を終え、アールクヴィスト領に帰還したノエインは、今度は主だった従士を集め、出兵に向けた話し合いを行う。

「格別の頑張り、ですか……また嫌な言い方をしてくれましたね、ベヒトルスハイム侯爵も」

軍議での一幕をノエインが語ると、ペンスが腕を組みながら渋い表情を見せた。

「一般的には、戦争で士爵領が動員する兵力など十人にも満たないものだろうが……アールクヴィスト領の場合、その程度でお茶を濁すわけにはいかないということか」

「そうだね。アルノルド様にも相談したけど、うちは士爵領としては珍しく領軍を備えてるのもあるし、二十人程度は動員してみせるべきだと言われたよ……それと、クロスボウもできるだけ多く持っていくべきだって。数を揃《そろ》えれば、現地の徴募兵に使わせることもできるから」

「二十人……まあ、妥当なところだろうな。アールクヴィスト領軍の規模なら、その程度の兵力は出せる」

従士長であり、領軍の隊長であるユーリが腕を組みながら言った。

「問題は、士官として誰を連れていって、誰をアールクヴィスト領に残すかだけど……ユーリはどう思う？」

「俺とペンス、ラドレーがノエイン様に随行する。残留組はダントとリックに指揮させ、領内の治安維持を任せる」

問われたユーリは、事前に考えをまとめていたのか、悩む間もなく答える。

「それは……なかなか思い切ったね？」

ノエインはやや驚きながら言った。

現状アールクヴィスト領に差し迫った脅威はないが、領地がベゼル大森林の中にある以上、常に魔物が出現する可能性がある。そのため、領内に必要最低限の戦力は残さなければならない。

それを考えると、経験豊富な武門の従士三人が全員アールクヴィスト領を空けるというのは、大胆な選択と言える。

「確かにダントとリックは軍人になって間もないが、あいつらの能力は水準以上だ。それに、今は戦闘職から離れたが、元々は傭兵《ようへい》だったバートやマイもいる。加えて、今のアールクヴィスト領はクロスボウにバリスタ、『爆炎矢』、『天使の蜜』の原液まで保有している。以前にオークと戦ったときとは違う。俺たち三人が抜けても、魔物から領地を守る戦力は十分に残る」

ユーリが語ると、他の元傭兵の従士たちも頷《うなず》く。

「俺はノエイン様の参謀役を務めるし、それに加えて兵士たちも統率するとなるとペンスの手も借りたい。ラドレーは単純に戦力として心強い。そう厳しい状況には置かれない見込みだとしても、戦争に行くとなれば何が起こるか分からないからな。人員の出し惜しみは避けたい」

「……分かった。その判断で正しいと思う。ユーリの言う通りにしよう」

ノエインも領主として、従士長の提言を受け入れた。


年末から冬の終わりにかけて、アールクヴィスト領では戦争に向けた準備が慌ただしく進んだ。

出征に臨むアールクヴィスト領軍は領主ノエインを指揮官に、その直属の護衛としてマチルダ、参謀として従士長ユーリ、士官としてペンスとラドレー、そして兵士が二個小隊二十人。

また、装備としてはクロスボウを百五十挺《ちょう》と、二台のバリスタ、そして五十発の『爆炎矢』を持っていくことが決まった。

クロスボウやバリスタの整備、矢の増産、予備の武器や防具の用意。移動時の食料などの手配。それら出征に向けての作業は着実に進み、二月の初頭には出発の準備が整った。

集結の日時に万が一にも遅れることのないよう、早めに設定された出発日の朝。領都ノエイナの領軍詰所では、武器や物資の準備が完了しようとしていた。

「こうして見ると、戦闘部隊というよりまるで輜重《しちょう》隊だね」

荷物を満載にして並んだ数台の荷馬車を見て、ノエインは呟《つぶや》いた。

「うちは兵士の数より武器の数の方が圧倒的に多いし、ノエイン様のゴーレムや、バリスタや『爆炎矢』もあるからな。一貴族領から出る軍の隊列としては、珍しい例だろう」

ノエインの隣で、同じく荷馬車の列を見るユーリが語る。

そこへ、兵士たちに指示を飛ばしていたペンスが歩み寄ってくる。

「ノエイン様、従士長。そろそろ準備が終わります。もう間もなく出られますよ」

「そっか、お疲れさま……それじゃあ、作業が終わった者から家族と少し話していいと伝えて。ユーリも、マイとヤコフのところに行ってくるといいよ」

「分かった。すぐに戻る」

ユーリはそう言って離れていき、ペンスは荷物の確認を行う兵士たちに、家族と今のうちに話しておくよう命令する。

「ペンスは、話しておくべき相手はいないの？」

「俺は寂しい独り身だって、ノエイン様もご存じのはずでさぁ。こういうときに話す相手なんていませんよ」

ノエインが尋ねると、ペンスはそう答えた。

「本当に？」

ノエインが指差した先には、キンバリーとメアリーに挟まれてこちらを――正確にはペンスを見ているロゼッタがいた。

「……ノエイン様まで知ってるんですか？」

「あはは、皆が知ってることを、僕が知らないわけがないじゃない……それと、これはあくまで個人的な意見だけど、ペンスはロゼッタに幸せにしてもらえばいいと思う」

「普通は逆でしょう、俺がロゼッタを幸せにしてやるのが道理でさぁ」

「あ、自分でもそう思ってるんだ？　じゃあ話は早いね。そう伝えてきなよ」

「……ああ、もう、分かりましたよ」

ペンスは観念した様子で言い、ロゼッタの方へと歩いていく。

困り顔で頭をかくペンスと、まだ少し怒った表情のロゼッタが対面する。キンバリーがメアリーを連れてさりげなくその場を離れる。

「なあロゼッタ」

「……」

ペンスが声をかけても、ロゼッタは答えない。その目には涙が少し溜《た》まっている。

「その……こないだは悪かったよ。別にお前の気持ちを馬鹿にしたわけじゃなくてだな」

「……私も、この前はごめんなさい」

素直に謝ったペンスに、ロゼッタもぼそりと呟くように返した。

「それでよ……あれから考えたんだが、俺はお前にそれだけ好いてもらって、自分が幸せ者だと思ったよ。で、これからもお前に幸せに……いや、もちろん俺もお前をだな」

要領を得ない物言いではあったが、ペンスの言わんとするところを理解したロゼッタの顔が、ぱっと明るくなっていく。

「ああ、面倒くせえ。つまりだな、俺もお前のことが好きになった。だから戦争から帰ってきたら俺と結婚しよう」

「ペンスさん……ありがとうございます～！　私、嬉《うれ》しいです～！」

ようやくはっきりと言ったペンスに、ロゼッタも即答した。さらに、公衆の面前であるにもかかわらず抱きつく。

それを見ていたメアリーが「おおっ大胆っ！」と叫び、キンバリーはどこか呆《あき》れた表情でため息をつく。

周囲で野次馬と化していた者たちが、口笛を吹いたり歓声を上げたりからかいの言葉をかけたりと好き勝手に反応を示し、ペンスが煩わしそうな表情で、彼らをシッシッと手で払うようなそぶりを見せる。しかし誰も止めない。

明るく温かい雰囲気の中で、しかし心配そうな表情を向ける者もいた。居残り組の従士バートだった。

「ペンスさん……大丈夫なんですか？　戦争に行く前に結婚の約束なんて」

傭兵の間では、戦いに出向く直前に重要な誓い――例えば帰ったら結婚する、などという約束を交わすのは、非常に縁起が悪いとされている。

「ああ……まあ、言っちまったものは仕方ない。所詮はただの縁起担ぎだ。別に大丈夫だろ」

一瞬だけ不安げな表情を見せたペンスは、しかし自分にしがみついて嬉しそうな顔をしているロゼッタを見ると、そう言って苦笑した。

部下たちが家族や恋人、友人と出発前の言葉を交わす傍らで、ノエインもマチルダとともにクラーラのもとに歩み寄った。

「……ノエイン様」

夫が戦場に赴くのに不安を感じない妻はいない。クラーラは暗い表情で、自身もノエインに歩み寄る。

「大丈夫だよ、クラーラ。僕は生きて帰る。僕にはマチルダや臣下、兵士たちがついてる。そして何より、僕は君のもとに帰って、これからも君と人生を歩みたいと心から願ってる。戦場で死ぬつもりは欠片《かけら》もないよ」

ノエインは優しく微笑《ほほえ》みながら、クラーラに語りかける。

「だけど、それでも……約束を覚えていてほしい。もしも万が一のことがあったときは、君がこの領を守ってほしい。それが分かっていれば、僕は不安も後悔も抱えずに済むから」

これからノエインが向かうのは戦場だ。戦場では絶対に生還できる保証はない。だからこそノエインはクラーラと約束していた。それが領主貴族としての責務だからだ。

クラーラは数瞬、顔を伏せて目を閉じる。そしてまっすぐにノエインを見つめ、笑顔を作る。

「もちろん、約束は決して忘れません。何があっても、私がアールクヴィスト領を、あなたが作り上げたこの領を守ります。だからどうか安心してください」

「ありがとう……強くなったね、クラーラ」

「ええ、私は領主貴族の妻ですから」

気丈に振る舞う彼女を見て、ノエインは表情をほころばせる。

クラーラは少なくとも、夫であるノエインの前では一度も泣かなかった。ノエインが発《た》つ今日このときに、笑顔さえ見せてくれている。この笑顔こそが彼女の覚悟の表れだ。

「マチルダさん、どうかお願いします。たとえ何があっても、ノエイン様のお傍《そば》にいて差し上げてください」

クラーラは次にマチルダの方を、自分と共にノエインを支える同志の方を向く。

「もちろんです。私は必ずノエイン様に付き従います。どうかご安心ください」

クラーラの言葉に、マチルダは力強く答える。クラーラと手を取り合い、見つめ合い、そして頷き合う。

「それじゃあクラーラ、行ってくるよ……愛してる」

ノエインはそう言って、クラーラに顔を近づける。クラーラもそれに応え、二人は口づけを交わす。そして互いをしっかりと抱き締める。

「……私も心から愛しています。どうかご無事で」

その日、領主夫人であるクラーラに、居残ってアールクヴィスト領を守る従士や兵士たちに、そして領民たちに見送られて、領主ノエイン率いる出征部隊は領都ノエイナを出発した。

・・・・・

今回の出征は、ノエインにとっては初めて務める領主貴族としての軍役。当然ながら、ノエインは色々な勝手が分からない。戦場慣れしたユーリたちもいるが、元々は王国東部で活動していた彼らは、南西部の事情には明るくない。

そのため、アールクヴィスト領を発ったノエインの軍は、一度ケーニッツ子爵領のレトヴィクに入り、ケーニッツ子爵家の軍と合流してから共に南下する。

北西部閥ではそれなりの重鎮であり、自身にとっては信用のおける義父であるアルノルドの軍にくっついていれば、何か失敗する心配はない。

レトヴィクから南西部の集結地点までは、王国の西端をベゼル大森林に沿うように南下しておよそ三週間と少し。領軍と徴募兵を併せておよそ百五十人を擁するケーニッツ子爵家の軍に、二十人強のアールクヴィスト領軍が加わった大所帯で、一行は街道を進む。

「――そうだな。お前の言う通り、アールクヴィスト領軍はそれほど過酷ではない配置にされるだろう。北西部閥としては、今お前に死なれたくはない。私個人としても義理の息子であるお前が無下に扱われてほしくはない。それにベヒトルスハイム閣下の話では、国王陛下もお前の最近の活躍に興味をお持ちだというからな」

整った街道を淡々と進む道中は、平穏だが退屈なもの。なのでノエインはアルノルドと並び、馬の背に揺られながら今回の戦争の見通しを教えてもらっていた。

ユーリによる根気強い指導の甲斐《かい》あって、ノエインも今では行軍するのに問題ない程度に馬を操れる。

「とはいえ、お前が盗賊二百人に打ち勝った実績を持つ英雄であることは確かだ。クロスボウはもちろんだが、お前の異常なゴーレム操作の腕についても我が領から少しずつ噂《うわさ》が広がっている。有用な戦力になり得るお前たちを、後方で遊ばせておくのは勿体《もったい》ないと考えられるだろうな。それから察するに、お前たちの配置は……やはり要塞地帯か」

「なるほど。やっぱりそうなりますか」

ベゼル大森林の南側、平原の中に森が点在する国境地帯には、東西に細く延びる小規模な山脈が存在する。

小さいとはいえそれなりに険しく、おまけに森をまとわりつかせたこの山脈は、小勢ならばともかく数百数千の軍勢が乗り越えるのは現実的ではない。そのため、この「ヴェダ山脈」と呼ばれる小山脈によって、国境地帯は実質的に南北に二分されている。

このうち北側には、ロードベルク王国の小規模な砦《とりで》が並ぶ要塞地帯がある。

ランセル王国の建国前、まだ「蛮族」と呼ばれる部族国家が乱立していた時代に築かれたこの要塞地帯は、ランセル王国との関係が悪化した今は貴重な防衛拠点となった。合計で十の砦にそれぞれ一定の戦力が置かれれば、ランセル王国側はその全てを素通りして進むことはできない。

「今回、ランセル王国側は兵力で劣っているからな。その兵力をさらに分けるような真似《まね》はせず、ヴェダ山脈の南側で会戦による決戦に臨んでくるだろう。となると、要塞地帯は敵の通過を防ぐため、ただ念のために兵を置いておくだけの場所となる……小競《こぜ》り合《あ》い程度は起こるかもしれないが、戦死の心配はほとんどないはずだ」

要塞地帯を通過されれば、山脈を挟んで南側で決戦を迎える本隊が後背を突かれてしまうため、十の砦にまったく戦力を置かないわけにはいかない。しかし、要塞地帯はおそらく主戦場にはなり得ない。

一応重要ではあるが、守りに徹するだけなので戦功を挙げる機会は少なく、その代わりよほどの無茶をしなければ戦死の可能性は低い役割。自分には丁度いい。ノエインはそう考えながら、安堵《あんど》の息を吐く。

「……やはりお前は変わっているな。多くの貴族は、戦功を挙げる機会がないと言われたら落胆するか、納得できないと怒り出すものなのだが」

「僕が武闘派とは程遠い性格をしているのは、アルノルド様もご存じでしょう。戦いは王国貴族の役目だと理解はしていますし、自領と国を守るために務めは果たしますが、個人的な名声を求めて危険な戦場に立つことは望みません」

ノエインの言葉に、アルノルドは小さく苦笑する。

「まあ、お前はそういう人間だろうな……お前のような貴族がもっと多ければ話は早いが、実際は違う。久々の大戦で戦功を挙げようと意気込んでいる者の方が多いだろう。どの部隊がどこに配置されるかで、おそらくは相当に揉《も》めることになる」

部隊配置によっては、絶対に戦功を挙げることが叶《かな》わなくなることもある。どの貴族の部隊が美《お》味《い》しい役割を務めるかで言い争うのは、戦場では日常茶飯事だという。

「今回は仲の悪い北西部貴族と南西部貴族が入り交じって共闘する。南西部貴族の中には、北西部閥が援軍という名目で戦功を挙げる機会を横取りしに来たと考える者もいるだろう」

「……そんな者がいるのですか？　北西部閥の援軍がなければ少々厳しい戦いになると、南西部閥の方々も分かっているでしょうに」

「理屈ではお前の言う通りだ。だが理屈で動く者ばかりではないのだ……対立派閥とはいえ味方同士で斬り合う馬鹿はさすがにいないだろうが、多少の嫌がらせくらいはあるだろう」

それを聞いたノエインはげんなりした表情を浮かべた。

新興の貴族であるノエインは、長年かけて築かれた地方貴族閥の対立構図には馴染《なじ》みがない。理屈を超えて感情的に対立するというのは、理解しかねることだった。

「ノエインよ、お前は特に気をつけろ。お前の実績や評判は北西部に限ってのもので、南西部ではおそらく通用しない。おまけにお前は獣人奴隷を連れているのだからな……もし南西部貴族に酷《ひど》く絡まれるようなことがあれば、義父である私の名前もためらわず使え」

「……分かりました。ありがとうございます」

貴族としての大先輩であり、義父であるアルノルドの厚意を、ノエインは素直に受け入れた。


レトヴィクを発っておよそ三週間後。一行はほぼ予定通りに、国境地帯のガルドウィン侯爵領へとたどり着いた。


一行は領内に入ってすぐの都市で、今日は一泊する。翌日は休息日とし、その後は国境近くの野営地で本隊との合流を果たす。

「……なかなかの有り様だね」

「予想はしていましたが、こうして目にすると酷いものです」

市域に入ったノエインの呟きに、ユーリが答えた。

王国南西部でも最大の大領であるガルドウィン侯爵領。その都市ともなれば領都でなくともそれなりの規模であるが、都市内はお世辞にも活気があるとは言えない。

路上には痩せ細った貧民や孤児と思われる子供の姿が目立ち、店が並ぶ商業区も閑散としている。営業していない店も少なくない。

そして、通りを歩く住民たちの表情が荒《すさ》んでいる。誰もが生活に余裕のない状況だと分かる。

影響が皆無とはいかないが未《いま》だ平静を保っている北西部とは、明らかに状況が違っていた。南西部は厳しい状況にあると頭では理解していたが、いざその実状を目にすると驚かされた。

そんな光景を通り抜け、一行は都市の中心部に向かう。

集結の時期ともなれば、集結地点であるガルドウィン侯爵領には多くの兵が集まっている。ノエインたちが入った都市も複数の貴族家の軍が滞在しているため、宿を確保するのも簡単ではない。高級な宿屋でとれた部屋は一室のみ。ここは子爵であるアルノルドに譲り、ノエインは庶民向けの宿屋を回ってまだ部屋が空いているところを見つける。

その他の士官や兵士たち全員分の宿などとれるはずもないので、彼らは都市内の教会や空き地を借りる……はずだったが、既にそうした場所すら他の貴族家の軍によって埋まっていたので、結局は都市の外に野営地を作ってそこで寝ることになった。

「それじゃあユーリ。ペンスとラドレーも。悪いけど、兵士たちを頼んだよ」

「お任せください。それではまた明日に」

都市内の料理屋で領軍の皆と夕食をとったノエインは、ユーリたち従士に兵士たちの世話を任せ、自身はマチルダを連れて宿屋に入る。

そして、ここで王国南部らしい洗礼を受けることになった。

「あっ、お客様。獣人奴隷を部屋まで連れ込まれては困ります」

既にとってあった三階の部屋に向かうため、当たり前のようにマチルダを連れて階段を上がろうとしたところ、宿屋の主人にそう呼び止められる。

「……さっき部屋をとったときには、何も言われませんでしたが」

「いえ、私もまさか獣人奴隷を同じ部屋に入れるものとは思わず……この宿は普人か亜人しかお泊まりになれません。厩《うまや》であれば空きがありますので、その兎《うさぎ》人奴隷はそっちへお願いします」

「彼女は私の護衛ですが、それでも駄目ですか？」

「はい。申し訳ございませんが、貴族様でもこればかりは……」

宿屋の主人は腰を低くして、しかしはっきりと答える。

ノエインは少し考えて、懐から財布を取り出す。

「今は戦争を前にした非常時で、私としても護衛である彼女には部屋でゆっくり休んで体調を万全に整えてほしいと思っています。なので……これでどうにか、彼女も部屋に入れさせてもらえませんか？」

そう言いながらノエインが宿屋の主人の手に握らせたのは、一枚の大銀貨だった。

「こ、これは……」

戦争前の今は一時的に需要が高まっているとはいえ、今後いつまで不景気が続くか分からない南西部の都市の宿屋。その主人にとって、千レブロもの心付けは無視できないものであるはず。

そう考えたノエインの狙い通り、主人は金欲しさと差別感情の間で揺れ動く。

「不足でしたか？　ではこれでは？」

「……ど、どうぞお入りください」

ノエインがさらに大銀貨を一枚積むと、主人の心の天秤《てんびん》は金欲しさに傾いたようだった。彼は頭を下げながら、卑しい笑みを浮かべてノエインに階段を上がるよう促す。他の客の目を多少気にした様子で。

「ありがとう。それでは」

ノエインも笑顔を作って答え、マチルダを連れて階段を上がり、部屋に入り、扉を閉めてようやく一息つく。

「……君に嫌な思いをさせてしまったね、マチルダ」

「私は平気です……ただ、久しくこのような扱いを受けていなかったので、昔を思い出して少し懐かしくなりました」

小さく笑ったマチルダに、ノエインも苦笑を返す。

ノエインとマチルダが、生まれ故郷であるキヴィレフト伯爵領を出て早三年。今では感覚を忘れつつあったが、王国南部での獣人の扱いはこれが一般的なものだ。

「街の宿屋でさえこれだ。南西部貴族がひしめく野営地を思うと、今から気が滅入《めい》るね……僕たち二人、片時も離れないようにしておこう。君が僕を守るためにも、僕が君を守るためにも」

「はい。一瞬たりともノエイン様から離れません」

首肯するマチルダに微笑みかけ、ノエインは彼女の手を取って引き寄せる。マチルダも抵抗することなく、むしろ自分からノエインの方に身体《からだ》を寄せる。

二人は抱き合い、キスを交わす。今日は久しぶりの、そして戦争に臨む前の最後の、二人きりでゆっくり過ごせる夜となる。

・・・・

都市で休息をとった後、ノエインたちは予定通りガルドウィン侯爵領の西部、最終的な集結地点である野営地へと数日かけて移動した。

「うわぁ、凄《すご》いね」

「ここまでの規模の軍勢は、自分も初めて目にします」

緩やかな丘の上から、その丘の麓に置かれた野営地を一望したノエインの感想に、ユーリが横で答える。

既に二万近い兵が集結した野営地には、無数の天幕が並んでいる。この野営地だけでも圧巻の迫力があった。

「王国西部でこれほどの兵が集まったのは、この六十年ほどでは初めてだろうな」

西の地域がランセル王国によって統一されてからは、ロードベルク王国西部で大規模な戦争が行われることはなかった。十数年に一度起こる魔物の大量発生に対処するために、数千程度の軍勢が集うのがせいぜいだった。巨大な野営地を見ながら、アルノルドはそのように語る。

「あまりのんびり見ているのも良くない。我々はどうやら全軍の中でも最後の方に到着した部隊のようだ。早いところ丘を下って合流し、自分たちの野営の場所を確保しなければな」

アルノルドの言葉を受けて、一行は急ぎ丘を下る。野営地の端にたどり着き、これから行うのは司令部への着任報告だ。

「上級貴族である私だけで行ってもいいが……お前は司令部がどのようなところか見たことがないだろう。これも経験だ。ついてくるといい」

アルノルドに言われたノエインは、マチルダとユーリのみを連れ、同じく数人の供を連れた義父の後ろをついていく。

野営地の中をしばらく進んだ先に、一目見ただけでそこが司令部だと分かる大きな天幕があった。その天幕は十人以上の精強そうな兵士――王家の親衛隊だとアルノルドが教えてくれた――に囲まれ、周囲には簡単な柵まで設けてある。

ノエインたちが司令部に到着した丁度そのとき。司令部の中から、北西部閥の盟主であるジークフリート・ベヒトルスハイム侯爵が出てくる。

「ベヒトルスハイム閣下。ケーニッツ子爵家の兵百五十と、アールクヴィスト士爵家の兵二十。到着いたしました」

「おお、ご苦労。無事に着いて何よりだ」

アルノルドが着任報告をしながら一礼し、その隣でノエインも頭を下げると、ジークフリートは笑みを見せながら答える。

「あと数日もすれば、北西部閥からの兵も集結を終えるだろう。それまでは卿《けい》らも休んでおくといい。その後は各部隊の配置決めだ……私は今のところ、ガルドウィン侯爵をはじめ南西部閥の将たちともある程度上手《うま》くやっているつもりだが、末端の方では多少の喧嘩《けんか》騒ぎも起きている。お前たちも気をつけてくれ」

ジークフリートは後半はやや声を潜めて語り、ノエインを向く。

「特にアールクヴィスト卿《きょう》。獣人奴隷を従者として連れている貴族は卿くらいだ。決してその奴隷と二人だけで行動するな……私は卿の奇異な振る舞いを咎《とが》めはしないが、己とその所有物くらいは己で守るのだぞ」

「はい、肝に銘じます」

ノエインの身を案じてくれるからこそ注意を語るジークフリートに、ノエインも頷いた。

それから数日間は、また待機が続く。北西部閥の重鎮として何かと忙しく動き回っているアルノルドとは違い、ノエインには今のところ特にやるべきこともない。

戦争は敵と殺し合っている時間よりも、待機や移動の時間の方が圧倒的に多い。従士長ユーリから以前に教えられた言葉を実感しながら、ノエインは焚《た》き火《び》の前に座って過ごす。

お互いを嫌うが故に北西部閥と南西部閥の野営地は自然と分けられていたので、北西部閥の野営地から動かなければ面倒ごとに巻き込まれる心配もない。

「こうして見ると、意外と女性も多いんですね」

野営地を見回しながら、ノエインは一緒に焚き火を囲んでいるトビアス・オッゴレン男爵に話しかける。

貴族では珍しい獣人好きであり、ノエインとは個人的な友人同士であるトビアスもまた、貴族家当主であるために自家の軍を率いて参戦している。しかし、彼のお気に入りである猫人奴隷のミーシャは、戦闘要員ではないのでさすがに連れていない。

「貴族家当主が女性の場合もあるし、そうなるとその従者にも女性兵士がつく例が多くなる。その他にも、魔法の才持ちだと男女関係なく軍属として戦場に出ることができる。貴族家に抱えられている本職の魔法使いはもちろん、一流とは言えなくても何かしらの魔法が使えれば、戦場で役立つのは間違いないからなぁ。それに、医師や職人、酒保商人などにも女性は少なくない。そういう人材は、敵に捕まっても大抵は丁重に扱われるからあまり危険はないんだ」

「なるほど……確かに、魔法をはじめとした才能や技術に性別は関係ありませんね」

トビアスの解説を聞いたノエインは、納得した表情で頷く。

「後は獣人だな。獅子《しし》人や虎人なら女性でも普人の男に引けを取らない力があるし、兎人や犬人は周辺警戒に、猫人や鼠《ねずみ》人は偵察に特性を発揮できる。後者に関しては、小柄な女性の方が都合がいい場面も多い……尤《もっと》も、そういう獣人を曲がりなりにも正規兵や軍属として扱っているのは北西部閥の側だけだろうなぁ。南西部閥に使われる獣人兵は、おそらく全員が戦闘奴隷だよ」

トビアスはそう言って、悲しげな表情でため息をつく。

「それは嘆かわしい限りですね」

「ああ、まったくだ……南西部貴族たちも同じ国に生きる同胞ではあるが、やはり我々北西部貴族とは相容《あいい》れない部分が多いな。野営地が分かれていて正解だ」

「ですが、これほど仲が悪いのに、ひとつの軍として戦えるものでしょうか？」

「その点は問題ないだろう。いくら対立派閥とはいえ、ベヒトルスハイム閣下のような盟主格にもなれば協力すべき部分では協力なされる。それに今回は、総大将としてオスカー・ロードベルク三世陛下もいらっしゃる。陛下の御前なのに派閥同士でいがみ合ってまともに戦えない……などということはないはずだ。北西部貴族が右軍、南西部貴族が左軍、のように上手く配置を分けられるのだろうなぁ」

トビアスはそこで一度言葉を切り、声を潜める。

「……それに、王家としては両派閥があまり仲良くならない方が都合がいいはずだ。派閥同士で対立して、時々は派閥の境界で小競り合いでもしていてくれる方が、各貴族領の軍事力が保たれる。それでいて、派閥同士が対立していれば、手を組んで王家への反乱を起こす心配もない」

「なるほど、派閥同士の仲は悪く、しかし決定的に敵対まではしない今のような在り方が王国としては丁度いいということですか」

「ああ、そういうことになる。あまり大きな声では言えない、繊細な話だがな」

こうして、貴族としては大先輩であるトビアスから様々なことを教えてもらいながら、ノエインの待機の時間は過ぎていく。

・・・・

ノエインたちが野営地に到着してから数日後、北西部閥からの援軍も集結が完了。王国軍と北西部閥と南西部閥による合同軍の編制について、予定通り軍議が開かれることとなった。

とはいえ、そこに参加するのは総大将たる国王と、王国軍の軍団長格、そして両派閥の男爵以上の上級貴族のみ。一士爵に過ぎないノエインは、他の下級貴族たちと共に司令部での軍議が終わるのをただ待つ。

朝から始まった軍議が終わったのは、午後に入ってからだった。司令部から帰ってきたアルノルドの顔には明らかな気疲れの色が浮かんでいた。

「お疲れさまでした、アルノルド様」

「ああ、確かに疲れた……戦い方を決める軍議それ自体もだが、やはり配置決めに際してそれなりに揉めたな。まったく、南西部貴族どもときたら強情な奴《やつ》らだ」

焚き火の前から立ち上がってノエインが出迎えると、アルノルドはそう愚痴を零《こぼ》してため息をついた。

「結局、ヴェダ山脈を挟んだ南側で敵主力とぶつかる本隊は、上級貴族家の軍を基幹とすることになった。北西部閥が右軍、南西部閥が左軍だ。そして中央を王国軍が務める。両派閥の下級貴族の兵は……本隊前衛と、野営地警備などの後方支援を持ち回りで務めることで落ち着いた。これなら一応は誰もが武功を挙げる機会があるからな。ただしノエインよ、お前は別だ」

立ちっぱなしでの軍議にくたびれたのか、アルノルドは焚き火の前に腰かけながら語る。

「やはり事前の予想通り、お前の領軍は要塞地帯への配置となった。軍議では、要塞地帯に置かれる貴族たちは貧乏くじを引かされた扱いだったが……お前の場合は幸運と言えるな。十ある砦のうち、中央のやや西側にあるバレル砦。そこがアールクヴィスト領軍に任される」

「任される……ということは、アールクヴィスト領軍が誰かの指揮下に入るのではなく、僕がバレル砦防衛の指揮を担うのですか？」

「ああ、そういうことだ。とはいえ、さすがに戦力が二十余人ではあまりにも不足であるし、武門の従士がいるとはいえお前自身は戦争の経験がないからな。補佐として王国軍第一軍団から一個小隊がつき、さらに追加の戦力として南西部の平民から集められた徴募兵が幾らか預けられる」

アルノルドの言葉を聞いて、ノエインは内心で安堵する。

予想通り主戦場から外れた砦への配置で、王国軍の最精鋭たる第一軍団からの補佐と必要十分な戦力も与えられるとなれば、ひとまず不安はない。

「確かアールクヴィスト領軍は、クロスボウを百五十挺ほど持ってきていると言ったな。それをそのままバレル砦の防衛に使え。クロスボウとお前のゴーレム、そして他にも何やら新兵器があるのだったか？　それだけの装備を持っていれば問題あるまい……お前の場合は下手に誰かの下につけられるより、自由に戦える方がよかろう。砦に籠ってクロスボウや新兵器を実戦で試しながら、戦場の空気を学ぶといい」

「分かりました。務めを果たし、しっかりと学ばせていただきます」

「ああ、頑張れよ……あまり心配はするな。おそらく一度くらいは敵との接触もあろうが、前にも言ったようにせいぜい小競り合いだ。初陣としては極めて楽な方だろう。我ら本隊が敵主力を叩《たた》きのめすまで、砦に籠って待っているといい」

ノエインがアルノルドの説明を聞いていると、そこへ歩み寄ってくる者がいた。

「父上！」

アルノルドにそう呼びかけながら近づいてきたのは、二十代半ばほどに見える一人の騎士。その顔立ちはアルノルドによく似ていて、着ている鎧《よろい》にはケーニッツ子爵家の家紋が小さく記されている。

そしてアルノルドを「父上」と呼んだことからも、彼の立場がノエインにもすぐ分かった。

「フレデリックか……ようやく会えたな」

「ええ。顔を見せるのが遅くなってすみません。後方で輜重隊の警護任務についていて、昨日の夕刻にようやくこの野営地に着きました。その後も報告業務があってなかなか時間を作れず……」

「構わん。第一軍団の……今は小隊長だったか？　それほどの立場にもなれば忙しかろう」

その騎士と言葉を交わしたアルノルドは、ノエインを向く。

「ノエインよ。お前はまだ直接会ったことはなかったな。これが私の長男フレデリックだ」

他の多くの貴族家継嗣と同じように、アルノルドの長男が修行のために王国軍に入っているという話はノエインも聞いていた。

「アールクヴィスト卿。父と妹のクラーラより手紙でご活躍は聞いています。どうぞよろしく」

フレデリック・ケーニッツ。年齢は現時点で二十四歳。ノエインにとっては義兄にあたる。

「お初にお目にかかります、フレデリック様。こちらこそよろしくお願いします」

にこやかに言いながら手を差し出してきたフレデリックに、ノエインも笑顔で答え、握手を交わした。

「ところでフレデリックよ。お前の配置はどこだ？　やはり本隊中央か？」

「いえ、私は要塞地帯です。アールクヴィスト卿がバレル砦の防衛指揮をとり、第一軍団から補佐のための部隊が出るとつい先ほど聞いたので、私が志願しました」

フレデリックの言葉に、アルノルドもノエインも驚く。

「そうか。お前がノエインの補佐につくのか……私としては、それが一番安心できるな」

「私も、他ならぬフレデリック様が助けてくださるというのは心強いです」

ノエインの言葉は、社交辞令ではなく本心だった。何の繋《つな》がりもない知らない騎士と共に戦うより、クラーラの兄と共に戦う方がずっといい。

「アールクヴィスト卿への詳しい説明は私が引き継ぎます。父上もどうぞ、ご自分の配置先へ」

「分かった。ノエインはお前の妹の夫だ。しっかり補佐して守ってやってくれ」

「もちろんです。お任せください」

この場を去ろうとしたアルノルドは、一度足を止め、振り返る。

「……二人とも、くれぐれも死なないようにな」

「はい。父上もご武運を」

「アルノルド様、どうかご無事で」

お互いの無事を願う言葉を交わしてから、アルノルドは今度こそ去っていった。


アルノルドと別れたノエインは、荷物をまとめたアールクヴィスト領軍を連れてフレデリックについていく。

「アールクヴィスト卿。バレル砦の防衛には徴募兵が百数十人と、王国軍第一軍団から私の率いる小隊十人が加わります。小さな砦なので、アールクヴィスト領軍も合わせれば防衛部隊としては十分な規模となります」

移動しながら、フレデリックはノエインに今後の戦いに向けた説明をしてくれる。

「砦防衛の指揮官は、部隊内では唯一の貴族家当主であるアールクヴィスト卿です。私は参謀の一人として、あくまで補佐の立場になりますが……できれば、卿と同格に近い立場として進言をさせていただきたく思います」

「もちろん構いません。僕には本格的な戦争の経験はまだありませんので、多くの助言をいただくことになるかと思います」

ノエインが答えると、フレデリックはどこか安堵したような表情になる。

「もしかして、こういう場面で納得しない貴族も多いのでしょうか？」

「……正直に言うと、その通りです。普段、第一軍団は東部国境でのパラス皇国との戦いに従事しているのですが、貴族やその子弟の中には、あくまで王国軍の一士官である我々の進言を嫌う方も多いのです。皆、名を上げようと功を焦りがちで。私はケーニッツ家の継嗣なのでまだましですが、平民出の騎士などは露骨に蔑《ないがし》ろにされることもあります」

苦笑ぎみに語るフレデリックに、ノエインも苦笑を返した。各部隊の将がそれぞれ己の戦功を求めて動きたがるのは、貴族の私兵の寄せ集めである封建制の軍の欠点だ。

「私は自分が戦功を挙げるのではなく、できるだけ味方の被害を出さないことを最優先に此度《こたび》の戦争を終えたいと思っています。砦の防衛という任務は私には最適です。素直に進言を聞く指揮官になると思うので、ご安心ください」

「……恐縮です」

「それと、私はフレデリック様の義弟にあたるわけですから、どうか砕けた言葉遣いでお話しください」

ノエインがそう言うと、フレデリックは少しの間を置いて頷く。

「そうか。ではそうさせてもらおう。ノエイン殿も、私のことは年上の友人とでも思って気安い態度で接してほしい」

「分かりました。では今後は、フレデリックさんと呼ばせてもらいます」

そうして話しているうちに、ノエインたちは配下となる徴募兵たちのもとに到着する。百人を超える平民の集団を、フレデリックの部下と思われる九人の王国軍兵士が整列させていた。

「ノエイン殿。これが、我々の預かることになった徴募兵、総勢百三十二人だ」

徴募兵とは言っても、その実態は南西部の各貴族領での募兵に応じたただの平民。なかには故郷を守る使命感を抱えている者もいるだろうが、多くは最近の情勢悪化で困窮し、食事と報酬を求めて募兵に応じた者が占める。

ノエインたちの前に並ぶ徴募兵たちも、装備と言えるほどのものは身につけていない。革製の胸当てと、木の板を削った盾、それに古びた剣を携えていれば最上。ほとんどの者は防具のひとつも身につけておらず、武器も錆《さ》びた槍《やり》や無骨な棍棒《こんぼう》、なかには鍬《くわ》や薪《まき》割《わ》り用の斧《おの》を持っている者までいる。

そして、彼らは全員が獣人だった。普段は農民であるらしく、服は土で汚れている。顔にはあまり覇気がなく、痩せこけている者も多い。

「見ての通り、全員が獣人の農民という有り様だ。落胆したか?」

「いえ、私は獣人への苦手意識がありませんので、彼らを率いることについては不満はありません……ただ、かなり極端な編制だとは思いますが」

徴募兵と一口に言っても、その能力は様々。普段は建設業や荷運びに従事する屈強な者や、なかには引退した王国軍や領軍兵士という者もおり、そうした者たちはなかなかの戦力になる。

それらと比べると、目の前に居並ぶくたびれた獣人の農民たちは、徴募兵の中でも質が低い部類に見えた。戦力の大半がこのような低質の徴募兵というのは、少々異質だった。

「今回、要塞地帯は主戦場ではないからな。司令部としては、そこに質の高い戦力をあまり割きたくないのだろう。ある程度は仕方あるまい。ただ、アールクヴィスト領軍は新兵器のクロスボウを百五十も持ってきたと聞いている。それがあれば、くたびれた農民の徴募兵でも戦力になるだろう……種族が獣人ばかりなのは、こちらの事情を考えるとやはりこれも仕方ない」

こちらの事情。北西部貴族の方が南西部貴族よりは獣人と接するのに抵抗がないので、南西部閥から扱いに困った獣人たちを押しつけられたということだろう。ノエインはそう考える。

「では、ひとまず将と士官の顔合わせといこう」

フレデリックはそう言って、自身の率いる小隊の副官と、ここに並ぶ徴募兵の代表者だという男たちを呼び集める。

アールクヴィスト領軍からは指揮官となるノエインと、士官であるユーリ、ペンス、ラドレーが名乗る。併せてノエインは、マチルダを自身の直衛かつ従者として紹介する。

王国軍からはフレデリックがあらためて名乗り、彼の副官である中年の兵士も名を述べる。

最後に、徴募兵の代表者である二人の鼠人の男のうち、年長の方が口を開く。

「私はジノッゼと申します。これは息子のケノーゼです。私は獣人の村の村長で、ここにいる者たちは村人です。村の戦える者全員で、徴募兵に志願しました」

「皆が同じ村の出身ということは、互いの名前も人となりも分かっているわけだな。戦闘に関する指示はこちらがするから、お前たちは皆が気を抜きすぎたり、逆に気を張りすぎたりしないように見てやってくれ」

「分かりました」

フレデリックの言葉に、ジノッゼはそう答えて頷き、ケノーゼは無言でそれに倣った。

「それでは……明日の朝にもバレル砦を目指して発つことになる。準備を急ごう」


今回の戦争に際してロードベルク王国側が集めた兵力のうち、ヴェダ山脈より北の要塞地帯に配置されるのは合計で三千ほど。それぞれの砦の規模に合わせて部隊が分けられる。

対するランセル王国側は、一万五千を少し上回る程度の兵力を揃え、そのうち本隊を離れて要塞地帯に対峙《たいじ》してくる別動隊は、千からせいぜい千五百程度と見られていた。

砦の一つひとつから見れば千を超える敵部隊はなかなかの脅威だが、それだけの兵力がまとまって襲いかかってくる可能性はまずない。

要塞地帯を守るロードベルク王国側の各部隊も、敵の別動隊も、お互いに相手が味方本隊の後方に回り込まないよう守るのが務め。敵の別動隊も兵をさらに複数の部隊に分けて配置し、こちらが下手に砦を出て進撃しないよう牽制《けんせい》するものと見られている。

「なので、我々バレル砦防衛部隊が一度に対峙する敵も、せいぜいこちらの二倍程度だろう。攻城戦は守る側が圧倒的に有利だ。敵も二倍程度の戦力差で、本気で攻めてくるとは考えづらい。威力偵察を受けてそれを追い払うのがせいぜいだろうな」

「それ以外の時間は、味方の本隊が敵本隊を撃滅するのをじっと待つというわけですか……本隊の決着がつくまで、どの程度の日数を要するかは分かりますか？」

「本隊同士は会戦で決着をつけるそうだから、早ければ一日だな。互いに仕切り直して何度かぶつかるとしても、せいぜい一週間だろう……あまり長引いても両国ともに軍の維持費が負担になる。ロードベルク王国としては長期戦は避けたいところだし、それは敵も同じはずだ」

軍はただそこにいるだけで、食料をはじめとした大量の物資を消費する。万単位の軍勢が何週間も戦っていては、莫大《ばくだい》な費用がかかる。

何年も続いた紛争で国境地帯が疲弊している今、ロードベルク王国もランセル王国も長期戦を避けたがるというのは、ノエインから見ても妥当な推測だった。

「では、僕たちは一週間程度の籠城に臨むのですね」

「そういうことだ。正確には、本隊の開戦までの待機期間を合わせて十日弱だな。籠城のための物資も、念のために二週間程度は持つ量を運び込むことになる」

ノエインがフレデリックと話している間にも、バレル砦への移動に向けた準備は進む。

夕方。アールクヴィスト領軍が兵器類を積んでいる荷馬車に加え、王国軍からさらに数台の荷馬車が貸し出され、そこに籠城用の物資が積まれていく。天幕など寝泊まり用の装備に加え、薪などの消耗品も載せられる。載せきれない分は、兵士たちが手分けして持つことになる。

訓練された職業軍人である王国軍やアールクヴィスト領軍の兵士たちはきびきびとした動作で立ち働いているが、それと比べると獣人たちの動きは遅い。決して怠けているわけではなく、疲れていて身体が追いつかない、といった様子だった。

「……やっぱり、徴募兵たちは戦う前から疲れているみたいですね」

「ただでさえ獣人差別の激しい南西部で、情勢悪化の影響を受けながら何年も暮らしていたわけだからな。くたびれているのも無理はない」

獣人たちの体調を気にしてノエインが呟くと、フレデリックは頷いてそう語る。

「この者たちも大方、食料と報酬目当てで募兵に応じた口だろう。軍に入れば少なくとも食事は満足な量をとれる。開戦まで数日はあるから、今日から毎日腹を満たせば皆ある程度は元気になるはずだ。あまり心配はいらない」

「……そうですね」

動きの鈍い獣人たちを怒鳴ったり殴ったりしないあたり、フレデリックも貴族としては相当に獣人に寛容だと言える。やはりアルノルドの息子で、クラーラの兄ということか。ノエインはそんなことを考える。

予定よりはやや遅めとはいえ、準備は着実に進んでいる。このまま今日中には何事もなく物資をまとめ終えて、明日の朝にはバレル砦に向けて出発できる。

誰もがそう思っていたところで、予期せぬ問題が起こった。

「予定量の食料をもらえなかった？」

物資の中でも最重要とされる食料の集積所から帰ってきたペンスの報告を聞き、ノエインは思わず聞き返した。

「集積所を管理しているのが南西部閥の貴族だったんですが、うちの部隊が獣人の徴募兵を多数抱えていると知ると、十分な食料を出すのを拒否してきまして。何でも、下賤《げせん》な獣人にたらふく食わせる食料はない、普人の半分で十分だ……だそうです」

ペンス率いる班が集積所から持ち帰った食料は、百七十人近い人数が二週間籠城することを考えると、明らかに足りなかった。

「もちろん苦情は伝えましたが、率いている俺があくまで平民の一従士なのであまり強く文句を言うわけにもいかず……すみません」

ペンスはそう言って頭を下げる。彼に率いられていた獣人たちも、揃って申し訳なさそうな表情で謝罪の言葉を口にする。

「いや、君たちは悪くないよ。災難だったね、ご苦労さま」

ノエインはペンスたちに労《ねぎら》いの言葉をかけ、フレデリックの方を振り向く。

「フレデリックさん。ロードベルク王国側の軍全体で食料が足りず、要塞地帯の防衛部隊も籠城物資を節約させられる、ということはありますか？」

「……いや。そんな話は聞いていない。昨日まで私は後方で物資の運搬を務めていたが、食料は予定通りに十分な量が集まっているはずだ。今も王国軍の輜重隊や南西部の酒保商人たちによって、後方から続々と物資が届けられている……今回の件は、おそらく集積所を管理している南西部貴族の個人的な嫌がらせだろう」

最後の方はため息交じりに、フレデリックは言った。

「なるほど……では、その南西部貴族の方を説得しなければいけませんね。僕が行きましょう」

「大丈夫か？　何だったら、私も一緒に行くが。王国軍騎士の私から言えば、その南西部貴族もさすがに嫌がらせを続けることはないはずだ」

フレデリックの申し出に、しかしノエインは首を横に振って微笑を浮かべる。

「いえ。フレデリックさんはこちらの指揮で忙しいでしょうし……うちの従士が舐《な》めた真似をされたんですから、主君である僕が出るべきです」

貴族は誇りを重んじる。この状況でノエインが自ら異議を申し立てなければ、アールクヴィスト士爵家とノエイン自身の名に傷がつく。

そしてノエインは個人的にも、愛する臣下をこけにされた怒りをぶちまけたい。

「そうか。では頼んだ」

「ええ、任せてください」

ノエインはそう言って、アールクヴィスト領軍の荷馬車に積みっぱなしにしてあった自身のゴーレム一体を、わざわざ荷台の覆いを取り払って起動する。

魔力を注がれたゴーレムが立ち上がって荷馬車を降りる。驚くべき機敏さで動くゴーレムに、フレデリックも彼の部下たちも、獣人たちもぎょっとした表情を向ける。

「……そうか、君は稀代《きたい》の傀儡《くぐつ》魔法使いなのだったな。父から手紙で聞いてはいたが、直《じか》に見ると凄いな」

「お褒めに与《あずか》って光栄です……それじゃあ、行ってきます」

ノエインはそう言って、ゴーレムを連れて歩き出す。そこに、マチルダとユーリとペンスとラドレーが続く。さらに、先ほどペンスと共に集積所に行ったジノッゼたちも、ノエインに手招きされて戸惑いながらも同行する。

「ノエイン殿。くれぐれも……その、怪我人《けがにん》が出ないように頼む」

「大丈夫です。このゴーレムはあくまでも、食料を運ぶために連れていくだけですから」

満面の笑みで答え、ノエインは集積所に向かう。

野営地の後方に備えられた物資集積所は、雨除《あまよ》けのために張られたいくつもの天幕を木柵で囲ったものだった。食料が運び込まれるペースに天幕を張るペースが追いついていないのか、天幕の下はもちろん外にまで木箱や袋が山積みにされている。

そして、集積所の周囲は数十人もの兵士によって守られている。おそらくは食料の盗難を防ぐための措置だろう。

木柵が開いている集積所の入り口にノエインたちが近づくと、そこに立っていた男――集積所の責任者と思われる男に睨《にら》まれる。身につけている鎧の質から察するに、上級貴族と思われた。

「おい、家名と所属部隊を……なんだ、お前たちか。食料はさっき渡したはずだろう。失《う》せろ」

数人の臣下に囲まれた男は、ペンスとジノッゼの顔を見るとそう言い放つ。

「北西部より参上したノエイン・アールクヴィスト士爵です。バレル砦防衛の任につきます。閣下――失礼、お名前を存じ上げませんで」

ノエインは男の言葉を無視し、敬礼しながら家名と所属部隊を名乗る。

「……ちっ、私はヴァーガ・デラウェルド男爵だ。ガルドウィン侯爵閣下より、この食料集積所の管理を任されている」

ノエインはわざと男の鎧に記された家紋を見ながら「名前を知らない」と伝える。男はそれが不満だったのか、苦い表情で名前と立場を語る。ノエインの狙い通りの反応だった。

「デラウェルド男爵閣下。先ほど私の従士を食料受け取りのためにこちらへ寄越《よこ》したのですが、何か行き違いがあったようで……受け取る食料の量に誤りがありました」

「こちらは渡す食料の量を誤ってなどいない。卿の領軍と王国軍一個小隊については、ちゃんと二週間分を渡したはずだ」

「いえ、私が申し上げているのは徴募兵たちの分に関してです。従士から聞いた話では、徴募兵たちの食料は予定量の半分しかいただけなかったと」

「一日に一、二食も食わせておけば獣人たちも動けるだろう。この食料は我ら南西部貴族が地元商人の伝手《つて》を使い、かき集めたものだぞ。それをなぜ、下賤な獣人どもの腹を満たすために使わねばならんのだ……士爵風情の戯言《たわごと》に付き合っている暇はない。早く失せろ」

「……」

確かに、一日に一、二食をとっていれば人は動ける。しかし、腹を空《す》かせていればその動きは当然鈍くなり、戦力としての質は落ちていく。主戦場から外れた配置とはいえ、部隊の戦力低下は指揮官として許容できない。

単に獣人たちが空腹では可哀想《かわいそう》というだけの話ではない。軍事的な観点からも、デラウェルド男爵の言動は明確に問題がある。

合理性の欠片もない、単なる差別感情や北西部閥への悪感情からの暴挙。派閥の中核をなす大貴族たちは一応は協力して戦いに臨もうとしているのに、末端には本当にこれほど愚かな貴族もいるものなのか。ノエインは呆れてしばし押し黙る。

「おい、何だその顔は！」

呆れるあまり、無意識のうちによほど馬鹿にした視線を向けてしまったらしい。ノエインの目を見たデラウェルド男爵は、顔に怒りを浮かべて怒鳴り声を上げる。

そして、男爵の取り巻きの一人が前に進み出てきて、ノエイン目がけて拳を振り上げる。

ノエインの顔に向かった打撃は、しかしその手前でマチルダによって阻まれた。

マチルダがノエインを庇《かば》うように差し出した丸盾を、取り巻きの拳が殴る。盾と素手の拳がぶつかり合う鈍い音が響き、取り巻きはうめき声を上げた。厚く硬い木の板を素手で殴りつけて痛くないはずがない。

「おい、なんだこの女は！　この者は我がデラウェルド男爵家の寄り子で、士爵位持ちの歴《れっき》とした貴族だぞ！　獣人奴隷の分際で貴族に暴行を――」

「畏れながら閣下。彼女は私の護衛で、私を守るために盾を構えただけです。そちらの彼が勝手に盾を殴りつけて痛がっているだけに見えますが……皆も、そう見えたよね？」

取り巻きが同格の士爵となれば、ノエインも遠慮なく小馬鹿にする。ノエインの問いかけに、ユーリたち臣下も頷いた。ジノッゼたちもおそるおそる頷いた。

「ちぃっ！　これだから北西部貴族は……こんなところにまで愛玩奴隷を連れてきて、あまつさえ自分を守らせるとは。卿に貴族の誇りはないのか？　何のために戦場に来た？　砦の中で兎相手に腰を振るためか？」

マチルダへの侮辱。それは越えてはいけない一線だった。ノエインは凍《い》てつくような視線でデラウェルド男爵を一度睨み、次の瞬間にノエインが連れていたゴーレムが数歩前に進み出ると、勢いよく腕を振り上げる。

「っ！」

デラウェルド男爵たちが思わず身構えたその目の前に、ゴーレムは両の腕を振り下ろす。丸太のように太い腕が地面を叩く。

鈍重なはずのゴーレムが凄《すさ》まじい速さで動き、威嚇する。そんな衝撃的な光景を前に、その場を沈黙が包む。

「……おっと、申し訳ございません。随分と怖がらせてしまったようで。感情的になってしまったことをお詫《わ》びいたします」

口の端を歪《ゆが》め、嘲るようにノエインが言うと、驚愕《きょうがく》の表情で固まっていたデラウェルド男爵がまた怒りを露《あら》わにする。

「き、貴様ぁ！　士爵の分際で、男爵であるこの私に――」

ノエインは人差し指をスッと立て、その唐突な仕草でデラウェルド男爵を一瞬黙らせたその隙に自分が口を開く。

「お互い軍務中で忙しい身であることですし、こうして言い争っていても不毛な時間が過ぎ去るだけでしょう。私から何を申し上げてもご納得いただけないようなので、義父を呼んでまいります」

「ぎ、義父だぁ？」

「はい。アルノルド・ケーニッツ子爵閣下です。私は昨年、ケーニッツ閣下より直々にお話をいただき、閣下のご息女と結婚しました」

ノエインが微笑を浮かべながら言うと、デラウェルド男爵の目が見開かれる。

北西部閥でも五指に入る貴族であるアルノルド・ケーニッツ子爵。そのケーニッツ子爵から直接の申し出を受けて娘と結婚した、という言葉から、ノエインがただの木っ端貴族ではないと男爵も理解したらしかった。

「私は新興の士爵に過ぎない身ですが、いくつかささやかな功績を立てたことで、王国北西部ではそれなりの注目をいただいておりまして。ケーニッツ閣下の仲介をいただき、北西部閥の集まりにも直接参加することが叶っています。今回、北西部閥が持ち込んでいるクロスボウという新兵器。あれを開発したのが我が領でして。その件もあって、盟主のジークフリート・ベヒトルスハイム侯爵閣下からも派閥に歓迎していただきました。閣下は私と妻の結婚式にも直接出席してくださいました」

それを聞いたデラウェルド男爵の顔が青くなる。ノエインは構わずに話を続ける。

「ああ、義父ではなくベヒトルスハイム閣下をこの場にお呼びする方が良いかもしれませんね。行き違いがあったことをお伝えすれば、ベヒトルスハイム閣下よりデラウェルド閣下にお話しいただけることでしょう」

「ま、待て！」

ノエインが踵《きびす》を返して歩き出そうとすると、真っ青なデラウェルド男爵がそれを呼び止める。

末端での嫌がらせも、派閥盟主が引っ張り出される騒動となればそれは派閥同士の問題に発展しかねない。対立派閥の木っ端貴族を虐《いじ》めただけのつもりであるデラウェルド男爵は、王国屈指の大貴族であるジークフリートと対峙したいとまでは思っていないようだった。

「待て、待たんか！　おい、待て……分かった謝る！　謝るから待たれよ！」

無視して尚《なお》も歩き去ろうとするノエインに、デラウェルド男爵は観念した様子で叫んだ。

「謝罪する！　私が悪かった！　食料の受け渡しに誤りがあった！　不足分を直ちに渡す！　それで勘弁してくれないか！」

そこまで言われたことで、ノエインはようやく立ち止まって振り返る。

「いいでしょう、謝罪を受け入れます……最初からそう仰《おつしや》っていただきたかったですね」

冷めた目で男爵を見ながら言い放ったノエインは、ユーリに視線で合図する。ユーリはそれに頷き、ペンスとラドレー、そしてジノッゼたちを率いて集積所に入る。

デラウェルド男爵の取り巻きたちにも手伝ってもらいながら手早く食料を荷車へと積み込み、それを獣人たちに牽《ひ》いてもらい、ノエインたちは部隊のもとへと戻る。

「アールクヴィスト閣下。獣人の私たちのせいで閣下と臣下の皆様のお手を煩わせてしまい、申し訳ございませんでした」

歩きながら、獣人たちを代表してジノッゼが言った。

「君が謝る必要はないよ。悪いのはデラウェルド男爵だ。君たちはこれから一緒に戦う仲間だからね。仲間のために動くのは当たり前だよ」

それを聞いたジノッゼも、他の獣人たちも、揃って目を丸くした。ノエインが獣人の彼らを「仲間」と呼んだことに驚いたようだった。

「……ありがとうございます。閣下」

頭を下げるジノッゼに、ノエインは微笑を向けた。

三章　開戦

翌日の朝。バレル砦《とりで》の防衛を担うノエインたちの部隊は、予定通り砦に向けて出発した。進むのは現在の野営地より西の方角。ヴェダ山脈の南側へと移動する本隊とは違い、ノエインたちは山脈の北の要塞地帯に入る。

十の砦が分散して配置されている要塞地帯で、バレル砦は西と北それぞれから数えて三番目の位置にある。移動に一日半をかけ、出発した翌日の昼過ぎには無事に砦に到着する。

砦の維持管理のために常駐していた、二十人ほどの王国軍の当番兵と交代し、ノエインたちは正式にバレル砦防衛の任につく。

事前に聞いていた通り、バレル砦は小規模な防御施設だった。石造りの平屋の本部建屋と倉庫、木製の厩《うまや》と物見台が、高さ四メートルほどの石の城壁で囲まれていた。

「食料と薪の半分は倉庫に移せ。残りの半分は荷馬車に積んだまま東門側に並べ、上に天幕を張るんだ……おい、厩の飼い葉の残量を一応確認しておいてくれ」

「クロスボウはまだそのままでいい。バリスタの部品は今のうちに荷馬車から下ろして、明日すぐに組み立てられるようにしておけ。それとペンス、『爆炎矢』が割れていないか確認を頼む」

砦に到着して休憩をとった後、フレデリックが王国軍兵士と獣人の徴募兵に、ユーリがアールクヴィスト領軍兵士に指示を飛ばし、諸々《もろもろ》の準備を進めていく。第一軍団の騎士に、元傭兵《ようへい》団長ともなれば、さすがに手際は鮮やかだった。

一方のノエインは、指揮官とはいえこうした軍事行動の実務には詳しくない。ノエインにはゴーレムもあるが、荷下ろしの人手は兵士たちがいれば足りており、威厳や秩序を考えると指揮官の貴族があまり雑務を務めるべきではない。

なので、この空き時間にマチルダと共に物見台に上り、周囲を見渡してみる。

バレル砦があるのは緩やかな丘の上。ランセル王国側である西側と、後方である東側に門が備えられている。砦の北西部——すなわちランセル王国側を見据えて右手前方には森があり、左手側にも小さな森がちらほらと並ぶ。それ以外は平原が続いていた。

「……ここで、これから戦争をするのか」

少し強い風に揺れる髪が視界にちらつく中で、ノエインは呟《つぶや》く。

思いの外、緊張はしていなかった。防衛戦という状況が一年半前の盗賊団との戦いに似ており、率いる軍勢の数、対峙《たいじ》する敵の予想兵数が、その戦いから規模を少し拡大した程度のものであるためか。何事も二度目は最初より落ち着いて臨めるものだ。

「マチルダ。生き残って、皆で一緒に帰ろう」

「はい、ノエイン様」

マチルダと言葉を交わし、互いの手にそっと触れる。

「ノエイン殿！」

そのとき、下からノエインを呼ぶ声があった。

「下りてきてくれ！　我々は一旦本部建屋に入って、今後についての話し合いといこう！」

「わかりました。すぐに下ります」

ノエインは声を張ってフレデリックに返し、足早に物見台の梯子《はしご》を下りる。

そして石造りの本部建屋の中、大きな机がある一室――今後、司令室として使う部屋に入る。

司令室には既にユーリとペンス、フレデリックの副官が集っていた。外の兵士たちの監督はラドレーに任せ、ノエインたちは話し合いに臨む。

「とりあえず、まずはこの本部建屋の使い方だ。ここには個室が二部屋あるが、これはノエイン殿と私で使おう。他に大部屋が二つあるので、片方は士官の寝室に、もう片方は負傷兵を寝かせる医務室にする。この時期は雨も降らないだろうから、兵士たちは天幕を張らせて野外で休ませる……ノエイン殿、それでどうだ？」

「問題ありません。そうしましょう」

確認をとられたノエインは、指揮官として即座に了承した。こうした実務については、ベテランの軍人たちにノエインが異論を挟む余地はない。

「それと、王国軍の側は私か副官のどちらか一人が常に起きているようにする。アールクヴィスト領軍の側も、ノエイン殿か従士長殿、従士副長殿のうち誰かは常に起きているようにしてほしい」

「分かりました」

ノエインが答え、ユーリとペンスも頷《うなず》く。

「よし、それでは今後のことだが――」

精鋭の第一軍団所属ということで、フレデリックはさすがに優秀だった。

フレデリックが進行役を務め、彼の副官やユーリ、ペンスがそこに提言を加え、見張りや指揮のローテーションが組まれていく。異なる二つの軍と素人揃《ぞろ》いの徴募兵の混成部隊で、しっかりと砦を防衛する体制が瞬く間に整っていく。

この体制に合わせて兵士たちの班分けも速やかになされ、夕方にはバレル砦は戦に向けて機能し始めていた。


その日の夕食は、隊の結束を深めるために皆で共にする。ノエインたち士官格の輪に、獣人の代表者としてジノッゼとケノーゼ他数人も加わって食事をする。

「それじゃあやっぱり、ジノッゼたちが募兵に志願したのは生活のため？」

「はい。我々は獣人ですので、元より生活は楽なものとは言えませんでした。そんな中で、王国南西部の経済の悪化が進み、冬にはランセル王国の兵士の襲撃まで受けてしまい……もはや村にはいられなくなったので、生きるために選択の余地はないと、戦えそうな村人たちと一緒に徴募兵になりました」

ジノッゼの口から、彼ら獣人たちが徴募兵となった背景が明かされる。

「お前たちにとっては災難だっただろうが……それでも同郷の者が散り散りにならなかったのは不幸中の幸いだったな。我々士官としても、率いる徴募兵が見知らぬ者同士であるよりは指揮をとりやすい」

フレデリックは獣人と食事を共にすることを嫌がるでもなく、穏やかに語る。やはりアルノルドやクラーラと同じく、彼も獣人への嫌悪感は持っていないらしかった。

「君たちはこの戦いが終わったらどうする？　もとの村には……」

ノエインが尋ねると、ジノッゼはため息交じりに首を横に振る。

「少し前に、捨てた村の様子を一度見に行ったのですが……ランセル王国の兵士の手で何もかも焼かれた後でした。農地も荒れ果て、家畜も殺されたか、連れ去られてしまっていました。戦争後に国境地帯の状況がどうなるかまだ分かりませんが、村には戻れないものと思っています。後のことは、生き残ってから考えることにします」

その話を聞きながら、ノエインの隣ではマチルダが表情をわずかに変化させた。おそらくは彼らと同じ王国南部出身の獣人として、彼女が同情しているのだと、ノエインには分かった。

ノエインはそんなマチルダの手の端にそっと触れ、彼女と目を合わせると、小さく頷いた。

・・・・・

翌日から、防衛戦に向けた準備が本格的に始まった。

この準備において最も重要となるのが、百五十挺《ちょう》のクロスボウを活《い》かすため、ジノッゼたち獣人の徴募兵にクロスボウの扱い方を教え込むことだった。

「そうじゃない。いいか、自分の目線とクロスボウの射線が一直線上に並ぶように構えるんだ。そして脇は引き締めろ。引き金は絞るように引くんだ」

「弦《つる》の引き方はそれじゃあ駄目だ。鐙《あぶみ》にかけた足にしっかり体重を乗せろ。腕の力だけじゃなく、全身を使って引っ張るんだ」

百三十二人の獣人たちはおよそ十人ずつで班を作り、そこにアールクヴィスト領軍兵士たちがついて監督し、ユーリとペンスが各班を回りながら指導していく。

クロスボウは戦いの素人でも容易に扱えるのが最大の強み。装塡や射撃のコツを教えられた獣人たちは、すぐに扱いに慣れていく。指導は順調に進んでいる。

ちなみに、専《もっぱ》ら近接戦闘を得意とし、逆にクロスボウの扱いがあまり得意ではないラドレーは、この指導には加わらずに城壁上での見張りや周辺の哨戒《しょうかい》を務めている。

「やっぱり大柄な種族の方が装塡が速いね。だけど、小柄な種族の方が射撃の腕が優れているのは少し予想外だったね」

「小柄な種族の獣人は手先が器用な者が多いので、そのためかと思います」

クロスボウの射撃訓練の様子を眺めながら、ノエインはマチルダとそんな会話をする。

ランセル王国側との戦闘が始まるまで、まだ数日は猶予がある見込みなので、今のところ要塞内の空気は穏やかなものだった。

「閣下。バリスタの組み立てが終わりました」

訓練を見守っていたノエインのもとに歩み寄ってきたアールクヴィスト領軍兵士が、敬礼しながらそう報告する。

「ご苦労さま。それじゃあ、予定通りひとまず西門の裏に設置しよう。ゴーレムで手伝うよ」

ノエインはそう答え、本部建屋の前で待機するゴーレムたちに魔力を注ぐ。うなだれて座り込んでいたゴーレムが、命を宿したかのように立ち上がり、動き出す。

バリスタの移動については単なる荷物運搬の雑務ではないので、指揮官のノエインが自ら動いても問題はない。戦闘中、場合によってはノエインがゴーレムの怪力を使ってバリスタを迅速に動かす機会があるかもしれないので、それに向けた肩慣らしにもなる。

人力では一台を二人または三人がかりで移動させるバリスタも、ゴーレムならば一体で軽々と運べる。二体のゴーレムは、それぞれバリスタを一台ずつ牽《ひ》き、西門の裏に置いた。

バレル砦のさして広くもない城壁上にバリスタを設置するのは難しいため、二台のバリスタはこうして門の前に置かれ、敵がまだ接近していない段階で門を開けて矢を放つことになる。

「これでよし。あとは大量の矢と、『爆炎矢』が……無事だったのは確か、四十七発だったね」

「はっ。申し訳ございません」

ノエインが確認すると、領軍兵士は頭を下げる。

「いや、気にしないでいいよ。陶器製の壺《つぼ》だから、長距離の移動で全く割れないというのは難しかっただろうし。むしろ割れたのが三発で済んだのは幸いだ」

『爆炎矢』の鏃《やじり》となる魔道具は、着弾点で割れて油をまき散らすために陶器で出来ている。それを運ぶのは振動の多い荷馬車。『爆炎矢』を収める木箱の内部に仕切りを設け、緩衝材として布や綿を敷くなどできる限りの対策はしていても、多少の損害が出るのは致し方ないことだった。

今回のことを教訓に、帰還後は収納方法や輸送方法のさらなる改善策を考えることになる。

「ノエイン殿。これが、例のバリスタという兵器か……聞いていた通り、まさしく巨大なクロスボウというわけだな」

こちらへ近づきながらそう声をかけてきたフレデリックに、ノエインは頷く。

「はい。実戦で使うのは初めてですが……この大きさに見合った威力がありますし、通常の矢以外にも『爆炎矢』があるので、それなりに役立つと信じています」

バリスタの威力ならば、通常の矢でも敵を盾ごと貫くこともできる。さらに、敵が密集している只中《ただなか》に『爆炎矢』を撃ち込むことが叶《かな》えば、場合によっては一度に数十人を無力化することさえできる。そんな説明は、既にフレデリックに対してもなされている。

「その『爆炎矢』は四十七発だったか。実質的に、こちらは火魔法使いもなしに『火炎弾』をそれだけ撃てるようなものだな。実に心強い」

ノエインとフレデリックがこうして話していたちょうどそのとき。砦の東門が開かれ、連絡任務のために外に出ていたフレデリックの副官が戻ってくる。

副官は騎乗したままノエインたちの傍《そば》まで近づき、下馬すると、まずは指揮官であるノエインに敬礼した。そのままフレデリックの方も向き、口を開く。

「報告します。後方からの連絡によると、本隊は二日後に開戦する見込みだそうです。また、他の砦も概《おおむ》ね準備を整え、開戦に備えているとのことでした」

「そうか……本隊が二日後に開戦ということは、要塞地帯と対峙する敵部隊の行動開始もその頃だろうな。報告ご苦労。ゆっくり休んでくれ」

命令を迅速に伝達できる対話魔法使いは絶対数が少なく、緊急時に備えて魔力を温存させておくためにもむやみに魔法を使えない。そのため、本隊から要塞地帯への急ぎでない連絡には人や馬の足が使われる。

本隊が要塞地帯の後方に届けた連絡を、さらにバレル砦に届けるために長距離を駆けた部下に、フレデリックは労《ねぎら》いの言葉をかけて下がらせる。

「ノエイン殿。そういうことだ。油断するわけではないが、今日と明日はあまり気を張らずにいこう。戦いが始まれば、長くて一週間ほどは続くわけだからな……特に君は魔法使いだ。魔力を温存するためにも、ゆっくり休んでいてくれ」

「そうですね……それじゃあ、今のうちにできるだけたくさん寝ておきます」

「ああ、それがいい」

魔力はある程度の時間眠らなければ完全には回復しない。戦場の魔法使いにとっては、眠ることも重要な仕事のひとつとなる。

ノエインはマチルダを連れ、本部建屋の自室に戻る。

・・・・・

二日後。バレル砦は前日までとは違い、本格的な戦闘準備に入っていた。

物見台に兵が控えるのはもちろん、城壁の上にも全方位に向けて見張りが立ち、兵士たちは正規兵から徴募兵に至るまで皆がいつでも戦いに臨めるよう武器を常に身近に置く。

そして、各々が覚悟を決める。戦い慣れた王国軍の兵士たちは平然と。これが初の実戦となるアールクヴィスト領軍兵士たちは少々緊張した面持ちで。

獣人の徴募兵たちは、不安を表情に滲《にじ》ませながらもそれを必死に堪《こら》えている。ノエインが出会った当初は疲れた様子だった彼らも、この数日しっかり食事をとったことで体力は回復していた。

フレデリックやユーリなどの士官たち、そして指揮官であるノエインの覚悟が決まっているのは言うまでもない。

「予想されるのはせいぜい小競《こぜ》り合《あ》いだ。もしかしたら、対峙する敵部隊の指揮官が武功を挙げようと勇んでいるかもしれないが……どちらにせよ、奇策はとらず正攻法で攻めてくるだろう」

「敵はこちらのクロスボウやバリスタの存在を知りません。攻めてくるとしてもこちらを舐《な》めきっているでしょうから、恐れることはありませんね」

兵士たちが班ごとに固まって待機する砦の中を、ノエインはフレデリックと話しながら回る。

こうした予想は指揮官と士官の中では既に話し合われているが、それをあえて声に出して、獣人たちにも聞こえるように話す。こちらが有利であり、敵は恐れるに足りないと獣人たちに思わせ、彼らの恐怖心を和らげるために。

「そうだな。クロスボウやバリスタを上手《うま》く使って敵の度肝を抜いてやれば、敵はこの砦を攻めたがらなくなる。一度小競り合いをしただけで、以降は終戦までまったく戦闘を行わずに済むかもしれないな」

予想では、ランセル王国側が要塞地帯と対峙するために割く戦力はせいぜい千五百。それがさらに複数の部隊に分けられることを考えると、バレル砦の防衛部隊が対峙する敵兵は三百程度と見られている。

仮に四百、五百の敵と対峙したとしても、丘の上の砦という圧倒的に有利な位置で大量の飛び道具を備える状況では、敗《ま》ける方が難しい。

やはり初陣としては極めて楽な戦いになる。だからこそノエインは、覚悟を決め、緊張感を保ちながらも、過度に力むことはなく平静でいられた。

ノエインとフレデリックが尚《なお》も話しながら歩いていた、そのとき。

「敵襲！　敵襲ー！　西側よりランセル王国の軍勢が接近！」

本部建屋の横にある物見台の上から、見張りに立っていた王国軍兵士がそう叫んだ。その声とともに、敵襲の合図である鐘がけたたましく鳴らされる。

「……来たか。ではノエイン殿、お互い武勇を示そう」

「はい」

ノエインは頷き、フレデリックと別れて自身の担当箇所――砦の西門の右手側城壁に向かう。マチルダを連れて石造りの階段を上がり、城壁上に立ち、西を見やる。

丘の麓には、確かに敵部隊が接近してきていた。

「数は五百程度。想定してた中では多い方です」

ノエインの隣に立ったペンスが、敵部隊を見据えながら言った。

「そうか……まあいい。戦って退けるだけだ」

ノエインは表情を変えず、そう言った。

西門右手側の城壁上には、ノエインとマチルダ、ペンス、ラドレー、アールクヴィスト領軍兵士十人の他に、クロスボウを装備した獣人の徴募兵が数十人立っている。

射撃を担うのは主に小柄な種族の獣人で、大柄な種族の獣人たちは城壁には上がらず、下で装塡作業を担う。

西門を挟んで反対の左手側には、フレデリックと王国軍に率いられた同じく数十人の獣人が立っており、下で同数の獣人が装塡を務める。

そして、門の裏では残る十人のアールクヴィスト領軍兵士が、ユーリの指揮のもとでバリスタ二台の操作を担う。これがバレル砦防衛部隊の配置だった。

「皆、心配はいらない。君たちの手には強力な兵器であるクロスボウがあるんだ。落ち着いて訓練通りに戦えば、敵を寄せ付けずに勝つことができる。勇気を出して奮闘してほしい」

「「「おおっ」」」

ノエインが声を張って呼びかけると、獣人たちは多少不安げな表情で、あるいはやけくそのように力強く応える。

フレデリックが何か言葉をかけたのか、門を挟んだ左手側でも獣人たちの声が上がった。手にするクロスボウが安心感を与えているのか、獣人たちは戦いを前にしても、思っていた以上に冷静だった。

迎え撃つ準備は完璧に整い、ノエインたちは敵が動き出すのを静かに待つ。

ランセル王国で男爵位と領地を持つその男は、今回の戦争ではロードベルク王国の要塞地帯と対峙する部隊に配属された。

指揮を預けられたのは自身の手勢と、下級貴族や傭兵、徴集された民兵から成る五百の部隊。この部隊を率いて最初に攻撃を仕掛けることになったのは、十ある敵の砦の中でも小さい、バレル砦だった。

「ふむ、話に聞いていた通り小さいな。しかし、それでも砦の規模から推定して百五十か二百程度の兵はいるか……五百で攻め落とすのは、少しばかり厳しいか？」

「しかし閣下。ロードベルク王国側は要塞地帯に重きは置いていないはず。配置されている敵兵の練度もたかが知れています。案外、緒戦で簡単に落とせるかもしれません」

男爵家の従士長であり、自身の参謀でもある側近に言われ、男はほくそ笑む。

「ああ、確かにそうだな……敵の砦を早々にひとつ落としたとなれば良い戦功になる。命令は威力偵察だったが、別に落としてしまっても構わないだろう。やるか」

男は自身の前に並ぶ五百の兵士を、そして緩やかな丘を上った先にあるバレル砦をもう一度見やり、砦に向けて馬上で剣を構える。

「よし、前進！」

丘の麓で一時停止していた五百の兵は、男の命令によって再び進み始める。

こちらと向き合う砦の西側城壁上では、敵兵が並び、迎え撃つ準備をしている様が見えた。

城壁上に顔を出す敵兵を見た男は、片眉を小さく上げる。

「……おい、あれは獣人か？」

「どうやら、敵兵は大半が獣人のようです。おそらくは徴集兵か徴募兵でしょう。弓はおろか剣や槍《やり》もまともに扱えますまい」

獣人が普人や亜人と比べて冷遇されているのは、ランセル王国もロードベルク王国も同じ。むしろランセル王国ではロードベルク王国以上に獣人が迫害されている。獣人の正規軍人などほとんどいない。

だからこそ、男も側近も敵を侮る。敵側の獣人たちが傭兵という可能性も皆無ではないが、ひとつの砦の戦力が半数以上も獣人傭兵というのは考えづらい。十中八九、兵として徴集された、あるいは募兵に志願した農民だ。

獣人の農民兵の群れなど、まともに武器を握って戦えるかも怪しい。恐れるに足らない。

「者共、見よ！　敵は獣人ばかりの弱軍だ！　我々の勝利は約束されているぞ！」

「「「おおーっ！」」」

男が呼びかけると、兵士たちは威勢のいい声で応える。士気は十分に高い。

砦にある程度近づいたところで、男はまた兵士たちを停止させる。

「弓兵、構え！」

その命令を受けて、部隊の左右に分かれて配置されていた弓兵、総勢六十が弓を構えた。

「敵もなかなか威勢がいいね。それに、あんなに堂々と近づいてくるなんて勇敢だ」

途中で一度声を張り上げ、足並みを揃えて前進してくる五百の敵兵を見下ろしながら、ノエインは呟く。

「こっちの兵は獣人ばかりですし、敵はクロスボウもバリスタも知りませんからね。油断しきってるんでしょう。攻撃を食らってもあれだけ落ち着いていられるか見ものでさぁ」

その呟きに、ペンスが笑いながら答えた。

クロスボウは有効射程が短く、敵部隊目がけて撃つにはまだ距離が離れすぎている。

敵に最も大きな衝撃を与えられるのは最初の一斉射。だからこそ、ノエインたちは機を待つ。

五百の敵兵はさらに接近し、やがて停止すると、指揮官らしき男の命令を受けて一部の兵が弓を構える。

「矢が来るぞ！　盾を構えろ！」

ペンスが叫ぶと、城壁上にいる獣人たちは盾——と言っても木の板きれに持ち手を付けただけのものだ——を構える。城壁の下にいる装塡係の獣人たちは、敵の矢が当たらないよう城壁の裏にへばりつくように立つ。

マチルダがノエインを庇《かば》うように抱き、自分ごと丸盾で守る。それを、ペンスとアールクヴィスト領軍兵士たちがさらに盾で隠す。

フレデリック率いる左手側城壁の兵士たちも、門の裏にいるユーリたちも、それぞれ盾を構えて身を守る。

そして数瞬の後、敵側から一斉に放たれた矢が、空に舞った。

曲射された矢は放物線を描き、城壁上に降り注ぐ。

「うわああっ！」

「ぎゃあっ！」

「落ち着け！　この程度の数の矢、そうそう当たらない！　それにこの距離じゃあ当たっても盾は貫けない！　これはただのこけおどしだ！」

浮足立つ獣人たちに、ペンスが怒鳴る。

ペンスの言った通り、矢はほとんどが兵を外し、当たったものも盾に弾《はじ》かれるか突き立っただけで止まる。

その後も二度ほど、矢の一斉射が砦を襲うが、皆その場を動かずに耐え抜いた。いくつもの盾で厳重に守られていたノエインは、身の危険を感じることさえなかった。

盾の隙間から敵を見据えたペンスが、斉射が終わったと判断したらしく盾を下ろす。

「よし、矢はもう来ないぞ……死傷者はいるか！」

「一人、盾で隠し損ねた足に矢を食らった奴《やつ》がいます！」

「分かった。装塡係から誰か一人抜けて、その負傷者を本部建屋に運んでやれ！　運んだらすぐに戻れよ！　他の奴はクロスボウを構えろ！」

大した被害がないことを確認し、ペンスはすぐさま次の指示を飛ばす。

多少のもたつきがありつつも、獣人たちは各々のクロスボウに矢を装填して構える。

敵部隊は矢による牽制《けんせい》は十分だと判断したのか、砦への突撃を開始した。

「ノエイン様、従士長に伝えてください。あと二十秒です」

「分かった……ユーリ、あと二十秒だよ」

『了解』

ノエインはユーリと繋《つな》ぎっぱなしの『遠話』を通して、ペンスの言葉を彼に伝える。『遠話』を使えば、戦場の喧騒《けんそう》に邪魔されることなく城壁上と門の裏でこうして会話ができる。

ユーリに伝えられたのは、敵部隊の先頭がバリスタによる『爆炎矢』の落下地点に到達するまでの時間の目安。

最初から砦の門を開け放っていては敵に不審がられるので、バリスタで『爆炎矢』を放った場合の落下地点をあらかじめ測って岩などを目印とし、敵の隊列がそこへ近づいたときに門を開けて即座に発射する作戦が立てられている。

小さな砦とはいえ、分厚く頑丈な門を開くには急いでも十秒以上かかる。「門を開けろ！」というユーリの大声が、『遠話』を通さずともノエインの耳に届く。

「ノエイン様、あと十秒足らずです」

「ユーリ、あと十秒足らずだよ」

『了解。あとはこちらの判断で撃ちます』

ユーリがそう答え、それから数秒後。

「放てっ！」

ユーリの声が聞こえ、バリスタの太い弦が空気を揺らす鈍い音が鳴った。

壺形の魔道具である『爆炎矢』を先端に取り付けられた二本の極太の矢が飛翔《ひしょう》し、突撃してくる敵部隊の先頭集団、そのど真ん中に落下。

刹那、『爆炎矢』の名にふさわしい大きな炎がまき散らされる。

壺の中を満たしていた燃水が兵士たちの鎧《よろい》や服に飛び散り、染み込み、壺が割れると同時に生まれた炎がそこへ移る。瞬く間に数人が火だるまになり、その数人が暴れてさらに周囲の兵士へと炎が燃え広がる。

いきなり味方が火だるまになったことで、敵部隊の兵士たちは明らかに怯《ひる》み、突撃の勢いが目に見えて鈍る。

蠢《うごめ》く人形の炎の塊と化し、鎧や服を、髪や肌を、そして肉を焼かれる兵士たちの絶叫が、まだ距離のある砦まで届く。

「敵ながら気の毒なものだね」

「ですね。試射のときもなかなかの衝撃でしたけど、生身の人間が食らってるのを見るとえげつなさが際立ちまさぁ」

ノエインが他人事《ひとごと》のように呟くと、ペンスが苦い笑みを浮かべながら答えた。

アールクヴィスト領軍兵士たちも少し顔を強張《こわば》らせながら敵側を眺め、獣人たちの間ではざわめきが起こっている。「あっち側じゃなくてよかった」という呟きも聞こえる。国境近くの村に住んでいた彼らは、運が悪ければランセル王国側に連行され、徴兵されていた可能性もあった。

「……ユーリ。大成功だよ。見たところ二十人程度は無力化できたみたいだ」

『それならば、初撃の成果としては十分以上かと思います。倒した敵の数以上に、敵に与えた心理的な傷は深いものになっているでしょう』

見晴らしのいい城壁上にいるノエインが成果報告をすると、ユーリはそう返した。

「お前ら、そろそろ落ち着け！　まだ戦いは始まったばかりだぞ！」

城壁上の獣人たちにペンスが呼びかける。獣人たちはまだ多少ざわめいているが、少なくとも後ろ向きな感情に囚《とら》われているわけではない。こちらが有利なのだという確信を、『爆炎矢』はその威力を以《もっ》て徴募兵たちに与えてくれた。

ペンスが何度か呼びかけると、獣人たちも再びクロスボウを構え終える。

そして、ノエインは門を挟んで反対側、フレデリックのいる方を見る。フレデリックもノエインを見ながら、片手を上げていた。

防衛部隊の全体への最初の攻撃命令は、さすがに指揮官であるノエインが下さなければ様にならない。しかし、敵部隊との距離や獣人たちのクロスボウの命中率などを考慮して最適な射撃タイミングを計るのは、ノエインよりも戦慣れしたフレデリックの方が上手い。

なのでノエインは、フレデリックが上げた手を下ろすのと同時に射撃命令を下すことになる。

フレデリックは敵部隊に視線を戻し、しばらく待ち――手を下ろした。

「放て」

「放てぇっ！」

ノエインの命令を士官であるペンスが高らかに復唱。それに一瞬遅れて、獣人たちのクロスボウから一斉に矢が放たれる。ほぼ同時に、フレデリックのいる側からも矢が放たれる。

合計七十本ほどの矢が、敵目がけて飛翔する。


「おい、何だ今のは⁉　まさか火魔法の『火炎弾』か⁉　何故《なぜ》そんな威力のある魔法の使い手が、こんな主戦場から外れた砦に二人も配置されている！」

突撃を敢行する先頭集団の中で爆炎が二発生まれたのを見て、指揮官である男は驚愕《きょうがく》する。

「いえ、閣下。『火炎弾』ならば着弾して爆炎を巻き起こすのではなく、火炎そのものが飛翔するはずです。敵が開け放った門からは……おそらく攻城兵器のようなものでしょう、何か大型の道具が見えます。おそらくあれで、火を起こす魔道具か何かを撃ち出したのかと」

「……そうか。くそっ、弱兵の群れのくせに小癪《こしゃく》な」

一度は動揺した男も、側近の冷静な分析を聞いて落ち着きを取り戻す。得体の知れない攻撃も、その仕組みを予想できれば恐怖は薄れる。

「閣下。敵は門を閉じ始めました。おそらくあれは、こちらが砦に接近するまでにもう一射できない程度の連射性能なのでしょう。これ以上心配せずとも良いかと」

「ふっ、そのようだな……前進を再開しろ！　あの炎の攻撃はもう来ない！　突撃！　突撃ぃ！」

男は野太い声で命令を下す。自信に満ちた声による命令を受けて、兵士たちは仲間の焼死体を避《よ》けながら再び突撃する。上げられる鬨《とき》の声《こえ》には、やけくそのような熱気が含まれていた。

しかし、兵士たちが砦まで三十メートルを切る距離に迫ったとき、その熱気に水が差される。ろくに弓兵などいないはずの砦の城壁上から、何かが一斉に放たれたのだ。

凄《すさ》まじい速さで飛翔したそれらが隊列の最先頭に到達した瞬間、数十人もの兵士たちが一斉に倒れる。

「ぎゃああっ！」

「痛《いて》えっ！　畜生っ！」

「何なんだこりゃあ！」

叫び声を上げたのは、腕や足、肩や腰に矢を食らった兵士たち。頭や胸に矢が突き立った者たちは、声を上げる間もなく絶命していた。

矢の一斉射を受けるとは夢にも思っていなかった兵士たちの、突撃の勢いが再び鈍る。隊列の中にいる士官や古参兵が懸命に鼓舞し、兵士たちはようやくまた前進しようとしたが、そこへまた数十の矢が飛来する。そしてまた少なくない兵士が倒れる。

こうなると、一斉突撃などもはや叶わない。貴族領軍の正規兵、下級貴族やその従士、戦いを生業《なりわい》とする傭兵などは仲間の死体を盾になおも前進しようとするが、兵力の半分を占める徴集兵は及び腰になり、狼狽《うろた》えてその場に立ち尽くしたり、頭を抱えてしゃがみ込み、泣き出したり、逃げ出そうとしたりする。

前進する兵士たちは、いくら仲間の死体を盾にしてもそれだけで安全は確保できない。三度、四度と砦の城壁上から矢が放たれる度に、隠しきれない手足を撃たれ、あるいは斜め前方から頭や首などの急所を撃たれて倒れていく。

突撃と呼ぶにはあまりにも無様な、成果の見込めない前進だった。

「あれは何なのだ！　敵側は獣人ばかりだというのに、何故あれほど大量の矢が飛んでくる！　おかしいではないか！」

自身の率いる兵士たちが、砦に到達さえしないうちに倒れていく光景を後ろから見ながら、指揮官の男は怒鳴り声を上げる。

「閣下、どうか落ち着かれてください……この距離ではあまりはっきりとは見えませんが、城壁の敵は何かを構えています。魔道具……ではないでしょうな。小さな弓らしきものが横向きに取りつけられた武器のようです」

側近が目を細めながら砦を見やり、答える。それを聞いた男は苦虫を噛《か》み潰したような表情を浮かべる。

「そんな武器は聞いたこともないぞ……ロードベルク王国のクソどもが」

「私もあのような武器は初見です。獣人の兵士があれだけ大量に装備しているということは……操作が容易で、ロードベルク王国では量産が叶っていて、本職の弓兵でなくとも矢を放てる……閣下、ここは一度退《ひ》くべきと意見具申します」

数瞬のうちに敵の装備について推測した側近がそう言うと、指揮官の男は不満げに黙り込み、しかし最後は渋々頷いた。

「このままでは無駄に犠牲が増えるだけか。仕方あるまい……退却！　退却ー！」

男の叫びを受け、まず徴集兵たちが駆け足で、他の兵士たちは仲間の死体を構えたまま、あるいは倒れているがまだ息のある仲間を見つけて引きずりながら、指揮官のいる後方まで下がる。

「敵は退いていく。僕たちの勝利だ！」

「「「おおー!!」」」

ノエインが喜びを滲ませながら宣言すると、兵士たちも歓喜の声を張り上げた。

農民の徴募兵が大半を占める部隊で、およそ三倍に及ぶ敵部隊を退けた。味方に死者はなく、なおかつ敵には大きな被害を与えながら、砦の城壁に触れることさえ許さない。文句のつけようのない大勝利だった。

その後は状況確認が行われる。バレル砦防衛部隊の被害は、最初に敵から受けた矢の一斉射による負傷者が、左右の城壁を合わせて二人のみ。一方で、敵部隊の損害は推定で死者が百人弱。圧倒的な差だった。

「思っていた以上に、敵はあっさりと退いていきましたね」

「そうだな。まあ、これだけ大量の投射武器で攻撃されることは敵も予想していなかっただろう。無理もない……むしろ、あの段階で退却を決めたあたり、敵の指揮官はそれなりに有能だ。あるいは有能な助言役がついている」

砦の中に飛び込んだ敵の矢を片付けたり、一時的に砦を出てクロスボウの矢をできる限り回収したりと戦闘後の作業が進む中で、司令室に入ったノエインはフレデリックと言葉を交わす。

「このまま敵部隊が睨《にら》み合いを決め込んでくれたら楽だが、もし再攻撃をしてくるなら、そのときは何らかの対策をとってくるだろうな」

「付近には森もあります。木を切って急ごしらえの盾を作られるだけでも、クロスボウの効果は半減します」

「敵の指揮官が馬鹿ではないなら、そのような手をとるでしょうな……そうなると、次は城壁まで到達されて白兵戦になるでしょうか」

フレデリックが語る懸念に、ユーリと、フレデリックの副官が頷いた。

「だが、バリスタについてはまだ十分に有効か」

「はい。今回は一台につき一発しか撃ちませんでしたから、敵はバリスタの連射性能について誤解したと思います。バリスタとゴーレムを組み合わせれば……次はその点で意表を突けますね」

フレデリックの言葉にノエインが頷いた。

バリスタの装塡は、ノエインのゴーレムの怪力を用いれば素早く済む。初撃を凌《しの》げば気にしなくていいと思っていたバリスタから何発も攻撃が放たれれば、再びランセル王国軍に大きな損害と恐怖を与えられる。

「では、次があってもそれほど心配はいらないな……今回与えた損害は大きい。敵がしつこく攻勢を続ける可能性は低いと思うが、油断は禁物だ。引き続き士気と緊張感を保っていこう。そういうことで問題ないか、ノエイン殿？」

「はい。緒戦で大勝利を収めた効果は、士気や緊張感の面でも大きいでしょう。獣人たちの表情からも不安の色が随分と消えましたから。次の攻勢があっても、必ず乗り越えられます」

ノエインは指揮官として、前向きに見解を述べる。

次もそれほど厳しい戦いにはならない。誰もがそう思っていた。

・・・・・

緒戦の翌日。この日、対峙する敵部隊は攻撃を仕掛けてくる気配はなく、砦から視認できる位置に陣を張り、付近の森から木を伐《き》り出していた。

「やはり君の従士長殿の見立て通り、敵は森の木を伐採して盾を作っているようだな。あれだけ損害を受けて、まだ攻撃を仕掛けるつもりとは……敵の指揮官は戦功に執着する気質の人間か」

城壁上にノエインと並んで立つフレデリックは、敵陣を見やって語る。

「敵が再攻撃をするとしたら、明日以降でしょうか？」

「おそらくな。敵兵も疲れているはずだから、今日は盾を作るだけに止《とど》めるだろう……だが、妙な動きがあるのは気になるな」

「確か、敵の伝令がせわしないんですよね。何をそんなにやり取りしているんでしょうか」

物見台に立つ見張りからの報告によると、敵部隊からはひっきりなしに伝令と思われる騎兵が出ていき、あるいは他所《よそ》から来た伝令らしき騎兵が敵陣に入っているという。周辺の別部隊や本隊との定期連絡にしては、回数が多すぎると見られていた。

「この要塞地帯は主戦場ではない。こちらはもちろん、敵側もそれほど大きな動きはないはずなんだが……」

そのとき。見張りの兵士が叫ぶ。

「北より兵士が単独で接近！　味方の伝令と思われます！」

それを聞いた瞬間、フレデリックは城壁上を駆け、西の城門を見て右手側――すなわち北側の城壁に移動する。ノエインもそれを追う。

北を見ると、確かに軽装の兵士が一人、こちらに走ってくるのが見えた。

その兵士はまるで強力な追い風に煽《あお》られるように、地面すれすれを半ば飛んでいるかのように、異常な速さで接近してくる。

「背中に風をはらんで駆け飛んでいるということは……風魔法の使い手だな」

「開戦後にわざわざ魔法が使える者を伝令に出すということは、よほどの報《しら》せでしょうか」

要塞地帯の十の砦は、互いに連絡をとることを想定していない。そのようなことをする必要もなく、各部隊が砦に籠っている間に本隊が早々に勝利すると考えられていた。

にもかかわらず、貴重な魔法の使い手を危険な伝令任務に出した。ただ事ではない。

「敵側も気づいたな……あの者が捕まらないように援護が必要だ」

「ではクロスボウ兵……いえ、弓兵に敵を牽制させましょう」

クロスボウは有効射程が短く、連射性能も低い。遠距離で敵を牽制するだけの場合は、弓の方が効果的となる。

王国軍とアールクヴィスト領軍の弓が扱える兵士、そして獣人の徴募兵からも狩りなどで弓の心得がある者が集められ、合計二十人ほどの即席の弓兵隊が矢を放つ。

曲射された矢は、こちらへ駆け飛んでくる伝令らしき兵士をあわよくば捕らえようと動き出した敵騎兵の動きを妨害する。敵もあまり本気で伝令を捕らえるつもりはなかったのか、矢による妨害を受けてあっさりと退いた。

そして、砦に到達した兵士は、そのまま風魔法によって城壁を飛び越え、砦の中に降り立つ。ノエインたちは急ぎ彼のもとへ駆け寄り、彼を囲む。

「おい、何があった。どの砦からだ」

「れ、レザッド砦より、ほ、報告です……」

よほど急いで駆け続け、魔力も惜しみなく使ったのか、地面に座り込むその若い兵士は汗だくで息を切らしていた。王国軍兵士の一人が差し出した水筒の水をあおるように飲み、呼吸を整え、また口を開く。

「レザッド砦は、か、陥落、しました……」

「何だと!?」

極めて簡潔なその報告は、その兵士を囲んでいたノエインたちを驚愕させた。フレデリックが思わず叫び、ノエインは目を見開いて唖然《あぜん》とする。

レザッド砦は、このバレル砦から見て北西にある。規模としてはバレル砦より一回り大きく、防衛部隊として三百近い兵力が置かれていた。

「要塞地帯に配置されている敵軍の予想規模や、レザッド砦に置かれている防衛部隊の規模から考えても、そう簡単に陥落するとは思えません。一体何が？」

ノエインが尋ねると、風魔法使いはやや逡巡《しゅんじゅん》したあとで言う。

「……レザッド砦が対峙した敵部隊は、兵力およそ千。三百の弓兵と複数人の魔法使いを有していました」

それを聞いたノエインたちは、また驚く。

要塞地帯が対峙する敵の兵力は想定で千五百。そのうち千もの兵がひとつの部隊として動いていたというのも驚きだが、その三割が貴重な弓兵で、それよりさらに貴重な魔法使いまで複数人が配置されているというのは完全に予想外のことだった。

「敵魔法使いの『火炎弾』の直撃を受け、レザッド砦の指揮官であるモーメルト準男爵閣下と、私の上官である王国軍小隊長は戦死。指揮官格を失って混乱した隙を突かれ、城門を突破されました……一部の兵は後方へと逃走。私は風魔法が使えたため、レザッド砦陥落の報を届けるためにこうして各砦を回っています」

「……なるほど、経緯は理解しました。モーメルト準男爵閣下と卿《けい》の上官殿をはじめ、戦死者については残念です」

ノエインは沈痛な面持ちで返した。

指揮官格が揃って戦死というのは不運だが、『火炎弾』の直撃を受けたのであれば仕方ない。兵力の半数以上を徴募兵が占めるのはどの砦も同じなので、指揮官格を失って烏合《うごう》の衆と化し、砦の防衛が叶わなかったというのも無理もないことだった。

「私は、次の砦に向かいます。報せを届けなければ……」

「まあ待て。見たところ相当に魔力と体力を消耗しているようだ。その状態で砦を出るのは危険だろう。食事と仮眠をとってから行くといい」

「……はっ。感謝いたします」

兵士は頭を下げると、フレデリックの副官に案内されて本部建屋に入っていった。

「まさか開戦二日目で砦がひとつ陥落するなんて、思ってもみませんでしたね」

「ああ。ひとつの砦に兵力千の部隊、それも多くの弓兵や魔法使いまで含んだ部隊をぶつけるとは……単なる小競り合いで終わると思っていたが、敵はもしかしたら要塞地帯の攻略にそれなりに力を注いでいるのかもしれないな」

ノエインの言葉に、フレデリックがそう答える。

「ですが、ランセル王国側の目的が読めません。要塞地帯の砦を一つ二つ攻略したところで、勝利には繋がらないはずです」

「主戦場から外れた要塞地帯への配置が、戦功を求める者からすれば貧乏くじであるのは敵も同じはず。敵部隊の指揮官たちが、少しでも戦果を挙げようと積極的に動いている……ということでしょうか」

フレデリックの副官の疑問に、ユーリが推測を語った。

大軍とはすなわち、いくつもの派閥や貴族領の集まり。それはランセル王国側も変わらない。各部隊が理屈ではなく、そこに属する人間の感情で動く場合もある。

敵側の事情を推測はできても、確信をもって言い当てることは誰にもできない。

「……今ここで想像を語り合っても答えは出ないな。現状できるのは、気を引き締めて砦の防衛にあたることだけだ」

「ですね。僕たちが緒戦で敵にかなりの損害を与えたのは確かです。それに、まだ手札はいくつか残っています。あと何度か敵の攻撃を受けたとしても、乗り越えられるはずです」

「ああ。それに、他の砦のうち八か所は健在で、どこも規模はバレル砦より大きい。レザッド砦陥落の報を受ければどの部隊も気を引き締めるはずだ。ここからは、そう簡単に陥落する砦は出ないだろう」

多少の不安は覚えながらも、ノエインとフレデリックはあえて明るく展望を語り合う。それに、ユーリたち士官も頷く。

予想外の悪い報せは舞い込んだが、まだ持ち直せる。後ろ向きに考えても状況は好転しない以上、ノエインたちは部隊の士気を保つためにもそう考えることにした。


翌日。ノエインたちの期待は裏切られた。

「南より味方と思われる騎兵が一騎、走ってきます！　伝令と思われます！」

昨日と同じように見張りが叫ぶのを聞き、ノエインたちは南側の城壁に上がる。

「……嫌な予感がするな」

「そうですね。立て続けに予定外の伝令が来るなんて」

表情を険しくしてノエインと言葉を交わしながら、フレデリックはまた兵士たちに指示を飛ばし、弓兵に援護させて騎兵を砦に迎える。

敵部隊が陣を張っているのとは反対側、東門から砦に入った騎兵は、出迎えたノエインたちの前で転がり落ちるように下馬し、汗だくで息を切らしながら片膝をつく。

「ほ、報告します！　ハルゼア砦が陥落したとのことです！」

「……っ」

ノエインたちは思わず絶句する。ハルゼア砦は、十の砦の中でも南西端に位置している。

「……陥落した経緯は？」

「私はここの南のトゥーゼ砦の兵であるため詳細は分かりませんが、八百を超える敵の攻撃を受けながらも緒戦を乗り越えた後、指揮官の命令により、奇襲として砦を出ての突撃を敢行したそうです。その際に指揮官は戦死し、その後の敵の攻撃を防ぎきれず、陥落したとのことです。敗残兵およそ五十が、トゥーゼ砦に逃げ込んできました」

フレデリックが問いかけると、騎兵自身も少し困惑気味に答えた。

「それと……その敗残兵たちの話では、この辺りの砦よりも東に敵部隊らしき存在を見かけたとのことでした。敵はおそらく要塞地帯に入り込み、前線側の砦は退路を断たれたものと思われます」

その話を聞いたノエインは顔を強張らせる。

要塞地帯に大きな穴が空いてしまった以上、前線側にあるバレル砦よりも後方まで敵が入り込んだのは仕方のないことではあるが、退路を断たれたという事実は重い。戦略として砦を守るのと、他に行き場がなく砦に籠るのではわけが違う。

「……報告ご苦労さまでした。あなたはこのままここへ残りますか？」

「いえ、私は他の砦を回った後、トゥーゼ砦に戻ります」

「そうですか。ではせめて、少し休んでから行くといいでしょう」

騎兵を下がらせたノエインは、フレデリックや士官たちを見回す。

「……凶報が続きますね」

「ああ、まったく……ハルゼア砦の陥落に関しては、指揮官の失態と言えるだろう。思いのほか多くの敵と対峙して焦ったのか、あるいは単に戦功を得ようと焦ったのか分からないが、突撃などという賭けに出るべきではなかった。おかげで敵の攻撃目標がひとつ減り、こちらが不利になった」

フレデリックが苦虫を噛み潰したような表情で語る。

「しかし、ハルゼア砦に八百の敵部隊という話は妙ですな」

「確かに。バレル砦と対峙する敵部隊が、当初は五百。そして北西のレザッド砦を陥落させた部隊の規模が千。加えてハルゼア砦の位置に八百というのは……要塞地帯と対峙する敵の数が、当初の予想を大幅に上回っていることになります」

フレデリックの副官と、ユーリがそう言葉を交わす。

レザッド砦を襲った部隊がハルゼア砦へと移動した、ということは考えづらい。二つの砦の距離や、戦闘が発生した日時からして無理がある。

よって、この二つの砦を陥落させたのは別の部隊。バレル砦が対峙する敵部隊の損耗前の数と合わせると、三部隊の兵力の合計は二千三百に及ぶ。

当初、要塞地帯と対峙すると思われていた敵部隊の総兵力は千から千五百。これはランセル王国内に潜入している密偵からの情報や、敵地に侵入させた斥候の報告など、ある程度の根拠に基づいて推測されたものだった。

それを考えると、この現状は誤差が大きすぎると言える。

「……多少の無理をすれば、本隊の開戦直前に要塞地帯へと増援を向けることも可能だろう。ランセル王国側がそんなことをする利点があるとは思えないが」

「例えば、ランセル王国側は最初から、要塞地帯を攻略してこちらの本隊の後背をつくことを狙っているとしたらどうでしょうか。要塞地帯を攻撃する別動隊こそが敵の本命だという可能性は？」

ノエインの言葉に、フレデリックはしばし黙り込んで頷く。

「あり得るな。本隊の兵力ではロードベルク王国側が優勢になることを、ランセル王国側も事前に見越していたはず。会戦での勝利は難しいと考え、本隊が時間を稼いでいる間に別動隊が要塞地帯を攻略することを目指しているのかもしれない……だとしたら、最悪に近い状況だな」

ノエインの推測が正しければ、おそらくこの後も、要塞地帯の各砦は敵の猛攻を受ける。このバレル砦も当然。敵部隊はバレル砦を本気で攻略しようとしてくる。他の砦が落ちるごとに、ひとつの砦に向けられる兵力は増えていくだろう。

厳しい現状を前に、空気が重くなる。

「……まあ、こちらにはまだまだ打つ手がありますから」

その空気を払拭しようと、ノエインは言った。

「もともと、こちらはあと何度か攻撃を受けても耐え抜くつもりでいたんです。勝利の条件は何も変わっていません。僕たちがバレル砦を守り抜いて、その間にこちらの本隊が敵の本隊を打ち破ってしまえば、ロードベルク王国の勝利です」

「……ノエイン殿の言う通りか。指揮をとる我々が後ろ向きになっては勝てる戦も勝てなくなる。我々はまだまだやれるのだから、悲観せず奮戦するべきだ」

ノエインに賛同するようにフレデリックも言い、場の空気が少し持ち直す。

「僕はここで死ぬつもりはありません。結婚してまだ一年足らずで、妻を未亡人にするわけにはいきませんから」

「それもそうだな。義弟であるノエイン殿を生きて帰さなければ、私は妹に恨まれてしまう」

苦笑しながら言ったフレデリックに、ノエインも笑みを返した。

「僕だけでなく、臣下と兵士たちも生かして帰さないと大変です。うちは新興の貴族領なので、結婚したての者や、まだ小さい子供がいる者が多いですし……領地を発《た》つ直前にうちのメイドの熱烈な告白を受けて、帰還してからすぐに結婚することになった従士もいますから」

「ちょっと。それ今話すんですか？」

ノエインに視線を向けられたペンスが顔を強張らせて言うと、その場が笑いに包まれた。

「それに、爵位を持っていることが理由とはいえ、僕はこの部隊の指揮官になりました。王国軍の皆さんや徴募兵たちのためにも、諦めるわけにはいきません。皆で生きて帰りましょう」

「ああ、生きて帰ろう……心強い指揮官を持って、私たちは幸運だな」

その後の話し合いで、兵士たちの士気を保つためにも、退路を断たれた件については指揮官と参謀と士官のみが知っておくことになった。

ノエインたちは努めて明るさを保ちながら兵士たちに接し、引き続き指揮をとる。

・・・・・

ハルゼア砦陥落の報を受けた翌日。バレル砦の対峙していた敵部隊が再び攻撃態勢に入った。

今朝になって他部隊からの増援が到着し、敵部隊の兵力はおよそ六百に。緒戦で百人以上を倒したにもかかわらず、その数は増えている。

「今思えば、敵部隊がひっきりなしに伝令を行き来させていたのも、要塞地帯にいる他の部隊と砦の攻略状況を伝え合っていたのだろうな……我々が対峙する部隊は大損害を負って緒戦を終えたために、穴埋めと増強のための兵を回してもらったというわけか」

「増えた兵力は百程度とはいえ、今回はクロスボウ対策をとられた上での戦いなので……緒戦のように楽に終えるのは難しそうですね」

前回より一回り規模を大きくし、急ごしらえの木盾を手に隊列を整える敵部隊を見て、ノエインとフレデリックは言葉を交わす。

「だが、こちらがやることは決まっている。バリスタとクロスボウと、今回は剣や槍、ノエイン殿のゴーレムも使って敵を撃退するのみだ。お互いに頑張ろう」

「はい。それじゃあ、僕は自分の配置につきます」

ノエインはフレデリックに答え、西門を挟んで左手側の城壁上から地面に降りる。

そして、門の裏、バリスタの後ろに立ち、二体のゴーレムを起動させる。

「ユーリ、そっちの指揮と、こっちへの報告は頼んだよ」

『お任せください……敵が間もなく動き出しそうです』

ノエインと『遠話』を繋げたユーリが、門の右手側の城壁上で言った。今日はユーリが右手側城壁の指揮を、ノエインがバリスタ隊の指揮をとる。

緒戦と同じく、城壁上には小柄な種族の獣人たちが並び、クロスボウを構える。その下では大柄な種族の獣人たちがクロスボウの装塡作業に備える。

再びの戦いを前に、兵士たちの間には緊迫した空気が漂う。しかし緒戦で多少は戦いにも慣れたのか、不安がって動揺するような者はいない。

『ノエイン様。敵が動き出しました』

「分かった……開門」

ユーリの報告を受けて、ノエインはバリスタ隊のアールクヴィスト領軍兵士に命じる。四人がかりで、兵士が砦の門をゆっくりと開く。

今回、こちらが門を開けて攻撃を行うことは敵に知れているので、開門のタイミングは緒戦のときほど気をつけなくていい。

『ノエイン様。敵が間もなく矢を放つようです』

ユーリがそう言う一方で、ペンスやフレデリックが兵士たちに防御の態勢をとるよう指示を出す声が聞こえる。それに従って城壁上の者は盾を構え、城壁の下にいる者は壁際に寄る。

「分かった……皆、盾の用意を」

ノエインもマチルダとバリスタ隊の領軍兵士たちに命じ、ノエインを庇うように丸盾を掲げたマチルダを、さらに囲むように盾を構えた兵士たちが固める。彼らはまるで亀の甲羅のように盾を重ね、自身と主君を守る。

それから十秒と経《た》たず、矢が空気を切って砦の中に降り注ぐ音が聞こえる。時おり矢が盾に当たって弾かれる音が、そして盾に突き立って止まる音が響く。ノエインの体感では、降ってくる矢は緒戦のときよりも多いように思えた。

『ノエイン様。敵は前回のような一斉突撃を敢行するのではなく、矢による牽制を続けながら徐々に接近してきています。敵の隊列先頭が、間もなく『爆炎矢』の落下地点を越えます』

盾がこすれ合い、そこに矢が当たり、兵士たちがざわつく音が響く中でも、『遠話』によるユーリの声は明瞭に聞こえる。

「分かった。それじゃあ、そろそろ撃つよ……バリスタ隊、射撃用意を」

ノエインの命令を受けて、領軍兵士が四人、器用に陣形から抜け、他の兵士たちもその穴を器用に素早く埋める。

陣形から抜けた兵士たちは二人一組となり、一人が盾を手放してバリスタの射撃態勢をとり、もう一人が盾で射手と自身を守る。さすがに一枚の盾で二人の身を完全に守ることはできないが、ここまで来ると矢が直撃しないよう運に任せるしかない部分も出てくる。

「敵はもう射程圏内だから、準備が出来次第、自分の判断で撃ってよし」

「「はっ！」」

射手を務める兵士たちは、間もなく『爆炎矢』を発射する。

数秒後、砦の外、敵部隊のいる方から大きな叫び声がいくつも聞こえた。

そのざわめきこそが、無事に『爆炎矢』が効果を発揮したことを示している。敵が構える急ごしらえの盾は、クロスボウに対しては一定の効果があるだろうが、バリスタの一撃を防げるようなものではない。

『ノエイン様。二発とも命中しました。一発は敵兵の一人を直撃して盾もろとも火だるまに。その兵士が暴れるおかげで周囲の兵士にも火が燃え移っています。もう一発は敵が並べる盾の間を潜《くぐ》り抜けて隊列のど真ん中で炸裂《さくれつ》しました』

やはり攻撃が成功していたことを、ユーリの報告が証明する。

「分かったよ。報告ありがとう……皆、命中だ。大きな効果あり。第二撃の準備をしよう」

マチルダと兵士たちの盾に守られながら、ノエインはゴーレムを動かしてバリスタの弦の巻き上げ機を回す。人力を用いるより遥《はる》かに速く、バリスタの太く硬い弦が巻き上げられていく。その間に、兵士たちは次の『爆炎矢』を装填する。

「熱い！　熱いぃ！」

「助けてくれぇ！」

「おい馬鹿っ！　こっちに寄るな！　火が移る！」

「暴れるな！　転がって火を消すんだ！」

隊列の只中で爆炎に包まれ、兵士たちが燃え踊り、絶叫する。その周囲の兵士たちはパニックに陥って炎から逃げ惑い、一部の者は燃える仲間を助けようとする。

「落ち着くのだ！　あれは連射が利かない！　続けては飛んでこない！　恐れずに盾を構えて突き進め！」

混乱に陥る兵士たちを一喝したのは、指揮官の男の声だった。

貴族として命令を下すことに慣れた男の、堂々とした声を受けて、兵士たちはある程度の落ち着きを取り戻して再び前進を開始する。

「よし、いけるぞ！　今度こそあの砦を落として我が戦功とする！」

男が闘志を燃やしながら叫ぶ隣で、側近は冷静さを保ちながら敵の砦を観察し、そして気づく。

「……門が閉じない」

「ん？　何だ？」

「砦の門が閉じておりません！　敵はあの兵器をまだ撃ってくるつも――」

側近が言い終わらないうちに、開け放たれた砦の門から再び丸い物体が飛翔し、それが隊列の只中に飛び込むと同時に爆炎が上がった。

あの爆炎の攻撃は、続けては飛んでこない。指揮官の言葉を信じて前進していた兵士たちがまた混乱に陥る。

「くそっ、読みを誤ったか！　どうする、また退くべきか!?」

「……いえ。ここまで来たのであれば前進すべきでしょう。敵のあの兵器の連射性能は予想外でしたが、こちらが砦に肉薄すれば敵も門を開いてはいられないはず。前進を急がせ――」

そのとき。敵の砦の門から、男と側近が騎乗して立つ隊列後方目がけて何かが飛んだ。

重く低い風切り音が二度響き、側近が言葉を途切れさせる。

「おい！」

男が側近を振り返ると、馬上に彼の姿はなかった。急な風切り音に少し怯《おび》えた様子の馬の後ろでは、胸に槍のようなものを突き立てられた側近が倒れていた。絶命しているのは明らかだった。

「命中！　しかし敵の指揮官ではなく、横にいた参謀らしき敵に当たりました！」

「こちらは外しました、申し訳ありません！」

三撃目ではバリスタの射角を調整し、敵の隊列後方にいる指揮官を狙って通常の矢を放った射手たちが、悔しさを滲ませながら言った。

「いや、二発撃って敵の側近格を一人仕留めたのなら十分な戦果だよ」

尚も散発的に飛んでくる矢から、マチルダと兵士たちの盾によって身を守られながら、ノエインは射手たちに言った。

『ノエイン様。敵は前進を止めるつもりはないようです。速度を鈍らせながらも接近してきます。次弾を発射したら門を閉じるべきかと』

「分かった……二人とも、もう一度敵の指揮官を狙えそうかな？」

ノエインがゴーレムにバリスタの弦を巻き上げさせながら尋ねると、敵部隊を見やった射手たちは首を横に振る。

「厳しそうです。敵の指揮官はこちらのさらなる狙撃を恐れたのか、馬を降りて隊列の中に身を隠しました」

「そうか、まあ無理もない。それじゃあ、次の矢は最前列の敵兵に直接撃ち込んでみよう。その後すぐに閉門だ」

「「了解！」」

バリスタ隊の兵士たちは勢いよく答え、間もなく弦を巻き上げられたバリスタに通常の矢が装塡される。射手たちが狙いを調整し、それを発射する。

『ノエイン様。矢は敵兵の盾を突き破り、二、三人をまとめて串刺しにしました。その威力に敵兵も動揺しているようです。通常の矢でも、対人戦闘における有効性は十分です』

「それは何よりだね」

密集する兵士に対しては初めて撃ち込まれたバリスタの通常の矢の威力を、ユーリが城壁上から報告。それに、ノエインは満足げな笑みを浮かべながら返す。

数に限りのある『爆炎矢』ばかりを撃ち続けるわけにもいかないので、通常の矢でも敵に十分な物理的・心理的ダメージを与えられると分かったのは朗報だった。

ノエインとユーリが言葉を交わしている間に、門が閉じられる。

敵が砦へと接近してきたこの段になると、飛んでくる矢もまばらになる。一方で、獣人の徴募兵たちはユーリとフレデリックの指示を受けてクロスボウによる射撃を開始する。

「……ちっ。いまいちだな」

「仕方ねえ。ただの木の板でも、盾は盾だ」

敵兵が急ごしらえの盾を構えているせいでクロスボウの成果は緒戦ほどにはならず、ペンスが舌打ちする。それにラドレーが答える。

直撃すれば金属鎧でさえ貫くクロスボウの矢だが、障害物を完全に貫通してなお殺傷力を維持しながら飛翔できるわけではない。ただ森の木から伐り出しただけの急ごしらえの盾でも、ある程度の厚みがあれば、クロスボウの矢を止める。

盾を持った兵士は、その盾を貫いた鏃で腕などを負傷することはあれど、頭や胴体などの急所は無事なままとなる。

結果、クロスボウで無力化できるのは、盾で守り切れない斜め方向から矢の直撃を受けた兵士や無防備な足に矢を受けた兵士のみとなる。その数は決して少なくないが、敵部隊そのものを退却に追い込めるほどではなかった。

敵部隊はついに、バレル砦の目の前にたどり着く。

隊列の最前列の兵士たちが盾を構える中で、後方の兵士たちは盾をその場に捨て置き、長い梯子を持ち出す。クロスボウの矢で倒れる者を出しながらも、数人がかりで梯子を城壁に立てかける。

そのような光景が、砦の前でいくつもくり広げられる。梯子を立てかけることに成功した敵の兵士たちは、剣を手にして梯子を上り始める。

「梯子を外せ！　一兵たりとも中へ入れるな！」

ユーリがそう叫びながら、城壁から身を乗り出し、敵兵の立てかけた梯子のひとつに剣を引っかけて押し倒す。今まさに上っている兵士を巻き込みながら、梯子が倒れる。

それを真似《まね》ようと、クロスボウを槍に持ち替えた獣人の一人が別の梯子に近づき――敵兵の放った矢を頭に食らった。

頭に矢が突き立ったまま、その獣人は城壁の内側へ落ちた。

ぴくりとも動かない。即死だった。

「ひいいっ！」

「し、死んだ！　仲間が！」

「狼狽えるなああっ！　怯めば次に死ぬのは自分になるぞおおっ！」

獣人たちに動揺が広がりかけるが、ユーリが空気を震わせるほどの声で一喝して抑える。

「手を止めるな！　泣くのは後だ！　戦え！」

「敵が目の前にいるんだぞ！　いちいち喚《わめ》くんじゃねえ！」

ペンスとラドレーも獣人たちを叱咤《しった》しながら、視線は城壁を上ろうとする敵兵に向けている。

「装填手の奴らも武器を持って上がれ！　加勢しろ！」

もはやクロスボウを主軸に反撃する段ではないと判断したユーリが命じ、砦の中でクロスボウの装填を担っていた大柄な種族の獣人たちも城壁上に駆け上がる。敵部隊と対峙する数が倍増し、おまけに力の強い獣人が戦列に加わったことで、防衛部隊の勢いが増す。

梯子を上りきって今まさに城壁上へと顔を出した敵兵の、その首をユーリの剣が斬り飛ばす。頭を失った敵兵の身体《からだ》が真っ逆さまに落ちていく。

別の梯子を上りきり、ユーリ目がけて斬りかかろうとした敵兵をペンスが斬りつける。鎧に守られていない脇の下を斬り裂かれた敵兵は、血を噴き出しながら悲鳴を上げ、さらに喉への斬撃を受けたことでその悲鳴も止まる。

少し離れた位置では、ラドレーが槍を振るう。雄叫《おたけ》びを上げながら突き出した槍の一撃で、梯子を上る敵兵の胴を貫き、すぐに引き抜き、隣の梯子から城壁にまさに上がろうとしていた敵兵を、片手で振るった槍で叩《たた》き落とす。まさに鬼神の如《ごと》き活躍だった。

門を挟んで反対側の城壁上では、フレデリックが兵士たちを鼓舞しながら敵兵を迎え撃つ。全員が精鋭である王国軍の一個小隊を軸に、獣人たちも懸命に武器を振るい、敵兵の侵入を防ぐ。

そして、門でも攻防がくり広げられる。敵兵が丸太製の破城《はじょう》槌《つい》で門をこじ開けようとするのを、ノエインのゴーレム一体とバリスタ隊の兵士たちが全身で押さえる。

そしてノエインは、残る一体のゴーレムを操り、門の向こうへと攻撃する。

攻撃方法は古来から戦場で行われてきた、簡単だが極めて効果の高いもの。すなわち投石だ。開戦前に砦の周囲から集めておいた、ひとつが人間の頭よりも大きな石を、ゴーレムは片手で軽々と投げ上げる。

それらの石と共に、本来は『爆炎矢』として撃つための壺形の魔道具もいくつか投げる。上から降り注ぐ石の雨と魔道具によって敵兵の突撃の勢いは削《そ》がれ、ゴーレムと兵士たちが押さえていることもあり、門は守られる。

ゴーレム操作に集中するノエインを、マチルダが丸盾で守る。時おり砦の外から飛び込んでくる矢を、兎人《うさぎ》の反射神経と身体能力を活かして防ぐ。

敵の攻撃と侵入を防ぎ、一人でも多くの敵を無力化する。熾烈《しれつ》な攻防が続く。

体感では果てしなく続いているかに思えた戦いも、実際には一時間とかからずに終わる。敵も味方も交代の兵力がいるわけではないので、さして長く戦い続けることはできない。

互いの兵士に疲労が重なって動きが鈍り、戦況が動かなくなった段階で、敵の指揮官が退却を命じる。それに従って敵部隊が退いていく。

敵が退いたのを見て、バレル砦の防衛部隊には安堵《あんど》が広がる。疲れ果ててその場に座り込む者。倒れた友人や親兄弟に駆け寄る者。戦闘中の興奮で気づかなかった自身の傷に今さら気づき、痛みに顔を歪《ゆが》める者。様々だった。

「くそっ！　あいつら殺しやがった！　俺と同じ村で育った奴らを！」

「おい、気持ちは分かるがもう攻撃するな。放っておけ」

負傷者を抱えて逃げ去ろうとする敵兵に、半泣きで喚きながらクロスボウを向ける獣人を、ユーリが止める。

敵に同情しているわけではない。戦闘に復帰できない程度の敵の負傷者は、戦場に放置されるよりも、一人でも多く連れ帰られる方が都合がいいためだ。

負傷者の世話は部隊にとって重い負担となり、かといって兵士たちの士気を考えると容易に見捨てることはできない。敵兵が怪我《けが》を負った仲間を連れ帰ることを敵の指揮官もそうそう咎《とが》めることはできず、結果的に敵部隊の継戦能力は落ちていく。

ユーリは砦の中に顔を向け、まずは自身の主君であるノエインが無事なことを確認。次に周囲を見回し、士官と兵士たちに指示を出す。

「よし、まずは被害を確認しろ。重傷者を本部建屋の医務室に運んでやれ。軽傷者は自分で歩いていけ。あとは……ペンスとラドレー。味方の死者数を確認しろ」

ユーリの指示を受けて、士官と兵士たちが動き出す。

門の裏では、ノエインがぺたりと地べたに座り込んで肩で息をしていた。長時間のゴーレム操作で魔力と集中力を消耗し、疲労困憊《ひろうこんぱい》だった。

「あぁ……疲れた」

「お疲れ様でした、ノエイン様」

そんなノエインの隣に寄り添うマチルダも、表情こそ変えていないものの、その顔には汗が薄《うっす》らと浮かんでいる。

「ノエイン殿、無事だったか……君の臣下たちも」

そこへ歩み寄ってきたのはフレデリックだった。

「はい。こちらの臣下と兵士に死者はいません……王国軍も、皆無事のようで何よりです」

ノエインは周囲を見回し、ユーリたち臣下とアールクヴィスト領軍の兵士たち、そしてフレデリックの副官をはじめとした王国軍兵士たちの無事を確認しながら答えた。

「ですが、味方に……獣人たちに、死者が出ましたね」

ノエインが視線を向けた先、砦の本部建屋の脇に、もう動くことのない獣人たちが運ばれ、並べて寝かされていく。

「ああ、こればかりは仕方あるまい。戦争をしているのだからな……むしろ、三倍を超える敵の猛攻を受けてこれだけの損害で済んだのは幸いだ。これもクロスボウやバリスタ、ノエイン殿のゴーレムのおかげだろう」

助かった、と言ってノエインの肩を叩き、フレデリックは離れていった。

その言葉は慰めにはなったが、とても気が晴れたと言える状況ではない。

「……自分の臣下や領民じゃないとしても、一緒に肩を並べて戦った者たちが死ぬというのは、悲しいものだね、マチルダ」

「本当に仰《おっしゃ》る通りです、ノエイン様」

土埃《つちぼこり》に乗って血の臭いが漂う砦の中で、ノエインとマチルダはそう言葉を交わした。

・・・・・

ランセル王国軍との二度目の戦いで、バレル砦の防衛部隊は九人の死者を出した。その全員が獣人の徴募兵だった。

また、次回以降の戦闘には復帰できそうにない重傷者も十三人を数えた。こちらは獣人だけでなく、王国軍やアールクヴィスト領軍の兵士も合計で三人含まれる。

「実質的に、戦力の一割以上が欠けたことになる。その一方で、敵は損耗した兵力を補充し、下手をすれば増員するだろう。次の戦いはさらに厳しいものになると思った方がいいな」

「そうですね。既に補充の兵力が合流を開始しているようですし……このままいけば、次の兵力差は四倍以上でしょうか」

戦闘の翌日。城壁の上でフレデリックと話しながら、ノエインは敵部隊の陣を見やる。昨日も優に百人を超える敵兵を殺したが、この日の午前中には五十人ほどの小部隊が合流しているのが確認されていた。今もなお、敵の伝令がひっきりなしに陣を出入りしており、おそらくは他部隊と増援について連絡を取り合っている。

「あの様子だと、敵が連日の攻撃を仕掛けてくることはなさそうだが……敵の準備期間を猶予に、果たして獣人たちが立ち直るだろうか」

後ろを振り返り、砦の中を見たフレデリックがため息をつく。

同じ村で暮らしてきた仲間が死ぬのを目の当たりにした獣人たちは、暗い表情で地面に座り込んでいる。ジノッゼとその息子のケノーゼが懸命に彼らを励まして回っているが、今のところその効果は大きいとは言えない。

士気は昨日の戦闘前までと比べると明らかに落ちており、このままでは次の戦いに影響が出かねない。

彼らの様子をあらためて見たノエインは、マチルダに視線を向ける。彼女と頷き合い、今度は傍らに立つユーリの方を向く。

「ユーリ。獣人たちの件、今話してもいいかな？」

「……閣下がお決めになったことであれば、私たち臣下も異論はありません」

従士長である彼の了解も得た上で、ノエインは最後にフレデリックに向けて口を開く。

「フレデリックさん、ジノッゼたちは故郷の村がなくなって、戦争後は行くあてがないという話でしたが、僕が彼らを自領への移住者として引き取ったら問題になりますか？　今彼らに僕の意向を伝えて希望を与えることができれば、彼らの士気も持ち直すかもしれません」

開戦前にジノッゼたちの境遇を聞いたときから、ノエインは彼らをアールクヴィスト士爵領に迎えることを考えていた。マチルダや、ユーリたち臣下にも事前に相談していた。

「いや、別に問題はないだろう。むしろ、これだけの数の獣人たちが難民化や盗賊化をせずに済むのだから称賛されて然《しか》るべきことだと思うが……ノエイン殿、彼らとその家族を全員迎えるつもりか？　相当な人数になるぞ？」

「その点は大丈夫です。フレデリックさんもアルノルド様から話を聞いているかもしれませんが、我が領にはジャガイモという画期的な作物があります。それに、アールクヴィスト士爵家はラピスラズリと鉄の鉱山を持っていますそのおかげで食料事情も金銭的な面も余裕がありますし、労働力となる領民が増えることは大歓迎ですから」

心配そうに尋ねるフレデリックに、ノエインは笑みを浮かべて答える。

「そうか、それならいい。今すぐにでもその話を伝えてやってくれ」

「ありがとうございます。そうさせてもらいます」

ノエインは城壁の下に降りると、話があると言ってジノッゼとケノーゼを呼ぶ。

「アールクヴィスト閣下、お話とは一体……？」

歩み寄ってきたジノッゼは、ノエインの用件が何なのか見当がついていない様子で尋ねてくる。その横ではケノーゼも不思議そうな表情を浮かべていた。

「実はね……この戦争が終わったら、君たちをアールクヴィスト領に迎え入れたいと僕は考えているんだ。だから、僕の領地に来る意思が君たちにあるか、聞きたいと思って」

ノエインの言葉を聞いたジノッゼとケノーゼは驚愕の表情を浮かべ、次に少し不安げな表情になる。その表情の裏には、おそらく警戒も含まれている。

それを感じ取ったノエインは微苦笑を浮かべ、彼らを安心させるために話を続ける。

「君たちの不安は分かる。多分、あまりにも都合の良い話で怪しいと感じているんだよね」

「い、いえ。私たちは別にアールクヴィスト閣下に不信感を抱いているわけでは……」

「気にしなくていいよ。君たちの懸念は尤《もつと》もだ。だけど大丈夫。君たちを奴隷にしたり、奴隷同然に酷使したりするつもりはない。君たちがまともな暮らしを送れるよう、家と仕事については僕が保証する。土地を持って農業に励んでも、手っ取り早く稼ぎたい者は建設現場や鉱山で力仕事に励んでもいい。アールクヴィスト領の社会を守る意思のある者は領軍に入ってもいいし、読み書きや計算の知識を持つ者がいればアールクヴィスト士爵家で文官として雇ってもいい。君たちが困窮することなく、真っ当に働いて真っ当に稼げる生活を送れるよう領主として助けるよ」

「それは……私たちとしては願ってもないお誘いですが、なぜ私たちにそこまで良くしてくださるのですか？　私たちは獣人です」

なおも不安と警戒の色を滲ませながら尋ねてくるジノッゼを前に、ノエインは自身が答えるのではなく、マチルダに目配《めくば》せをした。

マチルダはノエインに頷き、口を開く。

「ノエイン様は特殊な生い立ちをお持ちで、私たち獣人への差別意識を持っておられません。貴族や平民、奴隷といった身分差についても、とても寛容なお方です」

マチルダの言葉がにわかには信じられないのか、ジノッゼとケノーゼは目を丸くする。

「ノエイン様の治めておられるアールクヴィスト領では、獣人も普人や亜人と同じように暮らしています。獣人の自作農も職人もいますし、自らの商会を立ち上げている者もいます。私も獣人ですが、ノエイン様より高度な教育を与えられ、最も近くで従者としてお支えする役目を与えられ、ご寵愛《ちょうあい》も賜っています」

以前はノエイン以外の者とまともに話すことさえできなかったマチルダは、この数年で必要となれば他者と話せるようになった。今、マチルダは自身の言葉で、自身の意思でジノッゼたちに語りかける。

「それに、開戦前の野営地で、ノエイン様はご自身より爵位が上の南西部貴族に真っ向から抗議をなさいました。あなたたち獣人のためにです。この事実をもってしても、ノエイン様のご提案や私の話が信じられませんか?」

マチルダが問いかけると、ジノッゼとケノーゼはしばし黙り込む。

そして、ジノッゼが口を開く。

「確かに、あなたの言う通りだ。アールクヴィスト閣下は私たちを助けてくださった。そして私たちを『一緒に戦う仲間』と呼んでくださった……分かりました。閣下のお言葉を信じさせていただきます」

そう言って、しかしジノッゼはまた不安げな表情になる。

「ただ……ここにいるのは村の仲間のうち、徴募兵として戦える者だけです。国境地帯から少し離れた地域の、獣人の司祭が運営する教会などに、戦えない子供や年寄りを七十人ほど避難させています」

「君たち徴募兵と併せて二百人くらいか……分かった、問題ないよ。全員でアールクヴィスト領に移住するといい」

「ほ、本当によろしいのですか？」

尋ねるジノッゼに、ノエインは先ほどフレデリックにも話した自領の事情を説明してやる。

「だから、何も心配はいらない。安心して移住して、僕の庇護《ひご》下で幸福に暮らしてほしい」

ノエインたちがこうして戦地にいる間にも、アールクヴィスト領の開拓は進んでいる。領主がいない以上そう大きな変化は起こせないが、戦争後のさらなる移住者増加に備えた家屋の建築、農地の開墾、ジャガイモや大豆や甜菜《てんさい》の生産は着実に行われている。

その成果を活かし、その発展を止めないためにも、健康で身体能力に優れた者たちの移住は歓迎すべきことだった。

「ああ……閣下、本当にありがとうございます。何とお礼を申し上げればいいか。心から嬉《うれ》しく思います。皆も喜ぶはずです」

「喜んでもらえて僕も嬉しいよ。それじゃあ、この話を他の獣人たちにも伝えてあげて。そうすれば、皆きっと気力が湧くだろうから」

ノエインの言葉に、ジノッゼは深く頷いた。

「閣下の仰る通り、この話を聞けば皆、戦って生き残ろうという気持ちになれるでしょう。さっそく伝えてまいります」

足早に獣人たちの方へ向かうジノッゼに、ケノーゼも続いた。

「本当は戦争が終わってから伝えようかと思ってたけど……結果的にこれでよかったみたいだね、マチルダ」

「はい、ノエイン様。素晴らしいことだと思います」

ジノッゼたちの背を見送りながら、ノエインとマチルダは言った。

幕間　待つ者たちの日々

ロードベルク王国の南西部国境でランセル王国との戦争が行われている頃、王国北西部の端にあるアールクヴィスト士爵領では平穏な日々が続いていた。

万を超える大軍が動員され、王国の歴史に刻まれるであろう大戦が開かれているとはいえ、戦時の空気に包まれているのは戦場とその周辺地域のみ。それ以外の地域は常に緊張に包まれるわけでもなく、普段とさして変わりない日常がくり広げられる。

アールクヴィスト領も、領主やその側近格の数人が不在であること、領内社会にいつもより男手が少ないことなど平時と違う点はあるが、基本的には日常は変わらない。領主夫人であるクラーラが代行をそつなく務めていることもあり、臣下と領民たちが大きな不自由を感じる場面はない。

戦争の影響で、体感できる程度の物価高も起こっているが、それも生活や社会を破綻させるほどではない。アールクヴィスト領は少なくとも、命の危機とは無縁だった。

そこで暮らす者たちは、いつもと同じように仕事をし、社会を維持していた。

「それじゃあ皆さん、試食をお願いします」

アールクヴィスト士爵家の屋敷の厨房《ちゆうぼう》。クリスティは屋敷のメイドであるキンバリー、メアリー、ロゼッタに言った。

厨房の調理台に置かれているのは、甜菜《てんさい》から試作した砂糖。十回を超える試作での試行錯誤を経て、その色は随分と白に近づいている。

冷えて固まり、適当な大きさに割られた砂糖の欠片《かけら》を、メイドたちはそれぞれひとつつまんで口に放り込む。

「おぉっ！　今回も甘くて美味《おい》しいですっ！」

「ん～、白い見た目の通り、なめらかな味わいですね～」

「……前回試食したものより、雑味が抑えられていますね」

最初期の試作品を食べた頃から「甘くて美味しい」としか言わないメアリーとは違い、ロゼッタとキンバリーは参考になる感想を語った。

それを聞きながら、クリスティは自身も砂糖の欠片をひとつ口に入れる。

舌の上で転がして溶かし、歯で嚙《か》み砕いて食感を確認し、そして飲み込む。

「……うん、かなり改善されましたね」

新たな成果に微笑を浮かべ、質の改善のために試みたことと、その結果を紙に書き記す。

甜菜から砂糖を作れることはロードベルク王国においてほとんど知られていないため、生産のノウハウも一から手探りで積み重ねることになる。挑戦し、改善し、また挑戦する。それをくり返すしかない。

かつては良家の令嬢として砂糖を口にする機会も多かったクリスティから見ると、今回試作した砂糖は、商品として市場に出回っているものと比べると色も味もあと一歩。このまま売れないこともないが、せっかく時間はあるのだから、もう少し上質に仕上げたい。

そして量産することを考えると、製造工程の効率化についても改善したい点がいくつかある。砂糖生産に関するクリスティの仕事は、今後もしばらく続く。

「それじゃあ、試作品の残りはいつもみたいに、クラーラ様と従士の皆さん、それとザドレクさんたちに振る舞って差し上げてください。私は次の仕事があるので、ダミアンさんの工房に行ってきます」

頭を使って働く者にとっても、身体《からだ》を使って働く者にとっても、疲労回復効果のある砂糖は貴重でありがたい嗜好品《しこうひん》。クラーラや従士たちはもちろん、領主家所有農地で働くザドレクたち農奴にとっても、試作品の砂糖を食べられることは嬉《うれ》しい役得となっている。

クリスティはダミアンたち職人のために砂糖の欠片をいくつかハンカチで包むと、厨房を去る。

残された三人のメイドは、砂糖の欠片をさらに砕き、クラーラや従士たちに配る少し大きな欠片と、農奴たちに配る小さめの欠片に分ける。

「……ペンスさんが帰ってきたら、砂糖で美味しいお菓子を作ってあげたいですね～。きっとすごく疲れて、もしかしたら怪我《けが》をして帰ってくるかもしれないから～」

クラーラに届けるための、多少形を整えた砂糖の欠片を皿に移しながら、ロゼッタがぽつりと呟《つぶや》いた。彼女の呟きにキンバリーとメアリーは顔を見合わせ、そしてメアリーが口を開く。

「ロゼッタ。ペンスさんは強いわっ。きっと無事に帰ってくるわよっ」

「ありがとうございます～。でも、私は大丈夫ですよ～。ペンスさんを信じてますし、同時に万が一のときの覚悟もしてますから～……それが、軍人の妻になるってことですから～」

メアリーの慰めの言葉に、ロゼッタはいつもと変わらない笑顔を返す。

「……ロゼッタ、あなた強くなったわね。偉いわ」

あまり人を褒めないキンバリーが、珍しく素直な言葉でロゼッタを称賛する。


クリスティは商品作物の実験栽培や特産品の商品化の研究以外に、領主家直営工房の事務仕事も自身の務めとしている。

ダミアンをはじめとした職人たちに配るための砂糖を手に、領都ノエイナのはずれにある工房をいつものように訪れた彼女は、ひとまず工房の事務室に入る。

砂糖を包んだハンカチを机の上に置くと、事務室を出て作業場の奥に向かう。

作業場の奥は、筆頭鍛冶職人であるダミアンが開発を行うための場所。領主が不在の間も領地の維持発展のために黙々と働く職人たちの間を抜けて作業場の奥に到着すると、ダミアンはそこで何やら金属製の板と向き合っていた。

「ダミアンさん」

「んんー、これだと耐久力が低すぎるな……いくらなんでも、クロスボウの矢が簡単に貫通するよ

うじゃあ駄目だ……」

「ダミアンさん、ちょっといいですか？」

「だけどなぁ……ゴーレムがどれくらいの重量に耐えられるか分からないもんなぁ……こんなことならノエイン様に聞いておくんだった……」

「ダミアンさん！」

真後ろまで近づいて大声で呼ぶと、ダミアンはようやく振り返った。

「おおっ、なんだクリスティか。びっくりしたなぁ」

「いくら仕事に夢中でも、呼ばれたら返事をしないと駄目ですよ」

クリスティは内心で少し呆《あき》れながらも、一言そう注意をしただけで済ませる。仕事に集中しているダミアンの反応が遅れるのは珍しくもないので、今さらしつこく叱る気にもなれなかった。

「それで、頼んでおいた新しい圧搾機の件で来たんです。ちゃんと作ってくれてますか？」

大豆からの油生産は事業化が順調に進んでおり、今までは試作用のものがひとつだけだった圧搾機も増産されることが決まっている。クリスティが尋ねたのはその進捗だった。

「当たり前だろ！　俺がノエイン様に頼まれた仕事を忘れるなんてあり得ないって！　期日までには余裕で完成するって！　大丈夫大丈夫！」

そう言ってダミアンが指差した先には、作りかけの圧搾機があった。それなりに形を成しており、期日までには余裕で完成するというダミアンの言葉は本当だと分かる。

「そうですか。なら問題なしです。ご苦労さまです、ダミアンさん」

ダミアンは領内一の変わり者とされているが、鍛冶職人としての腕は確かで、自身を見出《みいだ》して重用してくれたノエインの指示にはよく従う。クリスティの確認も念のためのもので、さほど心配はしていなかった。

「ところでクリスティ！　ノエイン様のゴーレム用に、新しい装備を開発中なんだけど、これどうかな？」

「……どう、って言われても。私にはただの変なかたちの鉄板にしか見えません」

確かにゴーレム用と言われても納得できる大きさだが、特に何かの機能などもなさそうな薄く平たい三角形の鉄板を前に、クリスティは怪訝《けげん》な顔になる。

「これはただの部品のひとつだよ。これを二枚作ってさ、それぞれの一辺を直角に重ねるように繋《つな》ぎ合わせて、その裏にゴーレム用の持ち手を付けるんだ。そしたら、ゴーレムが鉄板で全身を守りながら、その鉄板の尖《とが》った頂点側を武器にして突撃を仕掛けられるだろ？　ノエイン様が、ウッドゴーレムは火が弱点だって悩んでたからさ、その弱点を補えるような装備を考えてたんだよ」

「……なるほど。理屈は理解できましたけど、武器の良《よ》し悪《あ》しは私には分かりません」

ダミアンの説明を受けたクリスティは、微妙な表情でそう答えた。

「本当はノエイン様の出征前に手を付けたかったんだけど、クロスボウとバリスタの増産とか予備部品の製造、それと整備で忙しかったからなー。とりあえずこうして形にはしてみたけど、これ以上の調整はノエイン様がいないと……なあクリスティ、ノエイン様が帰ってくるのっていつ頃だったっけ？」

「もう、そんなことも覚えてないんですか？　予定ではそろそろ戦争の決着がつくか、早ければもう終戦を迎えてる頃合いです。それから軍の解散まで何日かはかかるとして、それから帰還して……順調にいけばあと四週間くらいじゃないですか？」

クリスティの返答を聞いたダミアンは、口をあんぐりと開けて愕然《がくぜん》とする。

「四週間！　二十四日！　そんなに先なのかぁ……ああ、早くノエイン様に成果を見てもらいたいのになぁ。改良にも協力してもらいたいし」

「……それよりもまず、ノエイン様と領軍の皆さんが無事に帰還されることを願いましょうね。でないとダミアンさんの開発どころじゃなくなるんですから」

クリスティはため息をつきながら言った。

アールクヴィスト領は平穏を保っているが、そこに暮らす者たちはやはり、程度の差はあれど不安を抱えている。出征している友人や隣人、家族は無事なのか。そして自分たちの恩人たる領主ノエインは無事なのか。ふとしたときに考えてしまう。

当然、クリスティもその一人だった。自身の主人であり、自身に前を向いて生きることを教えてくれたノエインの無事を心から願いながら、不安を抱えていた。

「えっ？　それは大丈夫だろ」

しかしダミアンは、不安など微塵《みじん》も抱えていない様子で返してくる。

「だってノエイン様は、俺が作った兵器を山ほど持って行ってるんだぞ？　そこらの軍隊に負けるわけない！　楽勝のはずだって！」

当たり前のように言うダミアンを見たクリスティは――小さく笑った。

「ふふっ。確かに、その通りかもしれませんね」

「だろっ？　はぁー、早くノエイン様帰ってこないかなぁ」

常に気ままで奔放なダミアンが、いつもの調子で言っているのを聞くと、彼の言う通り領主ノエインたちは当然無事に帰ってくるのだと思えてくる。

今ばかりは、ダミアンのこの言動に救われる。そう思いながら、クリスティは無邪気に試作品と向き合うダミアンを微笑《ほほえ》ましく見る。


「――よって、戦争による物価高は領内経済に深刻な影響を与えない見込みです。鉄とラピスラズリ、そしてジャガイモをはじめとした食料の輸出で、むしろ利益が増すものと考えられます」

「そう、分かりました。ありがとう」

会議室代わりの従士執務室で従士アンナの報告を受け、領主代行を務めるクラーラは答えた。

この場には他にも農業担当のエドガー、婦人会会長のマイ、そして外務担当のバートも同席している。領主や武門の従士たちが不在のため、規模を縮小して行われている定例会議だった。

「それでは、後は……領民の皆さんの様子はどうですか？　何か変わったところは？」

「農民たちに関しては、特に問題ないかと思われます。皆、勤勉に仕事に励んでいます」

「女性たちの様子も同じです。家族が出征している人たちはさすがに少し不安そうな表情を見せることもありますが、周りが積極的に声をかけているので、今のところは問題ないかと思います」

クラーラの問いかけに、エドガーとマイが答える。戦争によって領民たちの心理面に悪い影響が出ていないか見守るのは、領民と接することの多い二人の役目となっている。

「それは何よりです……家族が出征している女性たちとは、私も是非、一緒に話す時間を作りたいと思っています。どうでしょうか？」

「それは良い案ですね。皆も喜ぶと思います。クラーラ様がよろしければ、具体的に計画します」

「ありがとう。それではお願いしますね」

クラーラはどこかほっとした様子を見せる。

「それでは……本日の定例会議はそろそろ終了としましょう。皆さん、お疲れさまでした。まだまだ忙しい状況が続くかと思いますが、アールクヴィスト領のためにもどうか引き続きよろしくお願いします」

そう言って会議を締め、クラーラは退席する。立ち上がって礼をしながら領主代行を見送り、従士たちは口を開く。

「……やはり、だいぶ疲れていらっしゃるようだな」

「そうね。女性たちと話す時間を作りたいって仰《おつしや》ったのも、もしかしたらクラーラ様ご自身が同じ境遇の領民女性たちと話したいからなのかも」

心配そうな表情で呟いたエドガーに、彼の妻であるアンナがそう返した。

「無理もないさ。クラーラ様もアールクヴィスト領での生活にはかなり慣れたとはいえ、今はノエイン様もマチルダもいないんだからな。そんな状態がもう一か月も続いてるんだから、相当心細いんだろう」

バートも腕を組みながら、ため息交じりに語る。

「クラーラ様は、執務のとき以外はお一人になられるわけだし……心配ね。私、ちょっと声をかけておくわ」

マイはそう言って、クラーラの後を追って退室していく。

「……それじゃあ、俺は仕事に戻るかな。ベゼル大森林の見回りに行かないと」

続いてバートが立ち上がる。会議中は鞘《さや》ごと外していた剣をとり、腰に帯びる。

「バートさんも大変ですね。外務だけじゃなくて領内の防衛任務まで」

「ははは、俺も一応は元傭兵《ようへい》だから。今は人手が足りていないから、仕方ないさ」

アンナの言葉に苦笑し、バートは屋敷の正面玄関側に続く扉から出ていった。

「クラーラ様」

執務室に向かっていたクラーラは、後を追ってきたマイに呼び止められて振り返る。

「すみません、急に呼び止めてしまって……畏れながら、クラーラ様のことが心配で」

「マイさん……ありがとうございます」

クラーラは努めて笑みを浮かべながら答えるが、その声はどうしても、普段より少し弱々しくなってしまう。

「ごめんなさい。夫が出征しているのはマイさんも同じなのに、私ばかりこんな風で」

「いえ、そんな……クラーラ様は、ノエイン様と結婚されてまだ一年も経《た》っていませんから。心細くなられるのも当然かと思います。その点、私は自分も元傭兵の身なので平気ですよ。お気になさらないでください」

そう言って笑うマイに、おそらくは少し無理をさせてしまっているとクラーラは考える。彼女とて夫が心配でないわけがない。

「……正直に言うと、やはり不安になります。今この瞬間も、ノエイン様とマチルダさんは戦場にいるのだと思うと」

戦場はアールクヴィスト領から三週間、馬で急いでも十日はかかる距離にある。戦争の結果は王家の対話魔法使いによる『遠話』通信網を用いて北西部にも届けられる予定だが、一士爵に過ぎないノエインの安否までは伝わらない。

そうした細かい情報は、父であるアルノルドが遣いを出して届けてくれることになっているが、それもまだ先の話。不安な日々はまだ当分続く。

「でも、私がこんな調子でいては駄目ですね。マイさんや従士の皆さんに心配をかけてしまったみたいですし、このままでは領民たちにまで不安が伝わってしまいます。領主代行なのだから、気を強く持ってアールクヴィスト領を守らないといけませんね」

クラーラが気丈に振る舞ってみせると、マイは優しげな微笑を浮かべた。

「一従士の私がこんなことを言うのは出過ぎた真似《まね》かもしれませんが……お話し相手が必要なときは、私でよろしければいつでもお声がけください。それと、家族が出征している女性たちとの懇談の場も、できるだけ早めに実現させますね。できれば数日中にも」

「出過ぎた真似なんて、そんなことありません。本当にありがとう、マイさん」


その日の夜。一日の仕事を終えたクラーラは、寝室のベッドに倒れ込んだ。

静まり返った部屋の中で、天井を見つめる。

「……ノエイン様」

ベッドの上で一人、クラーラは思わず呟く。

ノエインとマチルダと、三人でも余裕をもって眠れるほど広いベッドが、今はかえって孤独を感じさせる。

日中はまだいい。臣下や領民たちに囲まれながら、領主代行としての仕事と、学校運営の仕事を忙しくこなしていれば、ある程度は気も紛れる。

しかし、こうして寝室で一人になると、どうしても不安がこみ上げてくる。

自分がこうして暖かい寝室にいるときも、ノエインとマチルダは戦場にいる。寒さを感じながら眠れぬ夜を過ごしているのかもしれない。あるいは、満足に眠ることもできずに戦ったり、敵を警戒したりしているのかもしれない。もしかしたら、怪我を負っているかもしれない。

そもそも、二人が生きて夜を過ごしている保証さえない。

さらに言えば、父アルノルドも、王国軍の第一軍団に所属する長兄フレデリックも戦場にいるのだ。最愛の夫と、無二の親友かつ同志である女性、そして兄と父。その全てを同時に失ってしまうのではないかという最悪の想像も、考えないようにしているはずなのにそれでも頭をよぎる。

不安のあまり、涙が一筋零《こぼ》れる。

「……」

クラーラは努めて静かに呼吸をして、意識を落ち着かせようとする。

一人で不安な想像をくり返し、めそめそと泣いていても、どうしようもない。自分は領主代行なのだ。明日も朝早くから仕事をしなければならないのだ。そのためにも、早く眠って疲れをとらなければならないのだ。

マチルダと約束したのだ。彼女は今ごろ、戦場でノエインの傍《そば》にいる。だから自分はここで、ノエインの領地を、彼が帰る場所を守り続けるのだ。

これが自分の戦いだ。自分はこの孤独と、不安と戦わなければならない。

ノエインはきっと、いや必ず帰ってくる。妻である自分が誰よりもそう信じなければならない。

クラーラは今日も、独りで眠りにつく。

四章　激戦と喪失

HINEKURE RYOSHU NO KOFUKU-TAN

ノエインがジノッゼたち獣人にアールクヴィスト領への移住を打診し、受け入れられた翌日。この日もまだ、敵部隊が再攻撃を仕掛けてくる様子はなかった。

しかし、ノエインとフレデリックは厳しい表情で敵陣を見やっていた。

「……さすがに、あの数を相手にするとなると不安を覚えるな」

「そうですね。いくら防衛側が有利とはいえ、この戦力差は……」

この二日間、敵部隊には次々に増援の兵が合流し、その総数は千近くにまで膨れ上がっている。

「十の砦《とりで》の中でも特に小規模なバレル砦を相手にあの軍勢か。ランセル王国側は、この要塞地帯に一体どれだけの兵力を割いていることやら」

フレデリックが半ば呆《あき》れた声で呟《つぶや》いたそのとき、物見台に立つ見張りの兵士が声を張る。

「東から鷹《たか》が一羽、近づいてきます！　この砦の中に入ってくるようです！」

その報告を受けて、ノエインとフレデリックは後ろを振り返り、東の空を見る。

「……鷹だな。確かに、こちらに近づいてくるようだ」

「味方の伝令でしょうか？」

魔法の中には、動物や魔物を従える使役魔法と呼ばれるものがある。鷹などを使役する魔法使いは、対話魔法の『遠話』よりも柔軟かつ手軽に情報を伝達するために重宝されている。

「おそらく、そうだろうな。迎え入れよう」

そのまま砦の中に降り立った鷹は、首に王家の紋章が刻まれた布を巻き、足には小さな箱を備えていた。

ノエインたち以外にも、ユーリやペンス、ラドレー、フレデリックの副官など士官たちが集まった中で、フレデリックが箱を開け、小さく折りたたまれた紙を取り出して広げる。

「……なるほど、そういうことか。ノエイン殿の読みが当たったたな」

そう言いながらフレデリックが差し出してきた紙を、ノエインは受け取って目を通す。それは、ヴェダ山脈より南の本隊からの伝令文だった。

その伝令文によると、ランセル王国側が集めた兵力は、当初の予想より多いおよそ一万六千。そのうち千五百の兵力を要塞地帯に向けて割いたように見せかけて、本隊の開戦直前に、追加で三千五百の兵力を要塞地帯へと移動させた。

おそらくは事前に綿密に計画されていた部隊移動だったらしく、よく統率のとれた、敵ながら見事な動きだったという。

さらに、敵の本隊は事前に組み立てていたらしい木柵や、土魔法使いを大量動員して力ずくで短時間のうちに作り出した空堀によって、丘の上に野戦陣地を築いた。そして守りに入った。

一万を超える兵が籠り、防衛に徹する野戦陣地。ロードベルク王国側の本隊一万八千をもってしても簡単に落とすことは叶《かな》わず、未《いま》だ攻略が続いているという。

ランセル王国側の狙いは、こうして本隊が時間を稼いでいるうちに、要塞地帯へと割いた合計五千の別動隊が砦を攻略し、ロードベルク王国側の本隊の後方に回り込むことだと考えられる。

いかな大軍でも前後から挟撃されれば脆《もろ》い。敵の狙いが実現すれば、ロードベルク王国側の本隊は総崩れになり、王国はこの戦争に敗北することになるだろう。

ハルゼア砦陥落の報を聞いた後のノエインの推測が、ほぼ的中したかたちとなった。

「やっぱりそうだったんですね……それにしても、要塞地帯に五千の別動隊ですか。どうりでバレル砦ひとつに千近い兵力を向けられるわけだ」

伝令文を読み終えたノエインは、ため息交じりに言った。

「こうなると、こちらの本隊が敵本隊の野戦陣地を打ち破るか、敵の別動隊がこちらの要塞地帯を攻略するか、どちらが早いかで勝敗が決まりますな」

ノエインに続いて伝令文に目を通したユーリがそう語る。

要塞地帯の十の砦に配置された兵力は合計で三千。対して、要塞地帯の攻略を試みる敵の別動隊は合計で五千。

数では敵の別動隊が上回っているが、全ての砦に十分な規模の兵力を張り付けてノエインたち防衛部隊の動きを封じた上で、さらにロードベルク王国側の本隊の後背を突くほどの余裕はない。

かといって、砦を放置して要塞地帯を素通りするという選択肢も敵にはない。もし敵の別動隊がそのようなことをするのであれば、ノエインたちはそれぞれの砦を出て、本隊の後背を突こうとしている敵の別動隊の、さらにその後背を突くことができてしまう。

なので敵の別動隊は、要塞地帯にある十の砦のうち、できれば全て、少なくとも半数以上は攻略しなければ作戦を次の段階に進められない。その間、敵の本隊は戦線を維持し、瓦解を防がなければならない。

結果としてこの戦争は、ロードベルク王国側の本隊がランセル王国側の本隊の野戦陣地を攻略すればこちらの勝利、ランセル王国側の別動隊がロードベルク王国側の要塞地帯を攻略すればあちらの勝利となる。

「奇《く》しくも、主戦場から外れていたはずの我々の奮戦で、大戦の勝敗が左右されることになってしまったな」

「ですね。敵部隊が砦の攻略に躍起になるのも納得です」

「あの数の敵が、それこそ死に物狂いで攻めてくるとしたら……何かもっと、策を講じておかなければ危険だな。次の戦いを乗り越えられるか分からない」

フレデリックは険しい表情でそう語った。

「一応、僕のゴーレムの白兵戦での強さはまだ敵に明かしていません。奥の手としてぶつければそれなりの戦果を挙げられるでしょうが……それでも、あの規模の部隊から攻撃されたら、どの程度押し返せるかは未知数です」

「そうだな。敵の歩兵がノエイン殿のゴーレムに力で勝てるとは思わないが、戦場において数は脅威だ。何かもう一手、打てる手があれば……」

「……敵部隊の指揮官を直接仕留められれば、混乱させてまた一時退却に追い込めるんですがね」

「口で言うのは簡単だが、実際は難しいだろう。次からはおそらく、敵指揮官もバリスタでの狙撃を警戒して騎乗せず、最初から隊列の後ろに隠れる。砦の中からでは仕留める手段がない」

ペンスの呟きに、ユーリが現実的な指摘をする。

「側面か後方からの奇襲でもできればいいのですが、砦から打って出るのは愚の骨頂でしょうな。ハルゼア砦と同じ末路をたどりかねません」

フレデリックの副官が、腕を組んで悩みながらそう語った。

話し合いが行き詰まり、誰もが黙り込み、考え込む。しばし沈黙が続く。

「……あの、ひとつ思いついたんですけど」

その沈黙を破ったのは、ノエインだった。


その日の夜更け。バレル砦の東門——敵部隊の陣とは反対側の門の裏に、ラドレーの率いる小部隊とフレデリックの率いる十騎ほどの騎兵部隊が集結した。

「ラドレー、くれぐれも気をつけてね。無理はしないで」

「へい、大丈夫です。任せてくだせえ」

見送りに出ているノエインが激励の言葉をかけると、ラドレーはそう言って頷《うなず》く。

「ノエイン様、ラドレーが指揮をとるなら大丈夫でさぁ。こういう乱暴な任務には、こいつ以上の適任はいませんよ」

「けっ、うるせえなボケが……だけど、ペンスの言う通りです。俺なら失敗しません。もし敵と鉢合わせしても、皆殺しにして帰ってきます。率いる徴募兵どもも全員連れ帰ります」

ペンスに向けて悪態をつきながらも、ラドレーは頼もしい言葉を語った。

ノエインはラドレーに微笑を返し、次にフレデリックを向く。

「フレデリックさん……すみません、こんな危険な役目を」

「何、この作戦には私も賛成したんだ。ノエイン殿が謝る必要はない。これでも王国軍第一軍団の騎士だからな。こういう場面で身体《からだ》を張らなければ恰好《かっこう》がつかない……上手《うま》くやるさ」

フレデリックは小さく笑いながら、そう答えた。

ノエインはフレデリックに頷き、最後に獣人たちを向いた。

「……ジノッゼ。ケノーゼ。そして皆も。これはとても危険な任務だけど、本当にいいんだね？」

念を押して尋ねると、ラドレーやフレデリックに率いられる獣人たちは全員が頷く。

「これも同胞の命と、未来を守るためです。アールクヴィスト閣下のご領地に移住させていただくという未来を実現するためには、私たちも頑張らなければなりません。アールクヴィスト閣下よりいただくご恩にお応えし、家族や友人を助けるためと思えば私たちも命を惜しまず戦えます。これは私たち自身の選択です。覚悟はできています」

そう語るジノッゼの目は力強かった。

「……そうか、ありがとう。何があっても、君たちの同胞はアールクヴィスト領で受け入れると約束する。だから憂いなく戦ってほしい。そして、どうか無事に帰ってきてほしい」

「ありがとうございます、閣下」

ノエインがジノッゼと話している間に、部下である王国軍兵士たちと言葉を交わしていたフレデリックが、彼らとの話を終えてノエインを向く。

「ノエイン殿。そろそろ行動を開始していいか？」

「はい、お願いします。フレデリックさんたちが発《た》ったら、こちらもすぐに動きます」

「頼んだ……それじゃあ、また明日に」


馬がぎりぎり通れる程度の幅で静かに開かれた東門を通り、ラドレーとフレデリックの部隊が砦を出る。

「では、我々はこのまま森に向かう。お互い上手くやろう」

「へい、お気をつけて」

門を出て間もなく、二つの部隊は分かれる。ラドレーの部隊は東門を出て右側——すなわち砦の南側を回って敵陣に向かい、一方のフレデリックたちは砦の北側を回り、敵陣の左手前方に広がる森へと進んでいった。

ラドレーと、彼の率いる合計五人の獣人は、夜闇に紛れて敵部隊の陣地に近づく。

ラドレーの後ろに続くのは、獅子《しし》人や猫人など夜目の利く種族の者たち。ラドレー自身も、幼い頃より戦場で生きてきたために一般的な普人より夜目が利く。背の高い草の陰に隠れるよう姿勢を低くしながら、ラドレーたちは敵陣に迫る。

先頭を行くラドレーは、間もなく陣地の端で見張りに立っているらしい敵兵を発見する。

「止まれ。見張りだ。二人いる」

声を潜めて言ったラドレーの指示に従い、獣人たちは停止する。

ラドレーは息を殺して見張りの敵兵を観察する。

どちらも獣人で、夜目が利き気配にも敏感なはずだが、ロードベルク王国にも増して獣人迫害の酷《ひど》いランセル王国ではろくな扱いを受けていないのか、明らかに疲れていてやる気がなかった。二人組の見張りの片方はあくびをしながら夜空を見上げ、もう片方に至っては、立ったまままうとうとしている。

「仕留めてくる。待ってろ」

ラドレーはそう言い残し、足音を立てずに走り出す。走りながら槍《やり》を構え、投擲《とうてき》する。

勢いよく飛んだ槍が、先ほどあくびをしていた方の敵兵に迫り、その胸のど真ん中を貫く。くぐもったうめき声をひとつ零《こぼ》し、敵兵は地面にどさりと倒れる。

「ん？　どうし――」

立ったまま居眠りしていた敵兵が、仲間の異変に気づいたときには、ラドレーはその敵兵に肉薄していた。敵兵の口を塞ぎ、喉にナイフを突き立てる。

目を見開いて無言で絶命した敵兵を静かに横たえ、もう一人の敵兵の胸から槍を引き抜き、ラドレーは率いる獣人たちに向けて手招きした。それを受けて、獣人たちも前進する。

「よし、それじゃあ手はず通りにやるぞ……壺《つぼ》に魔石を取り付けろ」

五人の獣人のうち三人が、革袋に収められていた壺――本来は『爆炎矢』の鏃《やじり》として使われる魔道具を取り出し、魔石を取り付けて起動させる。

魔道具を手にした三人と、剣を手に後方を見張る二人を引き連れ、ラドレーは敵部隊の陣地に侵入する。

夜も更けたこの時間、起きている者は少ない。ほとんどの兵士が天幕に入り、あるいは地面の上に寝袋を広げ、眠りについているようだった。

敵陣の只中《ただなか》を、ラドレーたちはほとんど誰とも出くわすことなく進む。途中で一度、天幕の隅で地面に向けて小用を足している敵兵と出くわしたが、それはラドレーが瞬殺する。

そしてラドレーたちは、不寝番の兵士が二人、入り口に立っている大きな天幕を発見する。そこがおそらくは食料などの物資の集積所だとにらんだラドレーは、率いる獣人たちに指示を出して皆で天幕の裏手に回り込む。

「ここでいい。やれ」

ラドレーの命令を受けた獣人の一人が、手にしていた魔道具を天幕に投げつけた。壺が割れて炎が巻き起こり、革布でできた天幕は瞬く間に燃え上がる。

「離れろ。急げ」

天幕の表側にいる二人の兵士が気づく前に、ラドレーたちは逃走を開始する。走りながら、ラドレーが指し示した適当な天幕に、残る二つの魔道具が投げつけられる。

さらにラドレーは、走り去る道中にあった、灯《あか》りとして立てられていた松明《たいまつ》を蹴り倒す。松明の火が、倒れた先の天幕に燃え移る。

「そろそろ終《しま》いだ……仕上げをするぞ」

そう言って、ラドレーは走りながら息を吸い、腹の底から叫ぶ。

「敵襲！　敵襲ぅー！　敵が陣に紛れ込んでるぞぉぉっ！」

「敵だー！　ぎゃあああっ！」

「そこら中敵だらけだあー！」

ラドレーに倣い、獣人たちも声を張って適当なことを叫ぶ。

陣地の中で発生したいくつもの小火《ぼや》と、「敵襲」という叫び声。それらの異変は敵部隊の兵士たちの心に恐怖を生み、生まれた恐怖は寝起きの混乱も相まって、瞬く間に広がっていく。

「おい、火事だ！」

オーバーラップ文庫&ノベルス NEWS

2307 B/N

「火を消せ！　食料が燃えちまう！」

「ひぃぃっ！　し、死んでる！」

「敵がいるぞ！　どこかに敵がいる！」

「うわあっ！　服がっ！　服が燃えてる！　助けてくれ！」

「こっちにも死体だ！　敵が大勢いるぞ！」

　そこら中に敵がいる。陣の中に入り込まれている。仲間が殺され、天幕が燃やされている。そう考えた兵士たちはパニックに陥った状態で武器を手に取り、天幕や寝袋から飛び出し、陣の中を走り回る。

　混乱したまま、出会い頭に他の人間に斬りかかる。攻撃を受けた側は当然応戦し、殺し合いが発生する。片方がもう片方を斬り伏せてよく見ると、殺した相手はどうやら味方のようだった……そんな光景が陣地の至るところでくり広げられる。

　殺し合いと共に、火による被害も広がる。寝ていた天幕を焼かれた兵士が火だるまになりながら飛び出し、断末魔の叫びを上げながら走り回り、他の天幕に倒れ込んで延焼を引き起こす。それを見た兵士が火を消そうと外套《がいとう》で扇《あお》ぐが、そうして空気が送り込まれたことで火の勢いがさらに増してしまう。

　この混乱こそが被害を拡大させる最大の原因だと気づいている士官たちは、なんとか兵士たちを落ち着かせようとするが、ほとんどの兵士が恐慌状態に陥っているために状況はいつまでも改善しない。

その頃、陣地の中心では指揮官の男が周囲に怒号を飛ばしていた。

「一体何が起こっている！　報告しろ！　誰でもいいから報告するんだ！」

先の戦闘で頼れる側近を失った男は、増援も加わって人数の膨れ上がった部隊を何とか統率しようと懸命に声を張る。

何度も叫び続けた甲斐《かい》もあって、士官たちからちらほらと報告が集まり出す。

「物資の集積所のひとつが焼かれています！　現在は消火作業中ですが、かなりの被害が出ているようです！　その他にも火災が複数か所で発生しています！」

「慌てるな！　物資は四か所に分散して保管しているから問題ない！　水魔法使いは物資集積所に優先的に回し、落ち着いて消火に努めろ！　それと、他の物資集積所の警備を固めろ！」

火災について報告する士官に、男はひとまずそう指示を出す。

「敵襲の報告が相次いでいます！　そこら中が敵だらけだと！」

「そんな馬鹿な……実際に敵を見たという報告は？　敵の数は？　種族は!?」

「それは……不明です！」

「誰も敵を見ていないのなら、それは同士討ちを引き起こすための罠《わな》だ！　即刻戦闘を止《や》めさせろ！　陣の中に敵はいないと言って回れ！」

男は貴族家の当主として、一応は人を統率する経験を積んできた。力強い声で具体的な指示を飛ばしていくと、陣地の中央にいる兵士たちから順に、少しずつ冷静さを取り戻していく。

一方で、未だに混乱の只中にある陣地の端では、ラドレーと彼の率いる獣人たちが逃走の最中に数人の敵兵と遭遇していた。

「皆殺しにして突破するぞ！　おらあああっ！」

ラドレーは吠《ほ》えながら槍を構え、四人いる敵兵の一人に迫る。その敵兵は多少は腕に覚えがあるのか、凄《すさ》まじい速さでくり出されるラドレーの初撃を剣で防いでみせた。

しかし、二撃目は完全に防ぎきれずに腕を負傷し、続く三撃目で顎から頭までを貫かれ、後頭部から槍の穂先を飛び出させて絶命する。

最も腕の良い一人をラドレーが仕留めている間に、獣人たちは残る三人の敵兵に襲いかかる。

「ゴガアあっ！」

「死ね！　死ねぇっ！」

自分たちの命がかかっている以上、獣人たちも必死だった。雄叫《おたけ》びを上げながら五人で三人に飛びかかり、懸命に武器を振るう。剣の刃や槍の穂先を、敵兵が動かなくなるまでその身体に叩《たた》きつける。

不意の遭遇で相手の側が混乱して動きが遅れたこともあり、ラドレーたちは一人も死ぬことなく敵兵を全滅させた。しかし、この戦闘で足を負傷した者が出たため、それをラドレーが担ぐ。

「す、すいません……」

「いちいち謝んじゃねえ。部下はなるべく全員連れ帰るのが俺の信条だ。しっかり捕まってろ」

小柄な鼠《ねずみ》人の青年を軽々と背負ったラドレーは、他の四人を引き連れて敵の陣地を去り、バレル砦へと帰還する。

その後しばらく経《た》って、敵陣の混乱は収束した。

・・・・・

翌日の午前。ノエインはマチルダとペンスとラドレーと共に、城壁上から敵陣を見ていた。

「敵は随分とご立腹のようだね。今までにも増して血気盛んに見える」

「あんなもん、ただの空元気ですよ。今は夜襲で混乱させられた怒りが勝《まさ》ってるでしょうが、すぐに寝不足の疲れが出るはずです」

「あはは、そうだね……これもラドレーが上手くやってくれたおかげだ」

「大したことはしてねえです。魔道具をいくつか投げて、敵を何人か殺しただけです」

ノエインたちが話している間に、敵部隊は隊列を整え、前進を開始する。

「来るか……それじゃあ皆、今日も頑張ろう」

そう言いながら、ノエインは両手を組んで伸びをし、さらに指を一本ずつ動かし、肩を回す。

ゴーレムを操作する際には、意識をゴーレムに伝える補助的な動作として、手先の柔軟な動きが重要。今日の戦闘ではゴーレムをよく動かすことになる。

敵部隊はいつものように、ある程度前進した段階で弓兵が攻撃を開始。前回よりさらに増え、二百人はいようかという敵の弓兵の攻撃を、ノエインたちはやはりいつものように盾を掲げてやり過ごす。

「ノエイン様。敵がバリスタの射程圏内に入ります。あと十秒です」

「分かった。ユーリ、あと十秒だよ」

『了解です』

例のごとく『遠話』を通して答えたユーリが、バリスタ隊に指示を出して射撃の用意をさせる。それから間もなく。開け放たれた門から『爆炎矢』が二発放たれ、不幸にも炎に巻き込まれた敵兵が何人か火だるまになって倒れる。

もう一度『爆炎矢』の斉射が行われた後、敵兵が迫ってくる前に砦の門が閉じられる。今回は装塡作業をゴーレムが担っていないので、これ以上の連射は叶わなかった。

総勢千近い部隊ともなれば、『爆炎矢』を四発食らったところでその前進は止まらない。間もなく敵部隊はクロスボウの有効射程内に入る。

「各自、狙いを定めて自分の判断で放て！」

ペンスが獣人たちに向けて声を張る。門を挟んだ反対側では、フレデリックの副官が同じように獣人たちに命令を飛ばしているのが聞こえる。

クロスボウと弓による、矢の応酬が始まる。

「怯《ひる》むな！　敵は前進しながら、丘の下から撃ってるんだ、狙いが甘いし威力も弱いからそうそう当たらない！」

ペンスが叫んだ通り、敵の弓兵が放つ矢は、前進しながらの攻撃ということもあり、ほとんどが外れる。高さが足りずに城壁に弾《はじ》かれて終わるか、逆に高すぎて防衛部隊の兵士たちの頭上を飛び越え、砦の中、誰もいない場所に落ちる。

一方で、獣人たちがクロスボウから放つ矢は、敵兵が構える即席の盾に突き立って止まるものもあるが、敵兵を直撃するものも多い。高さの利もあり、防衛部隊の方が優勢だった。

三回目の戦闘ともなれば、獣人たちもクロスボウの扱いには既に慣れている。城壁上の獣人たちが敵を狙撃し、城壁の下の獣人たちが装塡作業を行い、それが流れ作業のようにくり返される。クロスボウによる猛攻が、着実に敵の戦力を削る。

それでもランセル王国軍は数に任せて前進を続け、砦に迫る。

「……さて、そろそろか」

マチルダの盾に守られながら、ノエインは城壁の下を見下ろす。

砦の門の前には、地面に不自然な部分があった。まるで、一度そこを掘り返したかのような土の盛り上がりが。

敵部隊の最前列にいる者たちはおそらくそれに気づいているが、後続が前進を続ける中では彼らも止まれない。敵部隊は、門の目の前まで近づいてくる。

そのとき。

ノエインが土の盛り上がりに両手を向け、その手首に魔法陣が浮かび上がる。数瞬後、まるで地面が爆発したかのように土が飛び散り、その中から二体のゴーレムが出現した。

昨夜、敵部隊が夜襲を受けて混乱している隙に地面に穴を掘り、その中に座り込むように待機させていたゴーレムたち。それが今、ノエインの魔力供給を受けて敵部隊の目の前で起動し、立ち上がった。

これも、ノエインの策のひとつだった。

「な、何でこんな戦場にゴーレ……」

ゴーレムを眼前に、驚愕《きょうがく》の表情を浮かべて呟いた敵兵が、その呟きも終わらないうちにゴーレムの腕の一薙《ひとな》ぎを受ける。驚愕の表情を浮かべたままの頭が、胴体から離れて宙を舞った。

「ど、どうなってやがる！」

「おい嘘《うそ》だろ!?　何でこんなに動きが速いんだ!?」

「逃げろ！　逃げろ急げっ！」

これから門の破壊を試みるはずが、信じられないほど機敏に動くゴーレムと遭遇したことで、敵兵たちは大混乱に陥る。いきなり目の前で暴れ出したゴーレムに対して、敵部隊は何ら有効な対抗手段を持っていない。

ゴーレムが腕を振り回しながら敵の隊列に突っ込む。腕の直撃を受けた敵兵が血を吐きながら吹き飛ばされる。別の敵兵が頭を踏み潰されて沈黙する。また別の敵兵が、ゴーレムの両腕に叩き潰されて肉塊と化す。

もはやノエインが細かく狙いをつける必要などない。ゴーレム二体を適当に暴れさせるだけで、敵兵はその暴走に巻き込まれ、次々に命を散らしていく。

その間も、獣人の徴募兵たちは城壁からクロスボウを撃つのを止めない。ゴーレムに気をとられた敵兵は矢を受けて倒れ、城壁上に気をとられた兵士は、今度はゴーレムに殴り飛ばされて死ぬ。門の前は既に、ゴーレムが一方的に敵兵を殺りくする地獄絵図と化していた。

そこから離れた位置では、前回と同じように攻城戦がくり広げられる。敵兵が城壁に梯子《はしご》をかけて砦への侵入を試み、防衛部隊が武器を振るってそれを防ぐ。

城壁の裏でクロスボウの装塡を担っていた大柄な獣人たちや、バリスタ操作を務めていたユーリたちも加わり、激しい攻防が続く。

「予想通り、敵は動揺してる上に、もう疲れを見せてますね！　前回ほどの勢いはありません！」

梯子を上ってきた敵兵を斬り伏せて蹴落としながら、ペンスが叫んだ。

「よかった。だけど……やっぱり戦争は数だね。五倍以上の戦力差は厳しい」

ゴーレムを動かしながら戦場を見渡し、ノエインは額に汗を流しながら呟く。そのノエイン目がけて時おり飛んでくる矢を、マチルダが盾で防ぐ。

「ノエイン様、敵に気づかれたようです。飛来する矢が増えています」

「そうか……アールクヴィスト領軍、僕を守って！」

ノエインが声を張ると、近くにいた領軍兵士たちが集結し、マチルダと盾を並べる。ゴーレムを止めるにはそれを操る傀儡《くぐつ》魔法使いを狙うべきだと気づいたらしい敵の攻撃を、複数の盾による壁が防ぐ。

その壁の僅かな隙間から城壁の下を見やり、ノエインはゴーレムの操作を続ける。

「後は、フレデリックさんたちが上手くやってくれることを祈ろう」


「くそっ！　何なのだ一体！　どうしてこう予想外のことばかり起こるのだ、この戦場は！」

恐ろしいほどの機敏さで動き回り、兵士たちをなぶり殺しにするゴーレムの出現。そんな異常事態を前に、指揮官の男は険しい表情で叫ぶ。

叫んでいる間にも、二体のゴーレムの暴走によって配下の兵士が次々に死んでいく。

本当はこんなはずではなかった。千近い軍勢を従え、この数に任せて今日こそバレル砦を呑《の》み込んでやるはずだった。

敵の五倍を優に超える戦力があれば、難しい攻城戦とて力で押しきれるはずだった。そして自分は戦功を得るはずだった。

しかし、結果はこの様《ざま》だ。まだ勝敗がどうなるかは分からないが、意味不明のゴーレムが現れたために、戦いはひどく無様なものになってしまっている。率いる部隊にはまたもやおびただしい被害が出ており、華々しい勝利とは程遠い。

「おい、まだあの傀儡魔法使いを仕留められないのか！」

「て、敵の護衛によって堅く守られており、矢が通りません！」

男が傍らの士官に叫ぶ。士官としては有能だが、指揮官の側近を務められるほどではないその者は、困った表情で頼りにならない答えを返す。

「ならばもっと多くの弓兵を使え！　全ての弓兵を砦に近づかせ、あの傀儡魔法使いを攻撃させろ！　敵の防御とて完璧ではないのだ！　矢の一本くらいは盾と盾の隙間を通るであろう！」

「しかし閣下、この状況で弓兵をあまり前に出せば、敵のゴーレムと例の奇妙な弓の餌食に――」

「いいからやれ！」

男は怒鳴り、問答無用で命令を伝達させる。

その声と表情には明確な焦りの色があった。たった一人の魔法使い、それもたかが傀儡魔法使いのせいで、自分の戦功が台無しになってしまう。敵の五倍以上の兵力で攻めたにもかかわらず大損害を出したとなれば、自分の名にも、家の名にも傷がついてしまう。そんな焦りがあった。

焦りを抱えながら、男は険しい表情で前方の砦を睨《にら》む。男を囲む護衛兵たちも、ゴーレムが暴れ回る前方の異様な光景に目を奪われ、戦況を見守る。

そうして誰もが前を見ていた。そのせいで、敵がいるはずのない後方への警戒は、すっかり疎《おろそ》かになっていた。

そのとき、男はふと違和感を覚えた。違和感のあった方向――左後方を振り返った。

「なっ！　馬鹿な！」

そこには見覚えのない騎兵部隊がいた。

その数は十騎ほど。一騎はこの部隊の指揮官なのか、正規軍人らしき騎士だった。

残りは獣人だった。それもただの騎兵ではない。鼠人や猫人など小柄な種族の獣人たちが、一頭の馬に二人ずつ乗っていた。一人が前側に乗って手綱を握り、もう一人はその後ろで例の奇妙な弓を構えていた。

こうして近くでよく見ると、その奇妙な弓の構造が何となく分かった。小型の弓を台座に横付けしたような構造だった。

その奇妙な弓は全て、指揮官である男に向けられていた。

「ご、護衛へ――」

「放て！」

男が言い終わる前に騎兵部隊の指揮官が叫び、全ての弓から矢が放たれ、男の全身を貫いた。

「フレデリック様の別動隊が、敵の指揮官を仕留めました！」

マチルダたちの盾に守られながらノエインがゴーレム操作を懸命に続けていると、物見台に立つ王国軍兵士の声が聞こえた。その報告によって、ノエインは自身が考案した策が全て成功したことを知った。

ラドレーが夜目の利く獣人たちを率い、少数の部隊による魔道具を用いた夜襲を敢行し、敵陣に混乱を引き起こす。その隙にフレデリック率いる騎兵部隊が、敵陣の北側に広がる森の中に侵入してそのまま潜伏する。さらに、ノエインたち本隊が、砦の西門の前にゴーレムを埋める。

そして夜襲の翌日。夜襲を受けたことで疲労の溜《た》まった敵部隊にゴーレムをぶつけることで時間を稼ぎ、敵の注目がゴーレムに集まっている隙に、森を出たフレデリックの騎兵部隊が後方から敵陣後方を奇襲し、クロスボウによって敵指揮官を討ち取る。

夜襲部隊とゴーレム、騎兵部隊の三段階の襲撃で敵部隊を徹底的に混乱させ、指揮系統を崩壊させることで部隊としての機能を奪う。そんな奇策だった。

「よかった……ユーリ、フレデリックさんたちの状況は？」

「予定通り、戦場を迂回《うかい》して砦の東門に回り込もうとしています！　しかし敵も気づき、騎兵部隊に矢を射かけています！」

城壁の上、ノエインの近くで、ユーリが敵兵の侵入を食い止めながら叫ぶ。指揮官戦死による敵部隊の混乱は、まだ前衛までは広がっていない。

「分かった。クロスボウ隊と弓兵隊はできる限りの援護を！」

「了解！」

ユーリが大声で指示を飛ばし、まだクロスボウを撃つ余裕のある獣人たちと、弓を扱える僅かな者たちが騎兵部隊の援護に回る。帰還するフレデリックたちを射止めようとする敵の弓兵に向けて、できる限り矢を放って牽制《けんせい》する。

ノエインも敵の注意を引きつけるため、ゴーレムをより一層暴れさせる。魔力の消耗が激しくなるのを承知の上で、魔力を供給できるぎりぎりの距離までゴーレムを移動させ、敵の弓兵を攻撃させる。

この三段階の策で最も危険なのは、フレデリックたち騎兵部隊が、戦闘の最中《さなか》に敵陣の真横を通って帰還するとき。砦の本隊が懸命に援護しても敵の攻撃全てを防ぐことは叶わず、フレデリックたちは敵の矢が飛ぶ中を駆けて砦の東門を目指すことになる。

およそ十騎の騎兵部隊は、敵の矢の雨をかいくぐり、砦の後方に回り込んで東門から飛び込んでくる。一騎、また一騎と帰還し、最後にジノッゼとケノーゼの乗る馬が砦の中に入った。

それと時を同じくして、敵部隊が後退を開始した。夜襲による疲労の蓄積とゴーレムの攻撃による混乱に加え、指揮官の戦死という非常事態を受けて、秩序のある攻撃の継続は不可能と判断したらしかった。

「今日も僕たちの勝利だ。皆よく守ってくれた！」

ノエインが声を張って労《ねぎら》いの言葉をかけると、兵士たちは喜びと安堵《あんど》の声で応える。

「ユーリ。ひとまず死者と負傷者の確認を進めさせて。僕はフレデリックさんたちのところに行ってくる」

「了解」

戦闘後の指揮をユーリに任せたノエインは、マチルダを伴って城壁から下り、英雄的な役割を果たして帰還したフレデリックやジノッゼたちのもとに駆け寄る。

「フレデリックさん、ご無事で何よりです」

「ああ。撤退時は少し冷や汗をかいたがな。務めを遂行できてよかった」

馬を降りたフレデリックと言葉を交わし、ノエインは次に獣人たちを向く。

「ジノッゼ、それに皆も、本当にお疲れさま」

敵の攻撃を必死で振り切ったために疲れ果てた様子の獣人たちは、ぜえぜえと荒い息をしながらも笑顔で頷く。

しかし、ジノッゼだけは何の反応も示さない。息子であるケノーゼの後ろで、虚《うつ》ろな目をしたまま動かない。その目には光が宿っていない。

「ジノッゼ？」

ノエインが彼のもとに近づくと――その背中に矢が突き立っているのが見えた。

「……あぁ」

それを見た瞬間、ノエインは身体から力が抜けるのを感じた。膝から崩れ落ちそうになり、それをなんとか堪《こら》える。

ケノーゼが後ろを振り返り、ジノッゼの口元に手を近づけて息があるかを確認する。

自身の父が絶命しているのを確認すると、ノエインに向けて静かに首を横に振った。

「……すまない」

咄嗟《とっさ》に口をついて出たのは、そんな言葉だった。

ジノッゼは死んでしまった。自分の立てた策によって彼は死んだ。自分が彼を死なせた。そんな実感がノエインを襲う。

馬上でバランスを崩したジノッゼの身体が、地面に落ちそうになる。ノエインの横を通り過ぎたフレデリックがそれを支え、そのまま馬の背からそっと降ろして地面に横たえた。

「お前の父は英雄だ。彼のおかげで今日の勝利がある。誇りに思うといい」

ケノーゼに力強く語りかけたフレデリックの方が、動揺するノエインよりもよほど指揮官らしい態度だった。

「……ありがとうございます。父もきっと喜びます」

それに答えるケノーゼの声は、今までほとんど喋《しゃべ》らなかった彼がはっきりと答えるその声は、ジノッゼによく似ていた。彼ら二人は確かに親子で、そしてケノーゼは今、父を失った。ノエインの策を実行した結果として。

それ以上、どんな言葉を発すればいいか、ケノーゼに何と声をかければいいか、ノエインには分からなかった。

呆然《ぼうぜん》と立ち尽くすノエインを一瞥《いちべつ》したケノーゼは、他の獣人たちと共に父親の遺体を丁寧に担ぐと、その場を去った。

「……ノエイン様」

マチルダが心配そうな声でノエインを呼ぶ。

「大丈夫だよマチルダ、大丈夫……ただ、凄《すご》く疲れた。今は部屋に戻って少し休みたい」

五章　希望と決着

激しい戦いから一夜が明け、敵が再攻撃の兆しを見せない中でも、バレル砦《とりで》の防衛部隊は警戒態勢を維持していた。

昨日の戦闘による死者は、ジノッゼを含めて七人。重傷者は十四人。ここ二回の戦闘で、戦力のおよそ四分の一が戦闘不能に陥ったことになる。

敵に対しては死傷者二百人近い損害を与えたが、彼我の戦力差はなおも圧倒的。未《いま》だにこちらの数倍に及ぶ敵部隊の陣地を、城壁上からフレデリックたちは見ていた。

「……敵部隊のお偉方……多分、貴族ですか。その何人かが言い争いをしてるみてえです。今にも殴り合いになりそうな雰囲気です」

敵陣を睨《にら》むように見ながら言ったのはラドレーだった。

「この距離で、よくそこまで見えるものだな……敵の貴族共が揉《も》めているというのは納得だ。おそらく指揮権を取り合っているのだろう。複数の部隊が合流した弊害が出ているな」

「指揮官が決まらなければ、敵も再攻撃に出ることはできないでしょう。少なくとも今日は、運が良ければ明日頃まで、敵は動けますまい」

ラドレーの言葉を聞いて、フレデリックとユーリがそう語る。

「これも、ジノッゼたち昨日の戦死者が命を賭して稼いでくれた貴重な猶予だな。兵士たちがしばらく休める……この間に、ノエイン殿にも立ち直ってもらわなければ。彼の様子はどうだ?」

「未だ落ち込まれています。ご自分の策が実行された結果として、何度も言葉を交わした者が命を落としたことがよほど衝撃的だったようです」

ユーリの返答に、フレデリックは小さく嘆息した。

「そうか。戦いで指揮をとる以上は誰もが通る道だ。仕方のないことではあるが……今は戦争の只中《ただなか》だからな。彼にはできるだけ早く前を向いてもらう必要がある」

「仰《おつしや》る通りです。様子を見てまいります」

「ああ、頼んだ」

ユーリは城壁から下り、本部建屋へと向かう。

「……あの、従士長様」

と、それを呼び止める声があった。ユーリが振り返ると、そこに立っていたのはジノッゼの息子ケノーゼだった。

「お前は……どうした。何か用か?」

「差し支えなければ、アールクヴィスト閣下に会わせていただけないでしょうか。閣下は父の死を随分と気にされている様子だったので、話をさせていただきたく思いまして」

そう語るケノーゼの表情は穏やかだった。彼の目をしばらく見据え、ユーリは頷《うなず》いた。

「いいだろう。来い」

バレル砦の本部建屋、その中に設けられた自室で、ノエインは無言でベッドに座っていた。その隣にはマチルダが、こちらも無言で寄り添う。

昨日の戦闘を終えてから、ノエインの心は沈んだままだった。マチルダに促され、睡眠と最低限の食事はとったが、それ以外は何をやる力も湧かなかった。

「……覚悟はできてたつもりだったんだ」

昨日からほとんど喋《しゃべ》っていなかったノエインは、ふと、ぼそりと呟《つぶや》いた。

「できることなら、自分の庇護《ひご》下の者を一人も死なせたくない。そう思ってるけど、いつどんなときでもそれが叶《かな》うと思うほど僕も子供じゃない。死者が皆無では済まないことは分かってたし、だからこそ死者が出ても戦い続けることはできてた。この砦にいる者は皆、自分の意志で戦うと決めた者たちだ。ジノッゼは、あの任務に臨むことが同胞を救うことに繋《つな》がると考えたからこそ、自分で決めて志願したんだ。それは分かってる。だけど」

膝の上で握られたノエインの拳に、力が入る。

「だけど……僕は弱いね。自分が明確に下した危険な命令で、ジノッゼが死んだ。それを目の当たりにしただけでこの有り様だ。本当に、自分で自分が情けないよ」

戦後はアールクヴィスト領に移住して幸福に暮らすといい。自分はジノッゼにそう伝えた。同じ口で、極めて危険な策を語った。それに志願したジノッゼに、やはり同じ口で出撃を命じた。激励して死地に送り出した。

そしてジノッゼは死んだ。

戦場にいる以上、それは仕方のないことかもしれない。しかし、ノエインは自分で自分に与えた衝撃に打ちのめされている。「憂いなく戦ってほしい」などとジノッゼに語っておきながら、語った自分こそがジノッゼの死を前に呆然《ぼうぜん》としている。

「こんな有り様で、この先本当に自分が庇護下の皆を幸福にして、自分を幸福にすることができるのか、不安になるよ」

「……ノエイン様」

自嘲気味に笑ったノエインの拳を、マチルダが自身の手でそっと包む。ノエインに優しく寄り添い、抱き締め、無言のまま自身の体温をノエインに分ける。

そこへ、扉をノックする音が響いた。

「アールクヴィスト閣下。私です」

「……ユーリか。入っていいよ」

ノエインが答えるのと同時に、マチルダがノエインから離れ、立ち上がって部屋の隅に控える。扉が開き、ユーリが入室してくる。その後ろに続いた者の顔を見て、ノエインは固まった。

「ケノーゼ……どうして君が？」

「この者はジノッゼの息子として、閣下にお伝えしたいことがあるそうです。閣下はこの者の話をお聞きになるべきかと」

ノエインが尋ねると、答えたのはユーリだった。

「……分かった。聞くよ」

ノエインは恐れを抱きながらも、ケノーゼの前から逃げるわけにはいかず、そう答えた。

ケノーゼはノエインの前で床に膝をつき、穏やかな表情で口を開く。

「アールクヴィスト閣下、昨日はご体調が優れなかったご様子だったのでお伝えできなかったのですが……父が最期に言った言葉を、ぜひ閣下にも知っていただきたいと思いまして」

表情を一層硬くするノエインに、ケノーゼは話を続ける。

「砦に撤退する最中《さなか》、敵の矢が飛び交う中で、父は後ろから私に『幸福に生きろ』と言いました。そのときは、どうして今そんなことを言うのかと思いましたが、帰還して父が背中に矢を受けていたのを見て、それが父の遺言だったと理解しました」

そう言うと、ケノーゼはノエインに深々と頭を下げた。床に額が触れるほど深く下げた。

「アールクヴィスト閣下。私たちに、そして父に希望を与えてくださって本当にありがとうございます」

その言葉に、ノエインの表情が揺れる。

「私たちは獣人です。戦争が始まる前から、ずっと苦しい生活を送ってきました。ですが、今は希望を持っています。この戦いを生き延びれば、きっと幸福に暮らすことができる。私たちが今、そう思うことができているのは、アールクヴィスト閣下にお慈悲をいただいたからこそです。父も希望を感じながら逝くことができました。貧しいまま年老いて死んでいくはずだった父に、希望を持ちながら同胞や家族のために散るという、意義ある最期を遂げさせてくださってありがとうございました。本当に、心から感謝します」

言い終えると、ケノーゼは立ち上がった。呆然としたままのノエインに頭を下げ、ユーリに一度頷くと退室していった。

扉が閉じられ、室内には少しの間、沈黙が流れる。やがてユーリが口を開く。

「今から、一臣下としては少しばかり出すぎたことを言うかもしれないが、いいか」

「……うん。いいよ」

ノエインが許すと、ユーリはあらためて話し始める。

「傭兵《ようへい》だった頃、初めて自分の命令で部下が死んだときは、俺もひどく打ちのめされた。だからノエイン様の気持ちは、俺も分かるつもりだ。きっと今、喪失感や無力感をどうやったら乗り越えられるのか分からず、途方に暮れているんだろう……それを踏まえた上で、あくまで俺の個人的な意見として言わせてもらうと、ノエイン様が領主として守っている最も重要なものは、ノエイン様の庇護下にいる俺たち臣下や領民の希望じゃないかと思う」

その言葉を聞いて、ノエインは落としていた視線を上げた。

「ノエイン様が領主として、皆を幸福にしようと奮闘しているのは、俺も皆も当然分かっている。ノエイン様の奮闘の成果を俺たちはしっかり受け取っている。だが、魔物や盗賊がいて、戦争があって、ときには戦いや死を避けられないのがこの世界だ。そんなことは俺に言われるまでもなく、ノエイン様も分かっていると思うが」

扉の横に立ったまま腕を組んで話していたユーリは、室内にある椅子をノエインの近くに置いてそこへ座ると、また言葉を続ける。

「こんな世界だから、守りたいもの全てを守れない、そんなこともある……自分を信じて慕ってる奴《やつ》全員の面倒を見ながら、完璧に守りきって一人も死なせないなんて、唯一絶対の神にだって不可能だろう」

あまりにも尤《もっと》もなユーリの言葉に、ノエインも微苦笑を浮かべながら頷く。

日頃どれほど熱心に祈っているミレオン聖教の信者だろうと、神の加護が及ばずに死ぬことはごく普通にある。神でさえ成せないことを、人であるノエインが成せるはずがない。

「そんな世界で唯一、ノエイン様が庇護下の全員に保証できるものがあるとするなら、それはきっと希望だ。安全に暮らせる家も、子孫に継がせる土地や仕事も、それらを守るための武器も、社会を富ませる産業も、人生を豊かにする教育も、結局は生きる希望に繋がっている」

ユーリの語る言葉の意味を、ノエインは無言のまま考える。

「真面目に働けば金を稼げる。毎日まともな飯が食える。家族を持てる。相応の努力をすれば財産を増やせるし、出世もできる。種族も出自も身分も関係なく、アールクヴィスト領にはそういう希望があると思っている。だからこそ、俺も他の奴らもノエイン様に感謝して、ノエイン様を敬愛しているんだ」

ユーリは真っすぐにノエインを見ながら語る。ノエインもユーリから目をそらさず、その言葉を受け取る。

「生きるか死ぬかは個人の運命だ。こんな世界だ。今日明日にいきなり死んだとしても、それは仕方がない。だが、ノエイン様の庇護下にいる俺たちには少なくとも希望がある。たとえ死ぬとしても、何の希望もない人生だったと思って死ぬんじゃない。希望に満ちた人生だったと思いながら死ねる。俺たち全員がだ。絶望の中で生きて死んでいく奴がざらにいるこの世界では、それはとてつもなく贅沢《ぜいたく》なことだ。俺たちはノエイン様から、それほどのものをもらっているんだ」

そう言いながら、ユーリは自身の剣の鞘《さや》に軽く触れた。

「俺たちは皆、希望を持って生きている。そして俺のような武門の従士や、アールクヴィスト領軍の兵士は、ノエイン様の下でこの希望を守るために戦う道を選んだ。俺たちは希望があるから戦える。たとえ死ぬことになっても悔いはないと思える。それはジノッゼも同じだったはずだ。あいつはノエイン様に与えられた希望を持って戦った。最期の瞬間まで希望を感じていたはずだ」

ユーリの言葉のひとつひとつが、自身の心の中にすとんと落ちていく感覚を、ノエインは覚えていた。

「希望もなく生きていた俺たちに、ノエイン様は希望をくれた。俺は従士長として、ノエイン様に仕えていることを誇りに思う。他の臣下たちも、領民たちも同じだ。戦後にノエイン様に迎えられる獣人たちもそうだろう……そして俺たちは、敬愛するノエイン様の下で、明日からも戦いたいと思っている」

　ユーリは立ち上がり、扉に向かう。

「敵も今日は攻めてこないだろう。だが、明日以降はまた攻撃を仕掛けてくる。きっと相当な激戦になる。勝利するためにはノエイン様の力が必要だ。ノエイン様が俺たちの指揮官として、その機転やゴーレム操作の才を活《い》かして戦ってくれたら、それもまた俺たちの希望になる。もう少し気分が落ち着いたら、外に出てきてくれ」

「……分かった。もう大丈夫。すぐに出ていけると思うよ」

　ノエインが答えると、ユーリは微笑を浮かべた。

「そうか。なら、外で待っているぞ」

「あ、ユーリ」

　退室しようとしたユーリは、ノエインに呼び止められて振り返る。

「……ありがとう。助かったよ」

　ユーリはもう一度微笑を浮かべ、無言で頷くと、部屋を出て扉を閉じた。

　そして、室内にはノエインとマチルダだけが残る。ノエインはマチルダを向く。その目には力が

戻っていた。

「マチルダ、ありがとう。昨日からずっと傍《そば》にいてくれて」

「私はノエイン様の一部であり、ノエイン様は私の全てです。ノエイン様のお傍にいるのが私の役目であり、喜びです」

ノエインは彼女の言葉に笑みを返す。ノエインの全てを肯定し、ノエインに絶対の愛と忠誠を誓う。そんなマチルダの存在が、今のノエインには何より心地よい支えだと感じられた。

「……自分が何をするべきか分かったよ」

そう言って、ノエインはベッドから立ち上がった。

どれだけ臣下や領民を慈しんでも、その死を避けられないこともある。自らの判断が彼らの犠牲を生むことさえある。しかし、そのことでノエインが塞ぎ込み、目の前の戦いから目を逸《そ》らし、それで残った者たちが幸福になるのか。否だ。

そんな暇があるのなら、今生きている者たちのために、これから臣下や領民になる者たちのために考え、行動すべきだ。彼らに希望を与えて生かし、死が避けられないなら希望を抱かせて死なせるために行動すべきなのだ。

自分自身が幸福に生きる。そのために臣下や領民を愛する。彼らが幸せに生きて、ときには幸せに死ねるよう努める。そのために領外の友好的な関係者と共栄の道を進む。そのために国の安寧に貢献する。そのために敵を討つ。

それが領主貴族ノエイン・アールクヴィストの為《な》すべきことだ。この世界で幸福を摑《つか》むとはそういうことだ。このことを見失えば臣下や領民の幸福を失い、彼らの敬愛を失い、やがて自分の幸福をも失う。そんなことを、ノエインは望まない。

「皆のところに戻ろう、マチルダ」

「はい、ノエイン様」

マチルダを伴って、ノエインは部屋を出た。

・・・・・

ノエインが立ち直った翌日も、敵部隊は再攻撃を仕掛けてこなかった。指揮官を失った上に、異様に機敏に動くゴーレムの脅威を目の当たりにしたことによる混乱は、相当に大きいようだった。

そしてさらに翌日。敵部隊はようやく再編制と再攻撃準備を終えたようだった。

他の部隊からさらに増援を迎え、その数はついに千を超えていた。バレル砦防衛部隊の残存兵力との戦力差は、もはや十倍近い。

「ここまで数が多くなると、眺めていて圧巻ですね」

「ははは、随分と余裕のある口ぶりじゃないか」

城壁上から敵を見据えて言ったノエインに、フレデリックが笑う。

「こうなったら、今さらじたばたしても仕方ないですから。できる限りの策は立てているので、やるべきことをやるだけです」

「……そうだな。ノエイン殿の言う通りだ。吹っ切れてくれたようでよかった」

そう言葉を交わし、笑みを交わし、二人は敵部隊に視線を戻す。

敵部隊は歩みを揃《そろ》えて砦に接近し――途中で停止する。そして、隊列の中から一人の騎士が歩み出てくる。

「何だ、一体？」

フレデリックが怪訝《けげん》な表情で呟く。ノエインも、小さく首を傾《かし》げて敵の騎士を見る。

おそらくは貴族であろう、立派な鎧《よろい》を身につけたその騎士は、鋭い動作で剣を抜き、その剣先を砦に突きつける。

「我が名はクロヴィス・バルテレミー！　ランセル王国貴族、バルテレミー男爵家が当主である！　ランセル王国の神聖なる領土を不当に侵犯し、臆病にも砦に籠って戦う卑劣なロードベルク王国の賊軍共！　この私が正義の力をもって貴様らを地獄に叩《たた》き落としてくれる！　覚悟せよ！」

力強く堂々としたその語り口を受けて、しかし剣先を突きつけられたノエインたちは呆《ほう》けた表情でしばし黙り込む。

「……敵部隊の新しい指揮官は、随分と……古風な人物みたいですね」

「良く言えばそうなるか。悪く言えば芝居がかっていて幼稚だな……戦いの前に名乗りを上げて口上を述べるなど、古い英雄譚《たん》でしか見たことがないぞ」

沈黙を破ったノエインの呟きに、フレデリックが呆《あき》れを隠さない声色で答えた。

「……まあ、戦いでどのような趣向を凝らすかはあのランセル王国貴族の自由です。問題は、あのバルテレミー男爵とやらが指揮官として有能か否かでしょう」

「ああ、違いない。お手並み拝見といこう」

フレデリックの言葉を受けて、ノエインは『遠話』でユーリにバリスタ射撃の用意を命じる。

敵部隊の指揮官――バルテレミー男爵は隊列に戻り、敵部隊は再び前進を開始する。勇敢なことに、バルテレミー男爵は自ら隊列の先頭ど真ん中に立って進んでくる。

「ユーリ、敵が射程圏内に入るよ。あと十秒以内だ」

『了解。こちらの判断で撃ちます』

それから間もなく、開かれた門越しに撃たれた『爆炎矢』が二発、敵部隊の隊列に突き刺さる。巻き起こった爆炎が敵兵を巻き込み、絶叫が上がる。二発とも敵の隊列の只中で炸裂《さくれつ》したため、先頭に立つバルテレミー男爵は無傷だった。

敵部隊そのものも、もはや『爆炎矢』の二発では大きく混乱することもなく、焼け死んだ兵士たちを捨て置いて前進を続ける。

そして、これまでの戦いで見定めたのであろう、クロスボウの有効射程にぎりぎり入るかどうかという距離で止まった。そこで隊列の先頭に立つ弓兵が動きを見せた。

「あれは……火矢だ！　ノエイン殿！」

「分かりました！」

既に秘密の切り札ではなくなったゴーレムは、今回は最初から砦の外、門の付近に立たせてあった。二体のゴーレムにはそれぞれ、扉のように大きな木の板を盾代わりに持たせてある。

敵が木製のゴーレムへの対抗策として火を用いることは想定内だった。ノエインは落ち着いてゴーレムを操作し、盾を構えさせる。

その直後、敵の弓兵が一斉に放った火矢がゴーレムを襲う。合計で数十本の火矢はなかなかの正確さでゴーレムのもとに降り注ぐが、盾のおかげでゴーレムに被害はなかった。

「……あの程度なら何とかなりそうか」

「そうですね。牽制《けんせい》としては厄介ですが、接近戦になればこちらの……!?　まずいっ！」

敵の隊列の中に赤い魔法陣が光るのが見え、ノエインは咄嗟《とっさ》にゴーレムを左右に飛び退《の》かせる。

その直後、敵の隊列の中から飛び出してきた大きな火球が、先ほどまでゴーレムたちの立っていた位置を直撃し、炎をまき散らした。火魔法の『火炎弾』と呼ばれる技だった。

飛び退いたことで防御の姿勢を崩したゴーレムを、さらなる火矢が襲う。ノエインは急いでゴーレムに盾を構えさせるが、敵の弓兵は隊列先頭で左右に大きく広がって矢を放っており、その全てを防ぎ続けるのは相当に神経をすり減らす。

さらにそこへ、再び『火炎弾』が襲いかかる。ゴーレムの一体を襲った火球は、ゴーレムの構えた盾を直撃。炎上する盾を投げ捨てたゴーレムは無事だったものの、完全に無防備になる。

「すみません。一旦退《ひ》かせます」

「ああ、やむを得ない。貴重なゴーレムがやられるよりはいい……あれほど手練《てだ》れの火魔法使いを動員するとは。敵も本当に必死だな」

ゴーレムを引っ込めれば白兵戦での防衛力が大きく削《そ》がれるが、このまま敵に攻撃を許し、ゴーレムそのものを失えば損失はその比ではない。ノエインはゴーレムを操作し、未だ開け放たれていた砦の西門からゴーレム二体を退却させる。

その後、装塡を終えたバリスタから通常の矢を斉射させ、門を閉じる。

その間、ゴーレムの退却を見届けた敵部隊の先頭の弓兵たちは、役目を終えたからか、そのまま隊列側方に回って後ろに下がる。

そして次の瞬間。

「っ！　敵が来るぞ！　クロスボウを……いや、盾を構えろ！」

フレデリックが叫び、皆が一斉に盾で身を守る。ノエインを囲むマチルダと領軍兵士たちが、盾によって壁を作る。

それとほぼ同時に、敵部隊の指揮官バルテレミー男爵と共に敵の歩兵が一斉に突撃を開始し、その後ろに控えていた弓兵の本隊が一斉に矢を曲射した。

前回までの敵部隊の動きとは比較にならないほど迅速で、息の合った動きだった。

歩兵の突撃に反撃する暇もなく、バレル砦の防衛部隊は矢を防がざるを得なくなる。

「くそっ、あれほど息の合った一斉攻撃を見せるとは……敵ながら見事なものだ」

「これがあの指揮官の力なのだとしたら、侮れない人物ですね」

寄せ集めの千の兵士による部隊を、ほぼ同時に一斉に動かす。兵士たちそれぞれに己の役割を理解させ、士気を高めさせ、自身の指示を即座に末端まで伝える命令網を構築しなければできない行動だ。

それができるということは、本人がよほど優秀なのか、あるいは士官として連れてきた手勢が優秀なのか、もしくはその両方か。どちらにせよ、バルテレミー男爵は敵部隊の指揮官として手強《てごわ》い相手であることは間違いなかった。

「……よし、敵が接近してきた！　クロスボウを撃て！　装塡係も城壁に上がって応戦しろ！」

敵歩兵が砦に迫り、味方への誤射を恐れた敵弓兵の攻撃の勢いが衰えたところで、フレデリックが叫ぶ。それに従い、砦の防衛部隊が反撃を開始する。

至近距離でクロスボウの斉射を受けた敵歩兵が次々に倒れ、梯子《はしご》を使って砦に侵入しようとする者も次々に蹴落とされていく。一方で、敵の矢や剣、槍《やり》による攻撃を受けて、砦の防衛部隊にも少なからず死傷者が出る。

防衛部隊の面々が懸命に応戦する中で、ノエインも防衛戦に尽力する。マチルダと共に城壁を下り、ゴーレムを操って砦の中から外に向けて投石を行わせ、少しでも敵の突撃の勢いを削ごうと試みる。

「また『火炎弾』だ！」

フレデリックの叫び声が聞こえ、ノエインは空を、そこを通過する火球を見上げた。

城壁を飛び越えて撃ち込まれた『火炎弾』は砦の中、何も置かれていない地面に落ちて炎を飛び散らせるだけに終わるが、戦いの最中に大きな火球が降ってくるという状況は防衛部隊にとっては恐ろしい。

「敵の火魔法使いはあそこだ！　集中的に攻撃しろ！」

ノエインと入れ違いで城壁に上がって戦っているユーリの声が聞こえた。それに従い、ユーリの周辺にいるクロスボウ兵や弓兵が、一方向へと矢を斉射するのが見える。

その斉射の先に、敵の火魔法使いがいるということだ。同じ方向を目がけ、ノエインもゴーレムで石をいくつか投げつける。どれかが当たるだろうと考え、適当に距離を変えながら。

「ユーリ、どう？」

『……仕留めるのは難しいようです。敵の火魔法使いは、大盾を構えた護衛によって厳重に守られています。矢の斉射も、閣下のゴーレムによる投石も防がれました』

「そうか。敵も考えることは同じだね」

ユーリから『遠話』で報告を受け、ノエインは小さくため息をついた。

貴重な戦力である魔法使いに、多くの護衛をつけるのは戦場の常識。ノエインもマチルダや領軍兵士たちから堅く守られている。敵が同じようなことをしないはずがない。

「て、敵が入ってくる！」

獣人の徴募兵が叫び、それと同時に梯子を上り終えた敵兵が数人、ついに城壁に上がる。フレデリックやユーリの守る西門右側の城壁ではなく、フレデリックの副官やペンス、ラドレーの守る西門左側の城壁だった。

「うろたえてんじゃねえ！　そんな暇があるなら戦え！」

怒鳴りながら、ラドレーが敵兵に迫る。城壁上に到達した三人の敵兵のうち一人を瞬く間に刺し貫き、その死体を刺したままの槍を力任せに振るって別の一人を砦の外へと叩き落とす。その勢いで死体が抜け、軽くなった槍を一回転させ、穂先の刃で残る一人の首を斬り裂く。

敵の後続が城壁に上がろうとしたのをペンスが斬り伏せ、梯子ごと蹴落とす。

「一兵も敵を入れるな！　死んでも守れ！」

左側の城壁を守る兵士たちにペンスが檄《げき》を飛ばし、防衛線はどうにか立て直される。

「破《は》城槌《じょうつい》だ！　敵が門を押し破ろうとしてるぞ！」

右側の城壁上から門の外を見たフレデリックが言った次の瞬間、木製の頑丈な門が、大きな衝撃を受けて揺れる。

門の裏にいた数人の兵士が、全身で門に張り付き、内側から押さえる。ノエインもゴーレムの一体を動かし、門を押さえさせる。

それでも、このまま門への攻撃をくり返されたら、いつまで持つか分からない。そう判断したノエインは、次の一手に出ることを決意する。

「ユーリ。策を出し惜しみしていられないから、例の手を使うよ」

『……了解。フレデリック様にも伝えます』

ユーリに伝えた上で、ノエインはもう一体のゴーレムを動かしながら砦の一角に走る。それに、マチルダ他数人の護衛が盾を持って続く。

砦の一角にあるのは、革布の幕を張って仕切られた空間。皆が日々、生きる上で出さざるを得ないものを出すための厠《かわや》だった。

ゴーレムは幕を力ずくで取り払い、そこに置かれていた大きな桶《おけ》――皆が出したものをまとめておく桶を抱え上げる。

桶の中に溜《た》められたものは定期的に焼かれ、埋められているが、今日はまだその作業はなされていない。昨日の午後から今日の午前までほぼ丸一日かけて、百数十人が出したものが、そこにはたっぷりと溜まっている。

扱いによっては、これはもはや戦術兵器となる。ゴーレムは戦術兵器の溜まった桶を軽々と抱えると、再び砦の西門まで戻る。ノエインはなるべく鼻ではなく口で呼吸をしながら、ゴーレムを操作する。

ゴーレムと桶が門の傍に到着すると、漂う明らかな異臭に門の付近の兵士たちが振り返る。嗅覚の敏感な獣人たちの中には、露骨に顔をしかめる者もいる。

ノエインはこの行動を策のひとつとして事前に考え、士官格の皆には伝えていたが、兵士たちの多くは事前に何も聞いていていない。指揮官が何をするつもりなのか理解したらしい兵士たちの顔に驚愕《きょうがく》と戦慄の表情が浮かぶ。

「皆、門から一応離れて！」

ノエインはそう叫びながら、門を押さえさせていた方のゴーレムを操作して傍らに戻らせる。門の防衛についていたアールクヴィスト領軍兵士たちも、ゴーレムが手を滑らせて戦術兵器を頭から被《かぶ》る羽目になってはたまらないと、足早に門から離れる。

そして、二体のゴーレムが、息の合った動きで桶を投げ上げる。宙を舞った桶は、徐々にバランスを崩しながら門の向こう側へと落ちていき――べしゃり、という音が門の向こうで響く。

それは、破城槌による門の破壊を試みる敵兵たちを、戦術兵器が襲った音だった。次の瞬間、痛みや恐怖によるものとはまた次元の違う絶叫が戦場に響き渡る。同時に、分厚く頑丈な門でも到底防ぐことのできない強烈な悪臭が、ノエインたちのもとまで漂ってくる。

『ノエイン様、その……大成功だ。頭から被った敵兵どもは半泣きで混乱している』

門の外にはよほど衝撃的な光景が広がっているのか、戦果を確認したユーリが、軍務中にもかかわらず言葉づかいを整えるのも忘れて報告した。

城壁上、門の傍に立っている兵士たちは顔を強張《こわば》らせて門の外に視線を向けており、犬人の徴募兵が一人、涙目になりながら砦の内側に向かって嘔吐《おうと》していた。目にした惨状と漂う悪臭に耐えかねたらしかった。

他にも、飛び散った戦術兵器が付着してしまったのか、領軍兵士の一人が必死の形相で頬をこすっていたりもした。

「上手《うま》くいったなら何よりだよ」

ノエインは涼しい表情で、ユーリに答える。

先ほどまで激しい攻勢を仕掛けてきていた敵の破城槌部隊は、しかし今は門の外で泣き叫ぶばかりで、さらなる攻撃を仕掛けてはこない。

「もう、門を攻めてはこないのかな?」

「そりゃあ……門の前は酷《ひど》いことになってると思いますから」

「足元も……その、ぬかるんでるでしょうし、破城槌なんて使ってられないでしょう」

ノエインがゴーレムによる投石を再開しながら言うと、護衛についている領軍兵士たちが苦い表情で答えた。ノエインがふと無言のマチルダを見やると、彼女はいつも以上に硬い無表情を堅持していた。兎《うさぎ》人の彼女も、普人より臭いに敏感だ。

「くそおっ! 貴様ら卑怯《ひきょう》だぞぉ! ぶぉっ、ぶ、武人の誇りはないのかぁ!」

不意に、門の向こうから悲鳴交じりの怒声が聞こえる。バルテレミー男爵の声だった。届いた声色や、嘔吐する寸前のようなえずき声からも分かる。最先頭の正面で指揮をとっていた彼もまた、

いった。

指揮官がまともに指揮をとれる状態ではなくなったためか、敵部隊はその後、間もなく退却して

ノエインは冷めた声色で、隣のマチルダにだけ聞こえる声量で呟く。

「……誇りで庇護下の者を守れるのなら、いくらでも誇り高くあってみせるけどね」

戦術兵器を被ってしまったようだった。

「ノエイン殿、よくやってくれた。あの策のおかげで今日も乗り越えられた……」

戦闘終了後。フレデリックはそう言いながら開かれた西門に視線を向け、そちらから漂う臭いに顔をしかめた。

「その代償に、この後の掃除が大変になりましたけどね。敵は汚れた装備を門の前に捨てて、破城槌まで置いていってしまったみたいですし」

「そのようだな。まったく、掃除はしていってほしいものだ」

勝利した安堵《あんど》に包まれながら、ノエインはフレデリックとそんな冗談を交わす。話しながらも、ゴーレムを操作して新しい桶に汲《く》まれた水を流し、門の前の戦術兵器を丘の下へと押し流す。

ゴーレムの周囲では、他にも何人もの兵士たちが掃除に勤《いそ》しんでいる。現状のままでは食事もままならないからか、皆とにかく、悪臭のもとを早く丘の下へと流したがっていた。

井戸と魔道具からいくらでも得られるので、幸いにも掃除のための水には困らない。

「この調子ならすぐに綺麗《きれい》になるでしょうし、そうしたら休憩と食事ですね」

「そうだな……とはいえ、あまり満足に食べられるわけではないが」

答えながら、フレデリックはため息をひとつ吐いた。

当初、想定されていた籠城期間は最長でも二週間だった。そして今日は、開戦から十日目。砦に来てからは十三日目。本来であれば、既に籠城の期限は切れている。

ランセル王国側の真の狙いを知り、この戦いが要塞地帯と敵本隊の野戦陣地の我慢比べになっていると分かってからは、ノエインたちは長期戦を想定して食料の節約をしている。食事は日に二食とし、満腹になるまで食べるのは戦闘があった日の夕食のみとし、仕事のない兵士たちにはなるべく座るか寝転がって過ごし、体力を消耗しないようにさせている。

そうして引き延ばしても、残りの食料ではせいぜい三、四日しか持たない見込みだった。

「兵士たちも、空腹も合わさって疲れが見えてます。彼らの士気を考えても、そろそろ本隊の決着がついてほしいところですが……あれ以降、連絡もありませんね」

「ああ。本隊の勝利を信じて粘るしかないが、何とも歯がゆいな」

二人は焦燥を共有しながらも、表情は平静を装う。指揮官と参謀が暗い顔をしていては、兵士たちに憂いが伝わってしまう。

「もう、敵の度肝を抜けるような戦術もほぼ残っていませんし、『爆炎矢』の残りも心もとなくなってきました。後は……空腹を堪《こら》えながら神に祈りましょう」

「最後は神頼みか。仕方あるまい……最悪、馬を潰して食料の足しにしよう。それで一日くらいは稼げる」

フレデリックはそう言って微苦笑した。

馬は騎士にとって相棒であり、日頃から世話をしていれば愛着も湧く。それを殺して食べるという選択肢が、騎士であるフレデリック自身の口から語られた意味は重い。

「それでも持ちそうになければ、敵兵の死体を食べましょうか」

「ははは……ノエイン殿、本気か？」

単なる冗談と思って笑い飛ばそうとしたフレデリックは、ノエインの顔を見て息を呑《の》んだ。

「僕も極力避けたいですが、本当に追い詰められたら検討しますよ……皆を生還させて、僕もクラーラのもとに帰らないといけませんから」

ノエインは微笑を浮かべながら、しかし真剣な声色で返した。

・・・・・

要塞地帯の各砦にて激しい攻防がくり広げられている頃。ヴェダ山脈を挟んで南の平原では、ロードベルク王国とランセル王国の軍勢、それぞれの本隊による熾烈《しれつ》な戦いが、やはりくり広げられていた。

「……ふっ、何度見ても忌々しい野戦陣地だ」

開戦から十日目の朝。オスカー・ロードベルク三世は、国王の天幕から出て敵陣を見やり、不敵な笑みを浮かべて呟く。

ランセル王国側は兵数でロードベルク王国側に劣るが、その戦術はオスカーたちにとって予想外のものだった。

まず、開戦初日。前日の午後から小高い丘の上に陣取ったランセル王国側の本隊は、夜中のうちにそこに陣地を築いた。事前に材料を用意していたらしい木柵を並べ、さらには土魔法使いを動員して空堀を作った。

そして、開戦の直前にはこちらの不意を突いて本隊から三千五百の兵が離れ、要塞地帯へと移動していった。その奇妙な行動の意図を探った本隊は、敵が突破を試みているらしい要塞地帯の各砦に伝令文を送ったが、その時点で既に二つの砦が陥落していたという。

さらに、各砦に伝令文を運んでいた使役魔法使いの鷹《たか》が、任務の途中で未帰還となった。おそらくはランセル王国側の使役魔法使いが操る鳥か魔物に狩られた。

伝令任務を務められるほどの鳥は他にいなかったので、対話魔法使いから魔力を「憶《おぼ》え」られている士官のいない大半の砦とは、もう何日も連絡がとれていない。

本隊が後方から襲撃を受けていない以上、要塞地帯はまだ持ちこたえているはずだが、現状いくつの砦が無事なのかは把握できていない。

そして、敵の野戦陣地は未だ陥落させられていない。

開戦初日から、ロードベルク王国側の本隊はこれまでに二度、野戦陣地の攻略を試みた。一度目は真正面から攻勢を仕掛けたが、敵側の守りが堅かったために失敗した。

その後は野戦陣地の偵察を続けながら作戦を練り、再び攻撃を仕掛けようとしたが、敵が野戦陣地から打って出るふりをしたり夜襲を敢行するふりをしたりとこちらの攻勢を妨害したために、数日を無駄にした。

二度目の攻撃では野戦陣地の防御が薄い部分から攻めたが、それはわざと防備に穴を作ってこちらを誘い込む敵の罠《わな》だった。突破を図ろうとした部隊の先頭が集中的な攻撃を受け、撤退に追い込まれた。

それからまた数日、策を練って部隊の再編制を行い、今日は三度目の攻勢に出る。

「国王陛下。軍議の準備が整いました」

オスカーに声をかけてきたのは、軍務大臣のラグナル・ブルクハルト伯爵だった。

「そうか。早いな」

「皆、次の攻勢に出るのを楽しみにしているのでしょう……丘の上の憎き敵陣を眺めることに、どの将も飽き飽きしているようです。早くあれを片付けたがっています」

それを聞いたオスカーは、笑い声を上げる。

「どいつもこいつも、考えていることは私と同じか。では、さっさと軍議を済ませてしまわなければな」

ブルクハルト伯爵を伴って司令部の天幕に移動したオスカーは、そこに居並ぶ将たちに出迎えられる。

南西部閥の盟主、ワルター・ガルドウィン侯爵。北西部閥の盟主、ジークフリート・ベヒトルスハイム侯爵。今回参戦した王国軍の指揮官で、最精鋭たる第一軍団の軍団長、ゲオルグ・カールグレーン男爵。その他にも、両派閥の重鎮や王国軍の残る二つの軍団長たち。

一同が礼をする中で会議机の正面に立ったオスカーは、将たちを見回す。

「おはよう、諸卿《しょけい》。よく晴れたいい朝だな……敵を打ち破り、勝利を飾るにふさわしい戦日和だ」

笑みを浮かべて威勢のいい言葉を語るオスカーに、将の何人かが力強く頷いた。

「ラグナル。説明を頼む」

「御意……では諸卿。これより我々は攻勢の準備に入る。部隊編制と作戦については、昨日決まった通りで変わりはない」

ブルクハルト伯爵は、王の代理としての口調で語る。

「まず、第一陣。この指揮はアハッツ伯爵に任される。最も長く敵の攻撃に晒《さら》されながら粘るべきこの役目、卿なら必ず成し遂げられると国王陛下は期待しておられる」

「御意！　必ずや、多くの敵を引きつけて時間を稼いでご覧に入れます！」

ブルクハルト伯爵に名を呼ばれたのは、ガルドウィン侯爵と並んで南西部閥の重鎮とされるアハッツ伯爵。大柄な体躯《たいく》を誇る彼は、金属鎧の胴を力強く叩いて敬礼し、答えた。

「次に第二陣、北西部閥のクロスボウ隊による部隊だ。この部隊の指揮はベヒトルスハイム侯爵に任される。敵の守りを崩す要となる役割。冷静に、かつ果敢に務められよ」

「お任せを。国王陛下に確かな戦果を献上いたしましょう」

ジークフリートは、落ち着いた口調で答えた。

「そして最後に、勝利を確実なものとする騎兵部隊。これを国王陛下より預かり、率いる将をカールグレーン男爵とする。また、その補佐をマルツェル伯爵が務めることとする。両者とも勇猛な武人として名を馳《は》せる身。その実力を存分に発揮されよ」

「御意。我こそは国王陛下の剣です。陛下に仇《あだ》なす敵を必ずや打ち破りましょう！」

「武人としての名誉にかけて、陛下と王国に勝利を献上いたします」

雄々しい無精髭《ひげ》が印象的なカールグレーン男爵と、整えられたカイゼル髭が印象的なエドムント。同じ武人でも印象の異なる二人は、それぞれ整った所作で敬礼する。

「騎兵部隊による敵の防衛線の突破後、さらなる追撃を仕掛ける部隊の指揮は、ガルドウィン侯爵が行うものとする」

この将の配置には、政治的な意図も含まれている。

最初の二回の攻勢で主力を担いながらもあまり戦果を挙げられず、兵力もやや消耗した南西部閥の役割や負担を減らしつつ、しかし南西部貴族の重鎮には重要な役割を与える。特に派閥盟主であるガルドウィン侯爵には、辛《つら》くはないが華のある最後の追撃部隊を率いさせる。

そして、北西部閥や王国軍にも武功を挙げる機会を設ける。そうすることで、この戦争に参加した王家と二つの貴族閥、それぞれが面子《メンツ》を保てるようにする。

封建制を敷くロードベルク王国にとっては、こうした配慮も不可欠なものとなる。

「異論のある者がいれば、この場に限り進言を許される。何かある者は挙手を……いないか。それでは、これより詳細について話し合う」

その後はより細かな事項について確認と調整がなされ、軍議は終了。各将は攻勢の開始に向けて準備を行う。

そして、同日の午後。隊列を整えたロードベルク王国側の本隊は、三度目となる敵野戦陣地への攻勢を開始した。

まず最初に前進するのは、南西部閥アハッツ伯爵の率いる歩兵と弓兵の部隊。総勢五千。攻勢の第一陣であるこの部隊は、前衛側に立つ兵士のほぼ全員が盾を装備している。

「進め！」

アハッツ伯爵の命令に従い、五千の兵士たちは一斉に前進を開始する。野戦陣地を守る木柵を目がけて、緩やかな丘の斜面を着実に上る。

真正面からの逃げも隠れもしない前進。当然それは敵の攻撃の的となる。部隊の前衛側、盾を並べて防御を固めたおよそ三千の歩兵部隊を、野戦陣地の中から放たれた無数の矢が襲う。

並んだ盾の隙間から飛び込んだ矢によって少数の犠牲者を出しながらも、歩兵部隊は野戦陣地に近づいていく。そこへ散発的に攻撃魔法も放たれるが、隊列は決定的に崩れることはない。

歩兵部隊の後方にいる二千の弓兵部隊は、曲射によって野戦陣地目がけて矢を放ち、前衛を援護する。互いにじりじりと損害を増やしながら、しかし戦況に決定的な変化はない。そんな泥臭く激しい攻防が続く。

「決して下がるな！　死んでもこの場に踏みとどまるのだ！」

すぐ近くまで流れ矢が到達する中で、アハッツ伯爵は微塵《みじん》も臆することなく剣を掲げ、兵士たちを鼓舞し続ける。

こうして第一陣が敵の遠距離攻撃を引きつけたところで――第二陣である、ジークフリート率いるクロスボウ部隊の二千弱が動き出す。

第一陣が敵の攻撃を引きつけている間に、その右側から隊列を維持して野戦陣地に接近したクロスボウ部隊は、横に大きく広がって敵を向く。

「攻撃を開始せよ！」

ジークフリートの命令に従って、主に北西部閥の領軍兵士や徴募兵で構成されるクロスボウ部隊は一斉に矢を放つ。三人一班、射手と装填手二人による合計およそ六百の班が、概《おおむ》ね途切れることなく攻撃を続ける。

これは、ある程度の規模を持つベヒトルスハイム侯爵領軍やマルツェル伯爵領軍、シュヴァロフ伯爵領軍などが、昨年一年をかけて集団戦でのクロスボウの活用方法を研究した末に実現した運用だった。

本隊の戦いにおいて、先の二度の攻勢ではクロスボウ部隊の出番は少なかった。王国軍や南西部閥との政治的バランスを考えると、得体の知れない新兵器を装備した部隊が最初から重要な役割を与えられて戦うことは不可能だった。

先の戦闘で実験的に投入された小部隊が一定の成果を示し、さらに野戦陣地の攻略が手詰まりとなったことで、今こうしてまとまった規模での投入が叶った。

正面から命中すれば金属鎧さえ貫く兵器を装備した、二千近い兵士による部隊の投入。強力な攻撃の絶え間ない継続。それはランセル王国側にとっても予想外の衝撃となる。

隙間の多い木柵越しではクロスボウの猛攻に対して有効な防御手段がなく、反撃をしようにも弓兵や魔法使いはほとんどを第一陣の部隊に向けているため、直ちに部隊配置を転換することも難しい。そんな状況で、クロスボウ部隊が面する側の野戦陣地の防備が目に見えて薄くなる。

「……どうだ、ラグナル。そろそろ頃合いか？」

「はっ、今が好機かと」

軍務大臣であり、自身の参謀であるブルクハルト伯爵の返答を受けて、オスカーは好戦的な笑みを浮かべる。

「では、勝利を我がものとしよう。騎兵部隊は突撃せよ！」

国王直々の命令は、伝達役の士官を通じ、騎兵部隊を率いるカールグレーン男爵とエドムントに迅速に伝えられる。

「突撃！　騎士の誇りを見せるときだ！」

カールグレーン男爵が吠《ほ》え、自ら部隊の最先頭に立って馬を駆る。その後ろに、王国軍の騎士たちが続く。

「我らの武勇を見せるときだ！　全ての鍛錬はこの日のためにあったものと思え！」

ほぼ同時に、エドムントの言葉を受けて北西部閥の騎士たちが突撃を開始する。

王国軍と北西部閥による、総勢千五百ほどの混成騎兵部隊。政治的な事情で実質的に指揮官が二人いるこの部隊は、しかしこの段になれば派閥の縄張り争いなどすることはない。カールグレーン男爵とエドムントは足並みを揃えてそれぞれの手勢を統率し、千五百の騎兵は一塊の部隊となって突き進む。

「風よ！」

突撃の最中、カールグレーン男爵が空に手を掲げ、その手首に淡い緑色の魔法陣が浮かぶ。

カールグレーン男爵は優れた騎士であり、同時に手練れの風魔法使いでもある。血の滲《にじ》むような鍛錬を経たことで、騎乗突撃を敢行しながら魔力集中を為して魔法を行使するという離れ技さえ使える。この強さこそが、最精鋭たる第一軍団の軍団長に任命された理由だった。

カールグレーン男爵が魔法によって広範囲に巻き起こしたのは、丘の上へと吹く追い風。緩やかな上り坂という、騎乗突撃にはあまり適さない地形の不利を、この追い風が幾分か解消する。

騎兵の最大の武器である突破力が十分に維持されながら、突撃は敢行される。千五百の騎兵の中から、二十騎が突出する。

味方への誤射を避けるためにジークフリートが命じると、クロスボウ部隊は間もなく射撃を止める。そして、つい先ほどまで二千弱のクロスボウによる猛攻を受けて弱っていた野戦陣地の一角、その目の前に先行した二十騎が到達する。

「撃ち方止《や》め！　もう撃つな！　撃つな！」

それは野戦陣地の木柵を破壊するための魔法使い部隊だった。魔法使いの乗った馬と、その護衛と先導のために随伴する騎兵。二騎一組で構成される班が全部で十。

相方である騎兵に馬の手綱を任せている十人の魔法使いたちは、野戦陣地の木柵に手を向ける。数秒のうちに魔力集中を終え、それぞれの手首に魔法陣が浮かぶ。

赤、青、緑、黄。それぞれの操る魔法の属性に合わせて魔法陣が輝き、それぞれの手の先から攻撃魔法が放たれた。王宮魔導士。あるいは上級貴族家のお抱え魔法使い。全員が精鋭であり、危険な最前線に身を晒すことを恐れない勇敢な十人の魔法が炸裂し、木柵の一部が吹き飛ぶ。

直後、随伴する騎兵たちが自身と相方の馬の手綱を操り、二十騎の魔法使い部隊は離脱。二十騎が去り、続く騎兵部隊の主力が到達するまでの僅かな時間に、クロスボウ兵の中でも腕の良い者たちが野戦陣地に向けてもう一射を行う。

駄目押しの斉射を受けてランセル王国側の兵士たちが怯《ひる》んだその隙に、木柵に空いた穴から騎兵部隊が突入。歩兵の前進を一時妨害する程度の幅と深さしかない空堀を騎兵たちは軽く飛び越え、野戦陣地の中になだれ込んだ。

こうなると、ランセル王国側の本隊は脆《もろ》かった。いかに強固な野戦陣地でも、千を超える騎兵の侵入を許しながら守ることは不可能だった。

陣内を蹂躙《じゅうりん》されたランセル王国側の本隊は大いに混乱し、その混乱の隙をついて、アハッツ伯爵の率いる第一陣の歩兵部隊が前進し、こちらも野戦陣地に突入。

さらに、ジークフリートの率いる第二陣も、一部の兵が武器をクロスボウから剣に持ち替えて敵陣に突入する。

もはや野戦陣地を守り切れないと判断したらしいランセル王国側の本隊は、あらかじめ用意していたのであろう後方の経路から退却を開始した。

「あれは大将のカドネ・ランセル国王ですな。マルツェル卿《きょう》、追いますか?」

カールグレーン男爵がそう言って指差したのは、退却していく敵の最後方、ひときわ目立つ黄金の鎧を身に纏《まと》った人物だった。

「……いや、遠すぎる。野戦陣地の制圧が済んでいないのに、あれほど奥まで突入すれば我々は孤立する。それでいて、カドネを仕留められる可能性は小さいだろう。無理は禁物だ」

敵将であるカドネ・ランセル国王の首をとる。一武人としてはその輝かしい戦功に魅力を感じながらも、しかしエドムントは首を横に振った。

せっかく勝ちが見えたこの状況で、戦いの流れを乱して取れるかも分からない戦功を追い、配下を危険に晒すことはできない。騎兵部隊の将の一人として、そう判断した。

「ははは、確かに仰る通りですな。それでは、このまま敵を蹂躙しましょう」

そうして野戦陣地が蹂躙される様を、ロードベルク王国側の本陣からオスカーは見ていた。

「どうやら勝ったな」

「そのようです。陛下、そろそろ最後の追撃に移ってよろしいかと」

オスカーの呟きに、ブルクハルト伯爵が答える。

「ふむ、そうだな……ガルドウィン侯爵の部隊を動かせ。深追いは避けるように」

「御意」

大将の命令は直ちに伝達され、ワルター・ガルドウィン侯爵の率いる追撃部隊が出る。野戦陣地を迂回《うかい》した追撃部隊は、退却していくランセル王国側の本隊の後ろを襲う。

混乱を極める退却の中で追撃を受けた敵兵たちは、総崩れになって烏合《うごう》の衆となり果てながら壊走を始める。

当初一万一千の兵力で野戦陣地に籠っていたランセル王国側の本隊は、三度の戦闘でおよそ二千が戦死。壊走時に捕縛され、あるいは投降し、あるいは負傷して動けないまま野戦陣地に置き去りにされ、三千が捕虜となった。カドネ・ランセルと大半の将を含む六千は、ランセル王国の領土内へと退却を果たした。

勝利を収めたロードベルク王国側の本隊は、一部の部隊がヴェダ山脈を西から回り込むようにして、要塞地帯に急行。

未だ籠城戦をくり広げる、各砦の防衛部隊の救出を急ぐ。

・・・・・

敵部隊の指揮官がクロヴィス・バルテレミー男爵に替わってから最初の戦闘を切り抜けたノエインたちは、現在、厳しい持久戦を強いられていた。

自身が指揮をとる緒戦でバレル砦の防備が思いの外堅いことを認識し、さらには酷い目に遭って懲りたらしいバルテレミー男爵は、攻め手を変えてきた。具体的には、積極的な攻勢を仕掛けるのではなく、砦の外からひたすらに矢や魔法を撃ち込んでくるようになった。

その攻撃は昼夜を問わず続き、おまけに敵兵はクロスボウの有効射程内には決して近づいてこない。分散して布陣しているため、バリスタを用いても満足な反撃は叶わない。

そんな状況が、既に丸二日も続いている。

「ノエイン殿、起きたか。おはよう」

「……おはようございます」

本部建屋の司令室に入ったノエインは、フレデリックの挨拶に目をこすりながら答えた。

その直後、屋外から「魔法が来るぞー！」という警告の声が響き、本部建屋が微《かす》かに揺れる。

マチルダが一応、ノエインをすぐに庇《かば》えるよう傍に寄り添ったが、ノエインは自身のいる建物が揺れても小さく肩を竦《すく》めるだけだった。フレデリックも、他に室内にいる数人も、特に反応は示さない。

「屋根を直撃か。ということは、他の箇所は無事だな」

「ですね。幸いなことです」

今のは敵部隊の魔法使いが放った『火炎弾』の着弾の衝撃。さすがに石造りの本部建屋が火炎を食らった程度で壊れることはないので、誰も慌てはしない。むしろ、木造の建物や革布の天幕に当たらなくてよかったと安堵する。

「状況は大きく変わっていませんか？」

「ああ。矢を腕に食らった負傷者が一人出たが、死者は出ていない……もっとも、皆の士気はまた一段下がっているがな」

「……そうですか。まあ、仕方ないでしょうね」

顔をしかめたフレデリックに、ノエインは苦笑しながら答える。

ノエインたちバレル砦の防衛部隊は、食料を節約しているために皆が空腹で、おまけに夜間まで敵の矢や魔法が飛んでくるので、落ち着いて睡眠もとれていない。

一応、今は獣人の徴募兵を含む全員を本部建屋に入らせて交代で眠らせているので、眠っているうちに敵の攻撃が降ってきて死んでしまう……という事態はほぼ心配しなくていい。しかし、敵部隊が再攻撃の予兆を見せれば、兵力の少ないこちらは眠っている者も叩き起こして全員で攻撃に備えるしかない。

そうして戦闘態勢をとっても、敵部隊は実際には再攻撃を仕掛けず、またちまちまと矢や魔法を撃ってくる。叩き起こされた者たちとしては、起こされ損でしかない。

そんなことが、二日の間にもう五回もあった。三回目頃からはまた嘘《うそ》の再攻撃の素振《そぶ》りだろうと誰もが思っているが、だからといってこちらも備えないわけにはいかない。無防備なままで、もし本当に攻められればあっという間に陥落してしまう。

このような調子で敵の嫌がらせが続いているために、防衛部隊は空腹と睡眠不足で限界に近かった。体力と気力をすり減らし、士気は既に挫《くじ》けかけていた。

それでも、王国軍兵士やアールクヴィスト領軍兵士は正規軍人としての使命感で、獣人の徴募兵たちは「戦後はアールクヴィスト領に迎えられる」という希望で、かろうじて防衛体制を維持している。

「では、今日も仕事をしてきます。少しでも敵方に仕返しをしてあげないと」

「ああ、頼んだ。くれぐれも気をつけてな」

フレデリックに見送られ、ノエインは司令部を出て、そのまま本部建屋の外に向かう。

先に屋外に出たのは、盾を構えたペンスと他数人の領軍兵士だった。

「……大丈夫です。閣下、どうぞ」

出入り口の周囲に矢が飛んでいないことを彼らが確認した上で、ノエインはマチルダの丸盾に守られながら扉を潜《くぐ》る。

そして、外に待機していたゴーレムの一体に魔力を注ぐ。

魔法使いであるために他の者より休息の時間を優遇されているノエインだが、それでもこの状況では消耗を避けられない。

こちらの切り札であるゴーレムの使い手がいつ眠りについているかを敵に察されないために、定期的に敵陣に石などを投げつけて反撃しなければならないが、そうなると睡眠はますます不規則かつ途切れがちになる。魔力も完全には回復せず、元々あまりない体力もすり減ったままとなる。

万全の状態のときにはない脱力感を覚えながら、ノエインはそれでもゴーレムに魔力を供給し、起動させる。そして、敵部隊への反撃を開始する。

こちらの数少ない弓兵や、矢の残数が心許《こころもと》ないバリスタと並んで、ゴーレムは貴重な遠距離攻撃戦力となっている。ゴーレムが抱え、放物線を描くように投げ上げた大ぶりな石は、クロスボウの射程を優に超えて敵兵のいるあたりまで届く。

それが上手く敵兵を直撃して死に至らしめることは少ないが、大きな石が勢いよく落ちてくる、という事実は敵にとっては嫌なもの。一時的にではあるが、嫌がらせで飛んでくる矢や魔法の勢いは削がれる。

「聞け！　バレル砦に立て籠るロードベルク王国の臆病者どもよ！　貴様らの本隊は既に敗北したぞ！　貴様らも直ちに降伏しろ！　そうすれば捕虜として丁重に扱う！」

　矢が止んだ代わりに飛んできたのは、敵部隊の指揮官バルテレミー男爵の呼びかけだった。このような呼びかけは、昼夜を問わずバルテレミー男爵やその他の敵士官が行っている。

　本隊が敗北した、というのはおそらくはったりだ。本当であればランセル王国側の本隊から大勢の増援がこの要塞地帯に来ているはずだが、バルテレミー男爵は二日前から「貴様らの本隊は敗北した」と叫んでいるにもかかわらず、敵本隊からの増援は一向に来ていない。

　バルテレミー男爵による降伏勧告を受けて、屋外に出ていた兵士たちの視線が、防衛部隊の指揮官であるノエインに向けられる。ノエインが小さく首を横に振ると、兵士たちは荷運びであったり見張りであったりと、それぞれの仕事に戻る。

　少なくとも今日、敵に降伏するということはノエインは考えていない。

　もし降伏したとして、普通ならば、確かに捕虜の命は保証される。身代金の支払いが期待できる間は、特にある程度の身分の者は丁重に扱われる。

　しかし、相手は暴君の異名を持つカドネ・ランセルの軍勢。ロードベルク王国に侵略戦争を仕掛けてきた軍勢だ。降伏後、まともな扱いをしてくれる保証はない。通常の戦争でも捕虜への虐待は起こり得るのだから、敵が侵略者の集団となれば懸念はさらに大きくなる。

敵部隊の将バルテレミー男爵ならば、これまでの古風な武人らしい振る舞いを見た限りだと、ノエインたちが降伏した後も仁義を重んじてくれるかもしれない。しかし、彼のさらに上位の貴族や、大将のカドネまでそうである保証はどこにもない。

フレデリックやユーリたちはもちろん、ある意味では卑劣とも言える策をいくつも実行したノエインなどは、何をされるか分からない。

暴行を受け、勢いあまって殺されないとも限らない。あるいは、魔法の才に目をつけられ、問答無用でランセル王国に連れ去られて奴隷にされる可能性もある。

さらに問題なのが、ケノーゼをはじめとした獣人たち。

ランセル王国の獣人迫害は、ロードベルク王国の南部よりなお酷いと言われている。敵は彼ら獣人を、そもそも普人と同じ捕虜とは見なさないだろう。遊び半分で凄惨な暴行を受ける者、殺される者がほぼ間違いなく出る。

そして奴隷にされてしまったら、同胞だろうと家族だろうと構わず散り散りに売り払われ、お互い二度と会うことは叶わず、酷使されて長くは生きられないだろう。

ロードベルク王国では曲がりなりにも平民であったケノーゼたちでも、そうなるのが目に見えているのだ。元が奴隷身分で、おまけに女性であるマチルダは、一体どんな目に遭うか。ノエインとしては想像さえしたくない。

降伏した場合の懸念はいくらでもある。だからこそ、ノエインは限界まで戦い続け、足掻《あが》き続けるつもりでいる。自身の庇護下に迎えると誓ったケノーゼたちのために。彼らに希望を託したジノッゼのために。臣下と兵士、そしてマチルダと自分自身のために。

「閣下」

バルテレミー男爵の呼びかけを止めるため、また投石を行おうとしたノエインに、声をかけたのはラドレーだった。

「ご希望の戦術兵器の準備ができました。あの敵将に投げつけるならこっちの方がいいんじゃあねえですか？」

強張った表情で不自然に口呼吸をする領軍兵士たちと共に、廁の桶から革袋に詰め直した「戦術兵器」を運んできたラドレーは、それをゴーレムの横に置く。ノエインとしても思わず呼吸を減らしたくなる悪臭が漂う中でも、ラドレーは平然としていた。

「ありがとう。そうだね、こっちにしようか……ユーリ！　敵将の位置は？」

『西門のちょうど正面です。距離は、先ほど閣下が投石なさった位置より少し近くでしょうか』

城壁上で敵を見張るユーリに手を振りながらノエインが叫ぶと、ユーリは『遠話』で直接ノエインの脳内に答えた。

「分かった。それじゃあ、お見舞いしようか」

ノエインはそう言ってゴーレムを操作し、戦術兵器の詰まった革袋を抱えさせる。

そして、先ほどユーリからもらった情報をもとに、適当な目安をつけて投げさせる。それから間を置かず、立て続けに三つ。距離や方向は微妙に変えながら投げる。

革袋の口は閉められていたが、中に戦術兵器がたっぷり詰まった状態で宙を舞い、勢いよく地面に叩きつけられれば、中身は勢いよく飛び出し、周囲に散るだろう。

「くそっ！　またこんな卑怯な手を！　恥を知れ！」

たとえ直撃しなかったとしても、敵にとっては、場合によっては石を投げられるより嫌な攻撃であるのは容易に想像できる。案の定、バルテレミー男爵の怒気を孕《はら》んだ声が聞こえる。

『閣下。敵将が退いていきました。今回の降伏勧告は終わりのようです』

「あはは、ご苦労なことだね」

ユーリから報告を受け、ノエインは笑った。

それからはまた、敵部隊による嫌がらせが始まる。こちらに一息つかせる暇を与えないために散発的に矢が飛ばされ、こちらも対抗して矢や石を放つ。

互いに嫌がらせの応酬をくり広げる、我慢比べの時間。しかし圧倒的に不利なのはノエインたちの側だった。

敵部隊は後方や他部隊から補給を受けられるが、こちらは残り少ない食料を節約し、空腹に耐えなければならない。

今や千人を超えた敵部隊は、交代でこちらのバリスタや投石の射程外に逃れていくらでも休息をとれるだろうが、死傷者を除いて百人強しかいないこちらはゆっくり休んでもいられない。敵が再攻撃の素振りを見せれば、動ける全員で備えなければならない。

先に限界が来るのは、確実にノエインたちの側だった。食料は明日の昼でなくなる。飲み水があるだけましだが、ただでさえ気力体力が落ちている状況で絶食すれば、まともに動けなくなる者が続出するだろう。

敵の再攻撃の素振りにこちらが反応できなくなれば、その時点で終わりだ。こちらを十分に弱らせたと判断した敵部隊は一斉攻撃を仕掛けてきて、こちらは大した抵抗も叶わず負ける。

どうしてもネガティブな思考が頭を巡る中で、ノエインは努めて冷静な表情を保ちながらゴーレムで石を投げる。

『閣下。敵部隊が隊列を整え始めました』

ユーリが『遠話』で伝えてきた直後、物見台に立つ兵士が敵襲の鐘を鳴らした。これで六度目となる、敵部隊の再攻撃の予兆だった。

鐘の音を聞いて、空腹の兵士たちが気力を振り絞って城壁に上がり、クロスボウや剣、槍を構える。本部建屋の中で休息をとっていた兵士たちも、睡眠不足の身体《からだ》に鞭打《むちう》って屋外に出ると、それぞれの配置につく。

ノエインも敵陣の様子を見るために、マチルダやペンスたちに囲まれながら城壁に上がった。司令室から出てきたフレデリックが、その横に並ぶ。

「どうせまた、再攻撃の素振りだけだろうが……勘弁してほしいものだな」

「まったくです」

微苦笑を浮かべて言ったフレデリックに、ノエインはため息交じりに頷く。

疲れ果てているこちらとは違い、概ね元気そうに隊列を整えていく敵部隊は、開戦当初にも増して恨めしい存在だった。

「……閣下。敵部隊の右後方、我々から見て十時の方向から何か来ます」

そのとき。ユーリが遠くを指差しながら言った。ノエインと、その場にいた皆がそちらを見ると、確かに小さな土煙が見えた。

その土煙は、次第に近づいてくる。大勢がこちらを目指して移動している証左だった。

「南西方向より、騎兵部隊が接近してきます！　数はおよそ三百！」

物見台の上で遠眼鏡を掲げながら、フレデリックの部下である王国軍兵士が叫ぶ。

「……敵の増援か？　しかし、何故《なぜ》ここにまとまった騎兵部隊が来る？」

フレデリックが訝《いぶか》しげに疑問を呟いた。

騎兵は野戦において少数で勝利を決定づける切り札になり得るが、攻城戦においては無用の長物と化す。こんな戦場に、まとまった数の騎兵部隊を持ってくる意味はない。

「いえ、あれは……おそらく味方です」

ユーリの言葉に、フレデリックは目を見開いて近づいてくる土煙を凝視する。

「何!?……確かに味方のようだな。先頭を駆けるあの鎧は、マルツェル伯爵閣下のものだ」

ノエインも目を凝らすが、近づいてくるのが騎兵の群れであることは確認できても、騎兵たちの個別の鎧までは、まだ判別できない。子供時代を読書ばかりして過ごしたノエインの視力は、世間の平均と比べると悪い。

それでも、ユーリとフレデリックがこう言うのであれば間違いない。実際に、敵部隊の反応は味方が近づいてきたときのものではなかった。明らかに予想外の事態に混乱し始めている。バルテレミー男爵が何やら慌てた様子で兵士たちに怒鳴っている声が僅かに聞こえる。

そして、接近してくる三百の騎兵部隊は突撃の勢いを緩めることはなく、その矛先は敵部隊に向いている。

「……つまり、これは」

「ああ。私たちは勝ったようだ」

味方の援軍。その先頭に立って指揮をとるのはエドムント・マルツェル伯爵。ヴェダ山脈を挟んで南の本隊に配置されていた彼が、南西方向からこちらに近づいてくるということは、本隊同士の戦いがロードベルク王国側の勝利で終結したことを意味する。

「皆喜べ！　本隊からの援軍だ！　勝利は決まった！　生きて帰れるぞ！」

フレデリックが砦の中を見回して叫ぶと、兵士たちから歓声が沸き起こった。

気力を取り戻して力強く、あるいは安堵のあまり泣き笑いの表情で。皆それぞれ喜びを声にする中で、ノエインは空を仰ぎ――深く、深く息を吐いた。

勝った。

守り抜いた。今ここに生きている、自分と庇護下の者たちの命を。皆の希望を。

心の中で喜びと安堵を嚙《か》みしめ、ノエインは視線を前方に戻す。

バレル砦の防衛部隊が見守る中で、エドムント率いる騎兵部隊は敵部隊に迫る。

おそらくは今回も再攻撃の素振りを見せるだけのつもりだった敵部隊は、急な騎乗突撃に対応できる状態ではなかった。槍衾《やりぶすま》を作って騎兵部隊を迎え撃つこともせず、隊列の端にいる兵士から逃げ出し始める。

バルテレミー男爵が何か怒鳴っているが、敵部隊の崩壊は止まらない。後ろからロードベルク王国の騎兵の大部隊が迫ってきたとなれば、自分たちの本隊が負けたのだと敵兵も理解する。この状況で士気高く戦える者はいない。

もはや部隊の統率などとれず、隊列崩壊からの敗走が免れないと分かったらしいバルテレミー男爵は――何故か、側近らしい数騎を引き連れて砦に接近してきた。

そして、一騎でさらに突出して砦に近づくと、武器を構えるでもなく声を張る。

「貴様らの粘り勝ちだ！　小狡《こずる》いが、見事な戦いぶりだった！　そちらの将の名を教えろ！」

唐突な要求に、皆の視線がノエインに集まる。どうするのか、と問いかける視線だ。

「……まあ、名前くらいなら」

ノエインはそう言って、城壁の最前まで進み出る。

各砦の将の名程度は、ランセル王国側が後で調べれば分かること。バルテレミー男爵が直接聞きたいというのであれば、教えても問題はない。

ノエインが傍らのユーリに視線を送ると、ユーリは頷いて声を張る。

「こちらの指揮を担われたのは、ノエイン・アールクヴィスト士爵閣下である！」

「アールクヴィスト士爵だな！　ゴーレムを操っていたそこの小僧だな！　覚えたぞ！　良き戦であった！」

声の細いノエインの代わりにユーリが放った返答を、バルテレミー男爵はしっかり聞き取れたらしく、そのように言って踵《きびす》を返す。そのまま、敗走する敵兵たちに紛れて戦場から逃げる。

敵部隊をあっという間に追い散らしたエドムントの騎兵部隊は、しかし深追いはしなかった。敵の掃討にあまり労力をかけないよう本隊から命令が出ているのか。

敵が完全に逃げ去っていったことを確認したエドムントは、隊を二つに分ける。半数を敵部隊の陣地、天幕も物資も全てそのまま捨て置かれた場へ送って戦利品を確保させ、残る半数を引き連れて砦に近づいてくる。

「バリスタを移動させて。援軍を迎える準備をしよう」

ノエインの命令で、アールクヴィスト領軍の兵士たちが西門の裏に置かれていたバリスタをどかし、門を開く。エドムントたちは、そこから堂々の入城を遂げる。

城壁を下りたノエインは、フレデリックと並んで、エドムントを敬礼で出迎えた。

「マルツェル伯爵閣下。お助けいただき感謝いたします」

「我々一同、おかげさまで命が繋がりました」

「出迎えご苦労……ケーニッツ卿の倅《せがれ》にアールクヴィスト卿か。バレル砦の指揮をとっているのはお前たちだったか」

馬上からノエインたちを見下ろしたエドムントは、そう呟くと馬を降りる。実用品として極めて上質であることをうかがわせる全身鎧に身を包んだ彼は、ここが戦場であるためか、平時よりもなお鋭い気迫を放っていた。

ノエインと目を合わせたエドムントは、ノエインの後ろに立つマチルダに一瞬視線を向け、顔をしかめる。

「貴様は相変わらずだな。戦場にまで下賤《げせん》な獣人奴隷を連れおって」

「恐縮です」

「褒めてはいない」

面倒そうに吐き捨ててノエインから視線を逸らしたエドムントは、砦の中を見回す。

「獣人の徴募兵ばかりか。思いの外、無事な兵が多いようだな。予定より大幅に戦いが長引いたのに、このような戦力でよく持ちこたえたものだ。フレデリック・ケーニッツ、指揮はお前が？」

「いえ、ノエイン・アールクヴィスト士爵閣下です。バレル砦が持ちこたえ、我々が生き永らえることができたのは、アールクヴィスト閣下の巧みな指揮と戦術、傀儡《くぐつ》魔法があってこそでした」

フレデリックの言葉を聞いたエドムントは、再びノエインを向き、少しためらう素振りを見せた後に口を開く。

「……アールクヴィスト卿。よくやった」

「お褒めに与《あずか》り光栄です」

ノエインが嬉《うれ》しそうに答えると、エドムントは複雑そうな表情になる。そしてすぐに表情を引き締め、武人らしい態度に戻る。

「要塞地帯への伝令用の鷹が未帰還となっているが、本隊の戦いが長引いた件の報告はこの砦まで届いたか？」

「敵の本隊が野戦陣地に籠り、別動隊がこの要塞地帯の突破を目指していたらしい、という報告は受け取りました」

「そうか。その後の戦闘の推移だが、こちらの本隊は北西部閥のクロスボウ隊の活躍が決め手となり、敵の野戦陣地の防御をついに打ち破り、敵の本隊は壊走した。今より二日前のことだ。戦闘の終結後、我々をはじめとした複数の騎兵部隊が援軍の先鋒《せんぽう》として要塞地帯に急行し、今こうして到着したというわけだ」

今頃は他の砦にも騎兵部隊が向かい、さらなる増援として歩兵部隊も随時到着する予定。エドムントはそう語った。

「いくつかの砦はランセル王国側の手に落ちたようだが、本隊が敗北して逃げ去ったとなれば、敵の残党も早々に砦を手放して逃げ帰るか、大人しく降伏するだろう。これで戦は終わりだ。お前たちも引き揚げる準備を……いや、まずは休め。疲れているだろうし、腹も空《す》いているだろう」

それから間もなく、逃げ去った敵部隊の置いていった物資がバレル砦の中に運び込まれる。そこには当然、千人以上の兵士を食わせるための大量の食料も含まれていた。それを頂戴することで、ノエインたちは援軍の後続を待つ必要もなく、十分な量の食事にありつくことが叶った。

空腹を満たしたノエインは、砦の防衛をエドムントたち援軍に任せ、自身が率いた兵士たちを休ませ、そして自身もマチルダと共に本部建屋の個室に入る。

彼女と一緒にお湯で全身を拭き、ベッドに倒れ込む。もう睡眠時間を削ってゴーレムを操り、投石を行う必要はない。

「……生き残ったね、マチルダ」

「はい、ノエイン様」

ノエインが声をかけると、ベッドの端に腰かけたマチルダが穏やかな声で答える。

「おいで」

「はい」

ノエインが手を伸ばすと、マチルダはその手を取り、ノエインの隣に身を横たえる。ノエインは彼女の胸に抱かれながら、自分が今この世で生きているのだという実感を彼女の体温から得ることができた。

戦いが続いている限り、男女として マチルダと触れ合うことはしないと決めていたノエインは、この夜は久しぶりに彼女と抱き合って眠った。

・・・・

戦いが終わった数日後。ノエインの率いるバレル砦の防衛部隊は、その任を終えて後方の野営地へと移動した。

防衛部隊の総勢百六十七人のうち、最終的な戦死者は二十三人。そのうち二十二人が獣人の徴募兵だった。

獣人の死者が突出しているのは、その練度の低さと、まともな防具を持たないために致命傷を負いやすかったことが原因だろう。そうフレデリックはノエインに語った。

フレデリックの部下である王国軍兵士も、一人が死んだ。目に受けた矢がそのまま脳まで貫通するという、ただ不運としか言いようのない死だった。

アールクヴィスト領軍からは、幸いにも死者は出ていない。しかし、名誉除隊を免れない戦傷者は一人いた。

この損耗率について、長期の激戦だったわりには少ないと、よくぞこれだけの犠牲で抑えたと、アルノルドやジークフリート、エドムントやトビアスからは評された。おそらくはクロスボウやバリスタ、『爆炎矢』やゴーレムのおかげで、実際の兵力以上に攻撃力を備えていたことが影響したのだろうと、ノエインは考えている。

戦いが終わった今、ノエインたちは帰還の準備に入っている。

「自力で長く歩けそうにない重傷者については、全員が馬車の空いた部分に収まりそうだ。多少は馬の足が遅くなるだろうが、移動日数は追加で数日も見込んでおけば問題ないと思う」

焚《た》き火《び》を囲みながらノエインに報告するのは、参謀として実務の多くを担ってくれているユーリだった。

「そして獣人たちの家族についてだが、今朝のうちにケノーゼを含む連絡役が数人、野営地から北に発《た》った。アールクヴィスト領からここへ来る際に滞在した小都市、そこの近郊で合流することになっている。四日もあれば合流地点に着くとのことだ」

「それじゃあ、僕たちは明日出発すれば余裕をもって移動できるかな。帰路の物資は？」

「ケノーゼたちと合流しても数日は持つ程度の量を集めている。馬車に積んでいるところだが、獣人たちがよく働いてくれているから、今日中に終わる見込みだ」

「そうか、よかった……色々と、苦労をかけるね」

ノエインはそう言って苦笑した。

「傭兵時代にも、避難民だの捕虜だの予定外の人員を連れて移動することはたまにあった。慣れているから問題ない。今回は王国領土内を街道沿いに移動するだけだからな。食料を道中で買えるのなら、後のことはどうにでもなる」

およそ百八十人もの獣人を連れて帰ることになるとは、ノエインたちの誰も想像していなかった。当初の予定が大きく狂った中でも帰還準備を概ね順調に進められているのは、ユーリたち従士の元傭兵としての知識や経験があるからこそだった。

「確認事項は以上だ。行軍準備はこっちで進めておくから、ノエイン様は帰路のために体力を温存しながら今後のことを考えてくれるといい……帰還した後も、何かと大変だろうからな」

「あはは、そうだね。ありがとう」

獣人たちによって人口が大幅に増えるアールクヴィスト領の、今後の開拓計画の修正構想。後遺症を抱えた者たちへの、見舞い金の支給や仕事の割り当てなどの支援。今のうちからじっくり考えておくべきことは多い。

ユーリの気づかいにノエインが感謝を伝えると、彼は微笑を浮かべて頷き、立ち去っていった。

それと入れ替わるようにして、今度はフレデリックが歩み寄ってくる。

「ノエイン殿。やはり父はもうしばらく国境地帯を離れられないらしい。ケーニッツ子爵領軍のように、まとまった規模の正規軍人の部隊は貴重だからな。それに、王家と貴族閥の主だった顔ぶれで話し合うべきことも多いそうだ……戦後処理がある程度片付くまで、あと一週間は拘束されるだろうと」

「そうですか。北西部閥の重鎮ともなると、アルノルド様も大変ですね」

「まったくだ。特に話し合いについては、褒賞などを巡って派閥同士で言い争うのが目に見えているからな。嫌そうな顔をされていた」

フレデリックは苦笑し、そして少し憂鬱そうな顔になる。

「……来年からは、私もああいう仕事を学ばなければならないと思うと、少し気が滅入《めい》るよ」

「王国軍を除隊して、ケーニッツ子爵領に帰られるのでしたね」

フレデリックのように修行を目的として王国軍に入る貴族家嫡子は、長くとも十年ほどで除隊するのが通例となっているという。あまり長く居座っては、最初から職業軍人として一生を送るつもりで入隊した貴族家の次男以下や、平民出身の士官たちの出世の邪魔になるためだ。

王家としては、貴族家の継嗣として高い教育を受けた優秀な若者を、士官として一定期間使うことができる。また、いざというときは地方貴族が王家に反抗しないようにするための人質にできる。貴族家としては、継嗣に良い環境で経験を積ませ、将来の領主として多くを学ばせることができる。

そのような相互利益に基づいた慣例として王国軍に身を置いていたフレデリックは、しかし来年には修行を切り上げて家に戻る。今後はケーニッツ子爵領軍で隊長を務めつつ、次期領主として父アルノルドのもとで政務を学ぶのだという。

「王国軍で士官をやっているうちは、気楽なものだった。自分の率いる部下の面倒だけを見ていればよかったからな。今後はそうもいくまい」

「これも領主貴族の運命ですね」

ノエインの言葉に、フレデリックは小さく吹き出した。

「ははは、運命か。違いない……来年からは顔を合わせることも多くなるだろう。そのときはよろしく頼む」

「こちらこそ、よろしくお願いします」

「だが、おそらくはその前に、王都で褒賞を賜る場で会うことになるだろうな。奇《く》しくも私たちの戦いが、ロードベルク王国の勝利を決めたことになったのだから」

ノエインたちが何か判断を誤って、あるいは抵抗を諦めて、バレル砦が敵の手に落ちていたら。そんな結果が他の砦にもたらされたら。ほんの数日の違いで、ロードベルク王国側の本隊の方がランセル王国側の別動隊に後背を突かれ、敗北していてもおかしくなかった。

結果的に、要塞地帯の各部隊、特にバレル砦のような西寄りの砦にいた部隊は、激戦を耐え抜いて戦争を勝利に導いた英雄となった。英雄には栄誉が与えられる。

「褒賞、ですか」

「ああ。国王陛下より直々にな……要塞地帯の中でも西寄りにあった五か所の砦のうち、最後まで陥落しなかったのはバレル砦を含めて二か所だったそうだ」

「……まあ、あれだけの激戦だったんですから、無理もありませんね。むしろ、僕たち以外にも砦を守り切った部隊がいたのは少し驚きです」

ノエインはそう呟いた。クロスボウもバリスタも、『爆炎矢』もゴーレムもなしであれほど長く持ちこたえられるかと言われたら、自分にはできる気がしなかった。

「持ちこたえたもうひとつの砦の指揮官も、非常に優秀な魔法使いらしい。南西部貴族だそうで、あちらの砦はその者の個人的な奮戦で耐えきったに等しいとか。私もまだ噂《うわさ》に聞いた程度だが」

「魔法使いですか。それは少し、会ってみたいですね」

「戦いが終わると早々に領地に帰ってしまったそうだが……その者も陛下より褒賞を賜るのは確実だろうから、数か月後に王都で会えるさ」

似たような状況で似たような活躍をしたらしい魔法使いに興味を示すノエインに、フレデリックは言った。

「話が逸れたな……それで、ノエイン殿は先に帰るのだったな？ 行きと比べて随分と大所帯になるだろうが、大丈夫か？」

「はい。従士たちが優秀なので問題ありません。行軍の費用も、現金を多めに持ってきているので大丈夫です」

「そうか。では、しばしの別れだな……今回生き残ることができたのは、貴殿のおかげです。心より感謝いたします。アールクヴィスト士爵閣下」

フレデリックは口調をあらため、整った所作で敬礼しながら言った。

「……今回の戦いで多くのことを学ばせてもらいました。僕の方こそ感謝します。騎士フレデリック・ケーニッツ殿」

ノエインが答礼すると、フレデリックは頷き、去っていった。

その背を見送ったノエインは、マチルダを振り返る。疲れを含んだ、しかしどこか清々《すがすが》しい笑みを浮かべる。

「……務めは終わったね。うちに帰ろう。クラーラの待つ我が家に」

「はい、ノエイン様」

六章　待つ者たちの戦い

アールクヴィスト士爵領の領都ノエイナ。領主家の屋敷からほど近い場所にある領軍詰所――以前のようなテントではなく、現在はまともな建物として作られている――の事務室で、ダントは慣れない事務仕事に悪戦苦闘していた。

現在、領軍の三分の二と共に、隊長であるユーリと副隊長のペンス、さらには士官のラドレーが出征している。最低限の防衛力として領地に残った十人の兵士のうち、最上位の小隊長であるダントは、畏れ多くも領軍隊長代理を拝命していた。

しかし、いくら階級が他の者よりも上で、能力も見込まれているとはいえ、正規軍人になってまだ日が浅いダントにこの役割はあまりにも重い。

大幅に不足している人員で領内の最低限の仕事を回す高度な管理能力などダントにはなく、一応読み書き計算はできるが普段は自分の給金程度しか数えない身で、居残っている兵士たちの給金や軍の予算を管理するのも難しい。

なのでダントは、今や武門の従士とは言えない立場だが元は傭兵《ようへい》だったバートやマイの手も借りながら、それでもこうして悪戦苦闘を強いられている。

「どうだ、ダント。仕事は捗《はかど》ってるか？」

面倒で細かい計算に頭が沸騰しそうになっていたダントが顔を上げると、いつの間にか室内にバートがいた。

「バートさん……ご覧の通りです」

ダントは疲れた笑みを浮かべ、机の上に載った書類の束を示す。今日中に片付けるべき書類の束は、朝に積まれたときから半分も減っていない。

「ははは、まあ予想通りだな。ほら、手伝ってやるから半分よこしてくれ」

ダントは書類の束の一部をバートに手渡すと、頭を下げる。

「ありがとうございます。いつもすいません」

「今さら気にするなって。どうせ俺は、今週も普段よりは暇だからな」

戦争のために多くの貴族領で当主が不在であり、社会が大きく動かない王国北西部では、外務を担当するバートの仕事は通常より少ない。必然的にアールクヴィスト領に留《とど》まっていることの多いバートは、貴重な軍務経験者として、こうした管理業務のみならず森の見回りや領都内の警備まで手伝ってくれている。

頼もしい戦力が加わったことで大幅に捗り出した書類仕事の最中《さなか》、また詰所の事務室の扉が開かれた。ダントとバートが書類から顔を上げて扉を向くと、そこにいたのはリックだった。

「なんだリックか。お前も手伝ってくれるのか？」

バートが笑いながら言ったのに対して、リックの表情は硬かった。

「ダント、それにバートさんも、丁度よかった……実は、ちょっと問題が起きまして」

リックの言葉と表情を受けて、ダントとバートも気を引き締める。

「何があった?」

「御用商人のフィリップさんから相談を受けたんですが、鉱山村からスキナー商会の倉庫まで採掘資源を運んでくるはずの輸送隊が、まだ到着してません。正午には着いてる予定なんですが……」

「……何だって?」

バートは眉を顰《ひそ》めた。

順調に開拓が進み、今では一応村と呼べる規模になった鉱山の開発拠点には、ヴィクターをはじめとしたバルムホルト商会の技術者や労働者、その家族が定住を始めている。

そんな鉱山村から領都ノエイナまでの距離は、林道が通った今は馬車でほんの二時間程度。

その距離を進み、遅くとも正午には着く予定だった輸送隊が未《いま》だ到着していない。馬車かそれを牽《ひ》く馬が故障したのか、あるいは魔物の襲撃でも受けたのか。とにかく何かしらの不測の事態が起きたと考えなければならない。

「ダント、どうする?」

バートはあくまで手伝いの立場。領軍隊長代理をユーリから拝命したのはダントである。その点を考慮したのであろう問いかけに、ダントはしばし考えて口を開く。

「……ひとまず、様子を見に行きます。よければバートさんも来ていただけるとありがたいです。

リックは、領都ノエイナにいる兵士たちを非番の者も含めて集めておいてくれ。お前も含めて完全装備で待機だ」

まずは輸送隊の状況を確認しなければならない。その上で、場合によっては魔物などにすぐに対処できる状態を整えなければならない。ダントはそう判断した。

それからすぐに、三人は行動を開始する。リックは領都ノエイナに留まっている領軍兵士たちを自身も含めて六人、待機させる。その間にダントとバートは厩《うまや》から馬を出し、鉱山村へと続く道に出る。

騎馬が二騎だけとなれば、移動も早く済む。速歩で馬を進めたダントとバートは――間もなく、輸送隊の痕跡、積み荷ごと放棄された荷馬車を発見した。

「……これは」

荷馬車には馬は繋《つな》がれておらず、荷台は荒らされ、辺りには積み荷の鉱石が散乱していた。その様を見てダントは唖然《あぜん》としながら呟《つぶや》く。

一方のバートはすぐに馬を降り、周囲を警戒しながら荷馬車に近づいた。最初は唖然としてしまったダントも、すぐにそれに倣う。

「ダント、どう見る?」

それは単なる質問ではなく、ダントにも現場の観察を促すための問いかけだった。

「……少なくとも、見える範囲では血はありません。戦った痕跡も見当たりません。馬も正常な手順を踏んで馬車から外されているように見えます。輸送隊は魔物に襲われて全滅したのではなく、何か異常を察知して、荷馬車を放棄して避難したのではないでしょうか。馬を逃がす余裕もあったみたいですから、おそらくは無事かと」

ダントはそこで言葉を切り、道の前後を観察する。

「足跡を見るに、鉱山村の方に逃げ帰ったと思われます。距離的には領都ノエイナの方が近いはずですが……例えば、領都ノエイナへの進路上に異常を認めたので、より安全と思われる鉱山村の方に逃げた、といったところでしょうか」

ダントの推測を聞いたバートは、周囲の警戒を続けながら頷《うなず》いた。

「上出来だな。俺も同意見だよ……そして、荷台を荒らしたのは魔物で間違いないだろうな」

バートの指差した足跡や、荷馬車に残された爪痕を見て、ダントはまた思考する。

「これは……ホブゴブリン……よりも大きい。まさか、オークですか？」

「ああ、多分な。足跡や爪痕はオークによく似てるし、食料を積んでいたわけでもない荷台が荒らされてることも裏付けになってる。オークは貴金属や宝石の類《たぐい》を珍しがって集める習性があるらしいからな……しかも、足跡から考えると一匹だけじゃない。番《つがい》だか親子だか分からないが、大きさの違う複数匹がいる」

オークの出現。この事実を前に、ダントは顔を強張《こわば》らせる。

「前回オークが出てからまだ二年しか経《た》っていないのに、また同じ地にオークが、それも複数匹が現れるなんて。おまけに、領民が日常的に利用する林道に出てくるまで予兆を摑《つか》めないなんて。ここ最近の森の見回りを疎《おろそ》かにしていた、領軍隊長代理である俺の責任です」

「そう自分を責めるなって。オークがいつ森の奥から出てくるかなんて誰にも分からない。運が悪ければこういうこともある。それに、領軍の半数以上が出征してる今はどうやったって森の見回りを減らさざるを得ないんだ。お前は悪くない……それより、近くにオークがいるならここもあまり安全じゃない。今のところ気配は感じないが、あまりここに長居しない方がいい」

「……そうですね。すみません」

ダントは一度深呼吸すると、表情を変えた。

「それで、隊長代理。次はどうする？　選択肢としては、鉱山村の無事を確認しに行くか、一旦領都ノエイナに戻って対策を練るかだ。何なら手分けしてもいい。お前が行けと言うなら、俺が鉱山村まで様子を見に行ってもいいぞ？」

「いえ。輸送隊が鉱山村の方に避難したなら、オークもその匂いを追って林道を北に行った可能性が高いでしょう。様子を見に行くのはあまりにも危険です……鉱山村の連中なら、そう簡単にやられることはないと思います。一人や二人が様子を見に行っても手伝えることはないでしょうから、俺たちは領都ノエイナに戻りましょう」

鉱山村には屈強な男が多くいる。また、領軍兵士も三人駐留させている。こうした事態に備えてクロスボウも数挺《すうちょう》が置いてあり、振り回せば武器になる採掘道具も豊富にある。オークを仕留められるかはともかく、追い払う程度のことは決して難しくない。

今は鉱山村が無事であることを祈りながら、領都ノエイナに戻って抜本的な対策――複数匹のオークを討伐する方法を考えるべき。ダントはそう判断した。

「……よし、お前がそう判断するなら従おう。そうと決まれば、急いだほうがいいな」

「はい」


領都ノエイナに急ぎ戻ったダントとバートのもとへ、待機していたリックと領軍兵士たちが駆け寄ってくる。

「ダント、どうだった？」

「輸送隊はおそらく無事だ。鉱山村の方に逃げたらしい……荷馬車は放棄され、荒らされていた。おそらくオークだ。それも複数匹」

それを聞いた兵士たちはざわめき、リックは苦い笑みを浮かべる。

「そうか。つくづくオークと縁がある土地だな、ここは」

さらにその場へ、何か異常事態が起きていると気づいたらしいエドガーもやって来る。

「バートにダントにリック、それに領軍が完全武装で集まっているなんて……一体何事だ？」

「エドガーさん。どうやら、鉱山村に続く道沿いにオークが出たみたいで」

バートが答えると、エドガーは目を見開いて驚く。

「オークだと!? 確か、前回オークが出てからは……」

「ええ、まだ二年くらいしか経ってませんね。頻度としてはちょっと多すぎますが、出てしまったものは仕方ないので対処しないと」

「……そうだな、バートの言う通りだ。私はひとまず、農地に出ている農民たちを全員領都ノエイナに避難させよう」

「お願いします」

「なにぶん今は戦力不足なので、もしかしたらエドガーさんと農民たちにも領都防衛で協力を願うかもしれません」

バートに続いてダントが領軍隊長代理として言うと、エドガーは即座に頷いた。

「分かった、任せてくれ。農民たちを避難させたら、男たちは農具を持たせたまま待機させる」

エドガーが農地へと走り去った後、ダントとバート、リックは再び顔を見合わせる。

「それでダント、どうする?」

「……北門の見張りに兵士二人を残して、残る四人で領都内に事態を知らせて回ってくれ。ドミトリさんのラドフスキー商会も屈強な男が多いから戦力になるだろうし、マイさんたち婦人会には女性と子供を安全な建物に避難させる用意をしてもらいたい。俺は……領主代行の奥方様に状況を報告してくる」

「分かった。領内への伝達は俺たちに任せてくれ」

「奥方様への報告には俺も付いていこう。事態が事態だから、一応は従士が同席した方がいい」

手早く役割分担を決め、ダントたちは行動を開始する。

領主代行を務めるクラーラに状況報告を行うため、ダントとバートが訪れたのは、領主家の運営する学校。この学校の校長でもあるクラーラは、日中は領民の子供たちを前に自ら教鞭《きょうべん》をとっていることも多く、この日もそうだった。

領都内の通りを馬で駆け、学校の敷地内に入ったダントとバートを見て、授業を受けていた子供たちが校舎の窓際に集まる。

「わあ、バート様とダントさんだ！」

「すごい、戦うときの恰好《かっこう》だ！」

「かっこいい！」

何も知らない子供たちは、完全武装で騎乗した美青年のバートと屈強なダントを見て、無邪気にはしゃぐ。バートはまだ心の余裕があったので子供たちに笑顔で手を振ってみせたが、ダントの顔は険しいままだった。

バートに手を振られた子供たちがさらに沸き立つ一方で、クラーラは表情を硬くする。子供たちの学びの場である学校に、完全武装で馬に乗って乗り込むなど、普段のダントやバートならば決してしない。何か、そうしなければならない非常事態が起きているのだと察する。

「皆さん。先生は隊長代理ダントさんと、従士バートさんと大切なお仕事のお話があります。少しの間、教室で静かに待っていてくださいね」

「「「はい、クラーラ先生！」」」

学校では、クラーラは子供たちに自身を「先生」と呼ばせている。子供たちが素直に返事をしたのに笑顔を作って頷き、急ぎ教室を出ると、ダントとバートを事務室へと呼んだ。

事務室の椅子に座ってクラーラと顔を合わせたダントとバートは、挨拶も最低限に、本題の報告に入る。

「――なので、輸送隊や鉱山村の者たちについては、無事を祈るしかない状況です。領軍兵士も駐留していますし、鉱山村にはヴィクターさんをはじめ屈強な男が多いので、そうそうやられることはないと信じたいですが」

「まあ、何ということでしょう……」

複数匹のオークの出現。輸送隊や鉱山村住民の安否の不明。その報《しら》せを聞いたクラーラは、口元に手を当てて不安げな表情になる。

その顔には明らかに気疲れの色が出ていて、目の下には少し隈《くま》もある。

南西部国境での戦争が長引いているという報せがつい先日届き、しかしノエインたちの安否までは分からない状況でただでさえ精神的に消耗しているクラーラに、まるで追い打ちのように領内での凶報を聞かせる。ダントもバートもそれを心苦しく思うが、領主代行に事態を報告するのも自分たちの仕事である以上は仕方なかった。

「出現したオークは番か親子か、あるいはその両方です。確か、オークは一匹ずつしか子供を産まないはずなので、一緒に行動するのは番とその子供で最大三匹だと思いますが……」

「子供も含むとはいえ、オークが三匹というのはとても危険な状況ですね。ですが、このまま放置するわけにもいきません」

言葉を濁したバートに、クラーラは自らの口で厳しい現実を直視する言葉を語った。

オーク討伐に臨むとしても、できることなら出征しているノエインたちの帰還を待ちたい。オークと互角以上に戦えるゴーレムを操るノエインと、精強な戦士であるユーリ、ペンス、ラドレー、そして領軍の主力部隊。その力があればどれほど頼もしいか。

しかし、ノエインたちの帰還を待っていてはあまりにも時間がかかりすぎる。

仮に、まだアールクヴィスト領へと報せが届いていないだけで既に戦争が終結していて、ノエインたちが帰還の準備を始めていたとしても、彼らがアールクヴィスト領にたどり着くのは数週間後になる。

それまでずっと三匹ものオークを放置していては、どれほどの被害が出るか分からない。

鉱山村から資源を輸送できない状態が数週間も続けば、その領外への輸出による売上を主要な収入源としているアールクヴィスト領は大きな経済的損害を被《こうむ》る。

また、鉱山村の無事も保証されない。ヴィクターたちであれば、オークの襲来を一度や二度なら撃退することはできるだろうが、女性や子供もいる中で数週間にわたって村を守り続けるのはさすがに厳しい。

それ以前に、領都ノエイナさえ安全であり続けられるか分からない。市街地を囲む木柵は、並みの魔物による攻撃を防げる程度には強靭《きょうじん》だが、複数匹のオークの攻撃を受け続ければ突破されかねない。領都内にオークが侵入すれば悲惨なことになる。

そもそも、ノエインたちが絶対に無事に帰還する保証はない。クラーラたちがどれほどそれを願っていても。

だからクラーラたちは、領内に居残っている自分たちだけで、今、この非常事態に立ち向かうしかない。

「……領軍隊長代理ダントさん。そして従士バートさん。領主代行として、命じさせていただきます。とても困難な状況とは思いますが、どうか、オークによるこの危機に立ち向かう方法を考えてください」

クラーラは不安げな表情を押し隠し、ダントとバートを見据えて言った。

「今、このアールクヴィスト領を脅威から守る力を持っているのは、あなたたちだけです。どのような作戦を立てても構いません。ノエイン様よりアールクヴィスト領を預かっている立場として、私があらゆる責任を負います。必要になるあらゆる協力を、全力をもっていたします。なのでどうか……お願いします」

覚悟を示す力強い目に、そして言葉に、ダントとバートはしばし黙り込む。

こんな状況で、クラーラが不安でないはずがない。それでも彼女は領主の妻として、今は領主代行として、臣下の前で堂々とした姿を保っている。

それに応えられなければ、自分たちの存在意義はない。

「……私はノエイン様への忠節を誓った日から、アールクヴィスト家とアールクヴィスト領のために命を賭して戦う覚悟はできています。どうかお任せください」

先に口を開いたのはバートだった。今では外務官僚としての性質の強い役割を負っているが、こうして答える声と表情は元傭兵としてのもの、戦士のものだった。

それに続いて、ダントも答える。

「自分はアールクヴィスト領の、ここに暮らす者たちの盾となるために軍人になりました。与えられた領軍隊長代理という務めに恥じぬよう、必ずオークを狩り、アールクヴィスト領を守って見せます」

ここで覚悟を示さないなどあり得ない。覚悟を結果で示せないことなどあってはならない。

必ずアールクヴィスト領防衛を成す。ダントはそう決意していた。

・・・・・

その後、領主家の屋敷の従士執務室を会議室代わりに、ダントとリック、バート、そして武門以外の従士たちが集まっていた。最高責任者として、クラーラも同席している。

「まずは、オーク討伐の方法ですが……やはりバリスタでしょうか」

「そうだな。あれは直撃すればオークをも一撃で仕留められる。バリスタを中心に策を練るべきだろうな」

ダントの言葉に、バートが頷いて同意を示した。

現在アールクヴィスト領には、ノエインたちの出征後にダミアンが完成させたバリスタが一台ある。領外への輸出用に作られたものではあるが、事態が事態なので実戦で使用することには誰も反対しない。

「そうなると、なるべく狭いところ……領都ノエイナと鉱山村を繋ぐ林道上でオークと戦いたいですね。だだっ広い場所だと、機敏なオークをバリスタで仕留めるのはほぼ不可能です」

領内の誰よりも狙撃を得意とするリックが言う。

バリスタは多少の狙いの調整はできるが、開けた場所を素早く動き回る目標を的確に狙えるような兵器ではない。大量のバリスタを並べて一斉射できるのであれば話は別だが、現在バリスタは一台しかない。

「領都防衛の観点から考えても、林道上で戦う方がいいわね。人手不足のこの状況で、領都ノエイナを囲む木柵全体を守るのは難しいし、一か所を突破されたら後がなくなる……オークがここまで来てしまう前に仕留めたいところね」

リックの言葉に、マイが頷きながらそう返した。

「……それじゃあ、オーク討伐の部隊を編制し、こちらから打って出ることで決まりでしょうか。あとは、その部隊をどう編制するかですね」

「領都ノエイナに残っている領軍――お前やリックを含めて七人と、あとは俺も討伐組で決まりかな。ただ、いくらなんでも八人で複数匹のオークを相手取るのは無理がある。バリスタを動かす人手も足りない。極めて危険な任務だけど、領民から志願者を募るしかない」

討伐作戦の中核を担う立場として、ダントとバートがまた言葉を交わす。

「領民たちの中には、一昨年の盗賊団との戦いで実戦経験を積んだ者もいる。きっと志願者は十分に集まるだろう……私も討伐部隊に回るつもりだ」

「助かります、エドガーさん。心強いです」

ダントは安堵《あんど》した表情で、エドガーの申し出に答えた。

「あとは……討伐部隊が出るのとすれ違いで、オークが領都ノエイナに現れる可能性もある。ここに残って、いざというときの防衛の指揮をとる人間が必要だろうな」

「それは私に任せて」

バートが言うと、マイが力強い声で志願する。

「これでも元『真紅の剣』の団員よ。オークから領都を守る時間稼ぎの指揮くらいはとれるわ」

「……助かる。それじゃあ頼んだ」

領都ノエイナ、そして女性と子供を守るための指揮は、マイがとることで決まる。

その後も会議は進み、林道上でどうやってオークを誘い出し、仕留めるか、具体的な策が定まっていく。

策が定まると、討伐部隊への志願者の募集や、領都防衛の人員の編制、女性や子供たちの避難準備など、各々は自身の役割に合わせて動いていく。


およそ一時間後。領軍詰所の一室に、ダントとバート、リック、エドガー、厩番のヘンリク、さらにはアールクヴィスト士爵家の奴隷ザドレクが集まっていた。

「それじゃあ、作戦の確認に入るわけだが……まずは最終確認をしておこう。複数匹のオークの討伐は相当に危険で、死者が何人出てもおかしくない。ヘンリクは本当に、こっちに参加するってことでいいのか？」

バートが問いかけると、ヘンリクは即座に頷く。

「故郷を失《な》くした田舎者のおらみたいな奴《やつ》が、領主家専属の厩番として高い給金をもらってまともな暮らしができるようになったのは、ノエイン様のおかげですだよ。アールクヴィスト領のためになるんなら、喜んで協力させてもらいますだ」

意気込みながらニッと笑って答えるヘンリクに、バートも微笑を浮かべて頷く。

「そうか、分かった……次にザドレク。お前たちはただの労働奴隷で、戦闘奴隷じゃない。無理に戦わなくても、ノエイン様はお前たちを罰したりしないと思うけど、いいのか？」

「承知しております。その上で、私を含む男の奴隷九人で志願いたしました」

大柄な虎人のザドレクは、神妙な面持ちで答える。

「私たちはノエイン様から大変な厚遇を受けております。特に獣人奴隷の私などは、本来なら望むべくもない厚遇を。そのご恩に報いてノエイン様のご領地を守るために、力を尽くしたいと考えました。覚悟はできているつもりです」

「……そうか。ノエイン様は領民たちだけじゃなく、奴隷たちにも敬愛されていらっしゃるな」

ザドレクの覚悟を認めたバートは、ダントに視線を向ける。ダントは頷き、軍議の進行役を引き継ぐ。

「では、具体的な確認を。討伐部隊およそ五十人は、牽制役《けんせい》の槍隊《やり》二十人と、クロスボウ隊の二十人、そしてバリスタ班に分かれます。作戦は単純です。まず、ヘンリクの操る荷馬車で林道上に囮《おとり》の家畜を置き、少し離れたところで待ち伏せます。囮に釣られて現れたオークを、まずはリックがバリスタで一匹仕留めます。再装塡の間は、矢に『天使の蜜』の原液を塗ったクロスボウで牽制して残りのオークを弱らせます……原液の使用許可は、奥方様よりいただいているので問題ありません。もしオークが近づいてきたら、槍隊が槍衾《やりぶすま》を作って防御します。そしてリックが再装塡を済ませたら、『天使の蜜』の原液で麻痺《まひ》したオークを再びバリスタで仕留めます。それだけです」

口で言うのは簡単ですが、と言ってダントは微苦笑する。

オークはおそらく輸送隊の匂いを追って北側に移動したと考えられるが、その予想に反して南の領都ノエイナ側に既に近づいている可能性もある。待ち伏せをしている最中に、側面や背後から接近される可能性もある。

時間も人手も足りない中で、万全の作戦など立てられない。後は運次第となる。

「まあ、運に左右されるのは仕方ないけど、逆に言えば運さえ良ければ上手《うま》くいく。人相手の戦いだと、頭を使って裏をかかれることもあるからな。馬鹿な魔物が相手な分、気楽なものさ」

バートが爽やかに笑って明るい声色で言うと、この場にいる皆の表情も少し明るくなる。

士気を気遣う余裕さえ見せるバートに、戦士としてまだまだ敵《かな》わないと思いながら、ダントも頷いた。

「そうですね。相手は所詮魔物です。こちらは連係するだけの頭も、強力な兵器も持っています。勝てない道理はありません」

「おっ、さすがは領軍隊長代理。その意気だぞ……それじゃあ、まずは俺と、馬の扱いに長《た》けたヘンリクで林道上に囮の乗った荷馬車を置く。その後ヘンリクは後方に退避して、俺は各隊の補佐に回る。囮にオークがおびき寄せられたら、リックがバリスタで仕留める。装塡の間の時間稼ぎは、ダントの率いる槍隊と、エドガーさんの率いるクロスボウ隊が務める。それで間違いないな、ダント？」

「はい。それでいきましょう」

作戦も役割分担も定まり、いよいよ戦いに臨むばかりとなったそのとき——部屋の扉が雑にノックされ、返事も待たずに開かれる。

そこに立っていたのは、興奮気味のダミアンだった。

「あっ！　やっぱりここで作戦会議してたんですね！　言ってくれたら俺も参加したのにぃ！」

皆が目を丸くする中で、ダミアンはまくしたてる。

「ダント！　バートさん！　俺も討伐に付いていっていいですか!?　俺の作ったクロスボウやバリスタでオークが仕留められるところ、見てみたいです！　何なら俺も一発くらいオークに矢をお見舞いして——」

「……いや、ダミアン。悪いけど、それは受け入れられないな」

バートが苦笑を零《こぼ》しながら、ダミアンの要望を拒否する。

「複数匹のオークと戦うとなれば、何が起こるか分からない。たとえ部隊の後方にいても、安全とはとても言えない。そもそもオークが予想外の方向から迫ってきたら、前方も後方もなくなるからな……だから、お前を連れていくことはできないよ。アールクヴィスト領の最重要人物であるお前を、もし死なせでもしたら大変だから」

現状、ダミアンはクロスボウやバリスタの製造に欠かせない人材。今後も何か有用な発明をするものと期待されており、それでなくともなかなか得難いほどに腕のいい鍛冶職人である。興味本位のオーク狩り見物を許して、うっかり死なせていい人材ではない。

領主不在のアールクヴィスト領で留守を守る従士として、バートはそう判断した。

「えー、そんなぁ！」

「もう、駄目ですよダミアンさん」

大仰に肩を落とすダミアンの後ろから、クリスティが顔を出す。

「だから言ったでしょう、許してもらえるわけないって。だいだいダミアンさん、クロスボウ射撃が死ぬほど下手で、自分の身を守ることもままならないじゃないですか。それなのに付いていってどうするんですか。邪魔なだけですよ」

一応は奴隷身分ではあるが、従士身分のダミアンに容赦なくものを言うクリスティを見て、ダントもバートも他の者たちも笑う。

「ははは、そういうわけだからダミアン。今回は諦めてくれ。クロスボウやバリスタがどう活躍したか、あとで詳しく報告するから……クリスティ。ダミアンをしっかり見張っててくれよ」

「は、はい。お任せください！……ほら、ダミアンさん。行きますよ」

そのままクリスティに引っ張られ、ダミアンは退室していった。

「……それじゃあ、動きますか」

「ああ、そうだな」

この奇妙なくだりを挟んだ結果、良い意味で肩の力が抜けた状態で、ダントたちはオーク討伐に臨む。

およそ五十人の討伐部隊が出発準備を整えたところへ、領都ノエイナに居残る者たちが見送りに集まる。

「――それじゃあ、負傷者の手当ての準備については今言った通りで。セルファース先生、どうかよろしくお願いします」

「分かりました。お任せください」

ダントに言われて、医師セルファースが頷く。その後ろには、医師見習いであるリリスが緊張した面持ちで立っている。

オーク討伐では、多くの負傷者が出る可能性も高い。その場合はセルファースが頼りとなる。

「ハセル司祭も、お手数をかけますがよろしくお願いします」

「私たちは神に仕える身。このような事態の中でご協力させていただくのは当然のことです」

ハセル司祭は静かに言った。聖職者として貧民の支援などに関わった経験を持つ彼ら教会関係者も、医師セルファースを手伝って、いざというときの負傷者救護にあたることになる。

「マイ。いざというときは頼んだ……それと、無事でいてくれよ。従士長が帰ってきたときに、俺が悪い報せを伝えるなんて御免だから」

「誰に言ってるのよ。母は強しって言うでしょう。今は母親になった私の方があなたより強いんだからね。自分の心配してなさい」

冗談めかして言ったマイに、バートは小さく吹き出す。

別の場所では、領都ノエイナ防衛に志願してくれた者たちに、ダントが声をかける。

「皆さん、本当にありがとうございます」

「利益や商会、属する社会を守るため、ときには戦うのも商人の仕事です」

「自分の商会がある街を守るためだ。奮戦するぜ」

「うちの工房の魔道具も、使い方によっては牽制くらいはできますから。私も頑張ります」

スキナー商会のフィリップが、ラドフスキー商会のドミトリが、そしてアレッサンドリ魔道具工房のダフネが答える。彼らの後ろでは、アールクヴィスト領民たちが武器や、武器代わりの農具、工具を持って集まっている。

最後に、討伐部隊の面々はそれぞれの家族と言葉を交わす。

「バートさん。お願い、どうか無事に帰ってきて……」

「もちろんだよミシェル。必ず生きて帰って、君を抱き締めるさ」

不安げな表情で見つめてくる妻ミシェルを、バートが優しく抱き締め、甘い声色で返す。

「……エドガーさん。気をつけて。信じてるから」

「ああ、大丈夫だ。また後で」

アンナとエドガーが、お互い落ち着いた様子で言葉を交わし、そっと抱き合う。

ダントも、リックも、領軍兵士たちも、討伐部隊に志願した領民たちも、皆それぞれの妻や子に無事を約束し、内心ではもしかするとこれが別れになるかもしれないと覚悟を決める。

「……皆さん、決して楽な戦いではないと思いますが、どうかこのアールクヴィスト領を守ってください。皆さんの無事を心から祈っています」

最後に、クラーラが領主代行として、討伐部隊の面々に言葉をかけた。

クラーラは討伐部隊が自分たちの裁量で、売り物のバリスタを含むあらゆる武器や物資を使うことを許可した。さらに、万が一オークが領都内に侵入した際、子供たちを最も安全な環境に置くために、避難場所として屋敷を開放することを決断した。彼女もまた、できる限りのかたちで覚悟をもって事態に立ち向かっている。

クラーラに、領都を守る者たちに、家族や友人に、その他の領民たちに見送られながら、討伐部隊は出発した。

・・・・・

領都ノエイナの北門を出た討伐部隊は、北の鉱山村へと続く林道を進む。オークと不意の遭遇戦にならないよう、林道の左右の森には領軍兵士を班長とした数人一組の班が入り、散開して進みながら索敵を行う。

事の発端である、鉱山村からの輸送隊が放棄した馬車を通り過ぎてしばらく進んだとき。先行して偵察を行っていたリック他数人が戻ってくる。それを見て、ダントが全隊に停止を命じる。

「リック、どうだった？」

「付近にオークの気配はありません。ただ、足跡は鉱山村の方までずっと続いてるみたいです」

バートの問いかけに、リックはそう答える。

「そうか。なら、ここより北のどこかにオークがいると思っていいだろうな。どうする、ダント」

「……この先、道はちょうどよく曲がっています。ここで仕掛けましょう」

自分に戦闘指揮の経験を積ませるため、判断材料となる考察を語った上で判断を問うてくるバートに対し、ダントは考えた末に答えた。

今、討伐部隊がいるのは、地形の関係で林道がやや西にカーブしている場所。ここならば、林道の東側の森に身を潜めた上で、北西方向に延びる林道上を容易に見張ることができる。

「分かった。それじゃあ、まずは囮を置かないとな……ヘンリク、準備はいいか？」

「いつでも大丈夫ですだよ」

ヘンリクがバートに答えるのを見て、ダントがまた口を開く。

「では、討伐作戦を開始します……バートさんとヘンリクはこのまま前進を。他の者は右手側の森に入れ。以降、報告以外で喋《しゃべ》るのは禁止だ。驚こうが焦ろうが絶対に声を出すな。報告のときも声を潜めろ」

表情を引き締めたダントが命じると、討伐部隊はそれぞれの役割に応じて動く。

荷馬車からバリスタが下ろされ、森の中に引っ張り込まれ、リックの指示で北西の林道上を向いて設置される。リックが射手として、領軍兵士数人が装塡手としてそこにつく。

その後ろに、ダントの率いる槍隊が並ぶ。さらにその後ろに、エドガーの率いるクロスボウ隊が控える。

そして、荷馬車を操るヘンリクと、その隣で馬に騎乗して並ぶバートが、カーブした林道を北西へと進む。

バリスタが下ろされた後の荷馬車の荷台には、囮となるジャガイモと干し肉、そして生きた豚が一四、積まれたままとなっている。

数十メートル進んだところで、二人は停止。御者としての技術にも長けたヘンリクは、狭い林道上で巧みに馬を操り、オークが荷台の餌を食べる際にリックのバリスタから狙いやすい位置に立つよう計算して荷馬車を止める。

そして、馬を荷馬車から外しにかかる。元々肉にするつもりだった豚は別として、荷馬は囮として簡単に使い潰していい財産ではない。

ヘンリクの作業と並行して、バートは一旦馬を降り、荷馬車の荷台に上がる。

そして——縄で荷台に繋がれている豚の口を押さえ、その横腹にナイフで傷をつける。豚は突然の痛みに驚いて少し暴れるが、口を押さえられていたので鳴き声は上がらない。

次にバートは、ダフネが提供してくれた魔道具を起動する。

円状に取り付けられた羽根が回って風を生み出すこの魔道具は、本来は夏に室内や馬車内などで風の流れを作り、涼むためのもの。しかし、魔物や動物をおびき寄せるために、こうして血の臭いを流す用途で使われることも偶《たま》にある。

今回の用途は後者だった。豚の南側に置かれた魔道具は、北に向けて風を起こし、豚の血の臭いをオークがいるであろう方向に流す。

オークの鼻は敏感なので、風に乗って漂う濃い血の臭いには遠くからでも気づく。そう考えた上での策だった。

「ヘンリク」

「終わりましただ」

「よし、それじゃあ戻ろう」

バートは馬に飛び乗り、林道を戻る。ヘンリクも、馬車から外した馬に跨《また》がり、馬具無しでも器用に馬を操って後に続く。

そして、討伐部隊が潜む位置よりもさらに後方の森の中に馬を隠し、適当な木に繋ぐと、討伐部隊と合流する。非戦闘員であるヘンリクはクロスボウ隊よりもさらに後ろに控え、バートはダントの隣に駆け寄る。

「とりあえず、上手くいったと思う……後は待ちだな」

「はい、待ちましょう」

それから、討伐部隊は息を潜め、周辺への警戒は続けながら、オークの出現を待つ。

何時間もオークが現れないようでは出直すことも考えなければならなかったが、幸いにも半時間ほどで、オークは姿を現した。

北側から森の木々をかき分けて林道上に姿を現したのは、三匹のオーク。

一匹はおそらく雄の成体で、体高は二メートル台半ばを超えようかという巨軀《きょく》を誇っている。それより頭ひとつ分ほど小さい個体が、身体《からだ》つきから判断しておそらくは番の雌。残る一匹は人間の成人より少し背の低い、子供の個体。

親子で三匹。事前にバートが予想した中では最大の数だった。

オークたちは濃い血の臭いを発する豚に意識を向けており、元々の風も北向きのため、南の森の中に潜む討伐部隊にはまだ気づく様子はない。荷馬車に近づくと、その荷台に積まれたたっぷりの餌に注目する。

魔物にとっては邪魔で奇妙なもの――風を生み出す魔道具を雄のオークがつまみ上げ、興味がないと言わんばかりに投げ捨てる。宙を舞って地面に叩《たた》きつけられた魔道具はあっさりと壊れ、機能を停止した。

そして、オークたちは食事を始める。囮にされた憐《あわ》れな豚は悲愴《ひそう》な叫び声を上げながら、しかし縄で繋がれているために逃げることは叶わず、雄のオークが手にする棍棒《こんぼう》代わりの太い枝で殴り殺される。雄のオークは死んだ豚をばらばらに引き裂くと、雌と子供にも分け与える。

家族三匹で仲良く新鮮な豚の死体を貪りながら、時おりジャガイモや干し肉にも手を伸ばすオークたち。そこにバリスタを向けながら、リックが射撃のときを待つ。

ダントがバートをちらりと見ると、バートは無言で頷いた。

それを受けて、ダントは戦闘開始を決断する。射撃許可を出すため、リックの肩をそっと叩こうとしたそのとき――

雄のオークが急に顔を上げ、鼻をぴくりと揺らすと、南東の方向を――討伐部隊が潜んでいる方を振り向いた。

「っ！」

次の瞬間、リックは小さく息を呑《の》み、そしてバリスタの引き金を引く。弦《つる》が空気を切る鋭い音が響き、真っすぐに飛んだ極太の矢がオークの一匹を――最も狙いやすい位置にいた、雌のオークを貫いた。

背中側から胴体のど真ん中に矢を食らった雌のオークは、内臓に致命的な傷を負ったのか、鳴き声を上げる間もなく崩れ落ちる。

「すまん！」

「いや、いい」

許可を出される前に自己判断で第一射を放ったことを詫《わ》びるリックに、ダントは短く答えた。

番が死ぬ様を見た雄のオークは、攻撃してきた敵――すなわち討伐部隊を睨《にら》む。

「ブゴオオオオオッ！」

そして、凄《すさ》まじい絶叫を上げる。傍らに置いていた棍棒をとり、討伐部隊に向かって駆け出す。

「プギイイイッ！」

子供のオークも、母親を殺された怒りに叫びながら父親の後を追う。

「クロスボウ隊！　エドガーさん！」

「分かった！　全員射撃準備だ！　急げ！」

ダントの指示で、エドガーが二十人のクロスボウ隊を率いて林道に出る。

全員がアールクヴィスト領の自警訓練で数回はクロスボウ射撃を経験しており、さらには出撃前に何度か陣形練習をしたことも功を奏し、クロスボウ隊は射線上に味方を置くような無様を晒《さら》すこともなく二列に並ぶ。

前列の者は膝撃ちの姿勢をとり、後列の者は立ったまま、オークが十分に接近するのを待つ。

「まだだ！　まだだぞ……」

怒気を帯びながら迫り来るオークを前に、クロスボウを手にした志願者たちが浮き足立つのを、エドガーは懸命に抑える。

そして、オークが射程圏内に入ったとき。

「放て！」

エドガーはついに命令を下し、二十挺《ちょう》のクロスボウから二十本の矢が一斉に飛ぶ。

見通しのいい林道で、真正面にいる図体《ずうたい》の大きな獲物を狙うだけならば、素人同然のクロスボウ隊でもそう大きく外すことはない。

『天使の蜜』の原液を塗られた矢は、その半数以上が命中。なかには角度が悪かったために硬い毛に弾《はじ》かれる矢もあり、雄のオークなどは棍棒を振っていくらか矢を叩き落としさえしたが、それでも二匹それぞれに数本ずつが突き刺さる。

「ガアアッ！」

「プギッ！」

いかなオークといえど、金属鎧《よろい》さえ貫く矢を食らえば怯《ひる》む。突進の足が止まる。

「よし、次は槍隊！　前に出て並べ！」

その隙を逃さず、ダントが命じる。討伐部隊への志願者のうち、ザドレクをはじめとした屈強な者たちが槍を構えて二列に並ぶ。

一方で、クロスボウ隊はやや後方に下がる。ここからはオークとの接近戦。混乱する戦場で素人同然のクロスボウ兵たちに二射目の機会があるかは不明だが、それでも機会があったときのために装填作業を進める。

「槍を下げるな！　オークに槍の穂先を向け続けろ！」

「絶対に後ろに下がるんじゃないぞ。そうすれば陣形を破られることはないからな！」

槍衾さえ崩さなければ、オークもそう簡単に接近することはできない。ダントとバートが志願者たちを鼓舞し、陣形を維持させる。

クロスボウの矢を食らった衝撃から立ち直った二匹のオークは、再び討伐部隊へと突進してくるが、しかし槍衾を前にするとそこで足を止める。狭い林道上では、二十人の槍衾でも十分に効果を発揮する。

そうして時間を稼いでいる間に、クロスボウの矢に塗られていた『天使の蜜』の原液が効果を発揮し始める。

人間であれば、原液の塗られた矢を一発受けただけで直後から全身が麻痺し出すはずだが、オークは身体の厚みも横幅も同じ背丈の人間よりあり、血や筋肉の量が多い。また、硬い毛と厚い脂肪に覆われているために矢が深く刺さりづらい。

さらに、魔物であるために体内に魔石を持ち、魔法薬である『天使の蜜』には多少の抵抗力も持っている。麻痺の症状が出るまで、ある程度の時間を要した。

最初に症状が大きく出たのは、やはり小柄なために受ける影響も大きいのか、子供のオークの方だった。槍衾を前に怒り散らしていたその動きが、目に見えて鈍っていく。

我が子の異変に気づいたらしい雄のオークは、子供のオークを引きずって少し後ろに下がり、そして自身も動きが鈍っていく。手にしていた棍棒を取り落とす。

「今だ！　囲め！　囲んで前進しろ！」

ダントの命令で、槍隊は半包囲の陣形をとる。二匹のオークを半円状に囲み、距離を縮めて追い詰める。

「ダント！　バート！　こちらは再装塡を終えた！　もう一射できるが、どうする？」

後ろからエドガーの声がかかる。

オークが身動きをとれなくなった今、さらにクロスボウの矢を叩き込んで弱らせ、それからとどめをさす方がいいか。ダントがそう考えた次の瞬間——

「ブゴッ！　ゴガアアアアアアアアアアッ！」

雄のオークが想像を絶する雄叫《おたけ》びを上げたかと思うと、先ほどまでの緩慢な動作が嘘《うそ》のように勢いよく動き、自身に向けられる槍の数本を、腕が傷つくことも厭《いと》わずに摑んだ。

そうして摑んだ槍を、槍を握っていた者たちごと持ち上げ、振り回す。志願者たちは互いにぶつかり、その衝撃で握っていた槍を手放してしまい、半包囲が崩れる。

雄のオークの目の前で、槍隊の志願者たちは無防備に身を晒してしまう。

「くそっ！　まずい！」

そう言って咄嗟《とっさ》に飛び出したのはバートだった。

剣を片手に、果敢にもオークの懐に飛び込もうとするが、単独でオークに接近戦を挑むのは極めて無謀な行為。無防備のまま襲われそうな領民たちを庇《かば》うための、危険と分かった上での牽制だ。

しかし、このような攻撃は、よほどの技量があって運が味方した場合でなければ成功しない。残念ながらバートにはこのどちらもなかった。

雄のオークが振り上げた右足が、バートの身体を打つ。両腕でオークの蹴りを受け止めたバートは、そのまま地面に転がる。

その隙に棍棒を拾い上げたオークは、バートに向かって勢いよくそれを振り抜き——バートは後方に跳んで避《よ》けようとしたが、あと一歩のところで間に合わなかった。

未だ取り落としていない剣と、それを握る腕で棍棒の一撃を食らいながら、バートは吹き飛ばされる。林道の脇の木に叩きつけられ、そのまま沈黙する。

「バートさん！」

ダントが血相を変えて呼びかけると、バートは無言のまま左手を挙げて応える。

棍棒を受けたバートの右腕はあり得ない方向に曲がっているが、ひとまず彼は生きてはいて、意識も失っていない。それを確認したダントは、再びオークを向く。戦いは終わっていない。

「槍隊は一旦下がれ！　クロスボウ隊は斉射の用意を！　バリスタの射線も開けておけ！」

ダントは命令を下し、領軍兵士や志願者たちが命令を実行する時間を稼ぐために、自らは槍を拾う。そして、一人でオークと対峙《たいじ》する。

自分には、ラドレーから叩き込まれた槍術《そうじゅつ》がある。言うまでもなく、まだまだラドレーの強さには遠く及ばないが、『天使の蜜』の原液を食らったオーク一匹を相手に時間を稼ぐ程度のことはできる。そう考えての行動だった。

「さあ来い！」

「ブゴアアアッ！」

互いの勇ましさを示すように、対峙したダントとオークは吠《ほ》える。そして戦いが始まる。

ダントは果敢に槍を振り回しながら、しかし頭では冷静さを保っている。自分の役目は時間稼ぎである。そう理解した上で行動する。行うのはあくまで牽制。槍のリーチの長さを活《い》かし、なるべく距離を保った上で戦う。

いかに激怒して気力を振り絞っているとはいえ、血と肉で出来ているオークの身体は『天使の蜜』の原液には勝てない。先ほどのオークの大立ち回りは、あくまで生存本能を爆発させた一時的な悪あがき。その動きは再び鈍っていく。

鋭い突きと、オークの接近を妨害する薙《な》ぎ、そして巧みなフェイントを織り交ぜたダントの攻撃を前に、オークは攻めあぐねる。

それでもやはり、危険な魔物の代表格であるオークは伊達《だて》ではなかった。攻防の最中、僅かな隙を突かれたダントは、オークに槍を掴まれてしまう。

そこで槍に固執することはなかった。ダントは即座に槍を手放し、剣を抜き、後方に跳ぶ。

自分が時間を稼いでいる間に、クロスボウ隊は隊列を整え、リックのバリスタも再装塡を終えている。今度こそとどめをさせるか。

そう考えたダントの視界の端で、何かが動いた。

横を見ると、そこにいたのは子供のオーク。『天使の蜜』の原液の効果でとっくに動けなくなっているととと思ったそのオークは、しかし子供とはいえさすがは凶暴なオークと言うべきか、先ほどの父親と同じように生存本能を振り絞って立ち上がる。ダントを見て、その眼《め》に殺意を滲《にじ》ませる。

後方に跳んで着地したばかりのダントは、咄嗟に動けない。

やられるか。そう思った瞬間。

突如飛来した斧《おの》が、子供のオークの肩に突き刺さった。

「プギャアッ！」

突然の痛みに、子供のオークはやや甲高い叫び声を上げる。斧が飛んできた方を見ると、そこには鉱山村にいるはずのヴィクターと、同じく鉱山村の住民が数人、そして鉱山村に駐留していた領軍兵士たちが立っていた。

「っ！」

腕を振り抜いた直後のような体勢を見るに、斧を投擲《とうてき》したのはヴィクターか。

ダントは機を逃さなかった。構えた剣先の狙いを、子供のオークの喉に定める。

「ブゴオオッ！」

雄のオークが悲痛な叫びを上げ、しかし身体に麻痺が回って我が子のもとまで駆け寄るのが間に合わない中で、ダントは剣を突き出す。鋭い剣先が子供のオークの喉を貫く。

それと同時に、ダントは叫ぶ。

「リック！」

クロスボウ隊ではなくリックに命じたのは、林道の向こう側にいるヴィクターたちに流れ矢が飛ぶことを防ぐため。リックならば、ここで狙いを外すことはない。

バリスタ特有の、硬い弦が空気を厚く斬り裂く重音が響く。ダントが信じた通り、バリスタの矢は狙い違《たが》わず雄のオークに命中。すっかり動きが鈍っていたオークの胴を直撃する。

槍のように太いバリスタの矢の直撃を食らえば、オークの中でも一際大きなこの個体だろうと致命傷は避けられない。即死こそしなかったものの、くぐもった鳴き声を上げてその場に膝をつき、ついに倒れる。

「ブゴオ……」

雄のオークは、視線を子供のオークに向ける。剣の引き抜かれた首からおびただしい量の血を流し、既に動かなくなった我が子を見て悲しげに鳴く。

「……恨むなよ」

雄のオークを見下ろしながら、ダントは呟いた。

このオークたちが悪というわけではない。人間とは違い、動物や魔物に正義も悪もない。目の前のオークも、ただ番や我が子を守ろうとしていただけなのだろう。

しかし、人間も人間で生きなければならない。家族や友人、同胞を守らなければならない。ダントにも、バートにも、リックにも、エドガーにも、ヘンリクにも、ザドレクにも、ヴィクターにも、アールクヴィスト領に生きるそれぞれに、守るべき者がいる。

だから戦い、そして人間が勝利した。

雄のオークは眼から光を失い、そのまま動かなくなった。

「……」

戦闘が終わり、ダントはまずバートのもとに駆け寄る。

「バートさん！」

「だ、大丈夫……死にはしない。死にはしないけど……これは、さすがに痛いな」

先に駆け寄った領軍兵士数人に囲まれ、応急処置を受けているバートの顔は青い。あり得ない方向に曲がった右腕は骨こそ飛び出していないが、折れた箇所は青黒く変色していて、一刻も早くセルファースに見せるべきなのは明らかだった。

「ダントさん。荷馬車は無事ですだよ」

「それじゃあ、馬を繋いでくれ。バートさんを領都ノエイナまで運ぶ」

ダントの指示を受けたヘンリクは、囮を運ぶために使った荷馬車に再び馬を繋ぎ始める。

バートが乗る場所を空けるため、数人の兵士が荷台に上がって豚の死骸やジャガイモ、干し肉をどける。そうして空いたスペースに、大柄なザドレクがバートを抱え上げて乗せる。

「リック、頼んだ」

「おう、任せとけ」

討伐隊とオークの攻防の音や血の臭いに釣られて、他の魔物が寄ってきていないとも限らない。一応の護衛としてリックと他数人が同乗し、御者を務めるヘンリクの操縦で荷馬車は出発する。

それを見送ったダントは、今度は鉱山村から来たヴィクターたちに歩み寄る。

「ヴィクターさん。先ほどはありがとうございました。本当に助かりました」

「間に合って何よりです。最近は採掘現場で魔物が出ても、対応は部下に任せきりだったので、実戦での斧投げなど久々でしたが……腕が鈍《なま》っていなくてよかった」

ヴィクターはいつも通りの紳士的な笑みを浮かべて答える。

「……それで、鉱山村の状況はどうですか？」

「異変を察知して逃げ帰ってきた輸送隊は、全員無事に村にたどり着きました。後を追ってオークが姿を見せましたが、こちらが村の木柵越しにクロスボウの矢を撃ち、さらに狩人《かりゅうど》が火矢を放ち、その上で武器を構えた男数十人で威嚇していると、一吠えして退《ひ》いていきました。こちらの人的被害は皆無です」

「……そうですか。よかった、本当に」

全身の力が抜け、ダントは思わずその場に座り込む。

「討伐隊の方も、バートさんは重傷を負われたようですが、犠牲者は出なかったようで何よりです。これもダントさんのご活躍の結果でしょう」

その言葉にはおそらく励ましの意図も込められていて、だからこそダントは微苦笑する。

「ありがとうございます……鉱山村まで救援も送れずにすみませんでした。領軍隊長代理を任されている身として、不甲斐《ふがい》なく思います」

「謝罪は不要です。あの状況では鉱山村に救援を送るより、一刻も早く戦力を整えて討伐に臨むべきと考えられたのは賢明なご判断だったかと思います。ダントさんのご判断で、アールクヴィスト領の全員が救われました」

ヴィクターに言われ、ダントは小さく息を吐《つ》く。

周囲の助言や手助けを受けたからこその結果であるし、後から振り返れば完璧とは言えない部分も出てくるかもしれないが、ひとまず善処したと言える結果は出せた。そう安堵する。


手綱を握るヘンリクの巧みな操縦のおかげで、バートの傷に響くほどの振動は感じずに済みながら、リックたちは領都ノエイナへと帰り着いた。

領都を囲む木柵の北門を潜《くぐ》り、停車した荷馬車に、領民たちが一斉に集まる。

「リック、ヘンリク。討伐部隊はどうなったの？　状況は？」

尋ねたのは、領都防衛の指揮をとっていたマイ。それにリックが答える。

「オークは三匹いましたが、討伐には成功しました。戦闘中にヴィクターさんたちが鉱山村から合流したので、俺はまだ話は聞いてませんが、あっちも無事だったんだと思います。討伐部隊に死者は出てません……ただ、バートさんが重傷を負ったので、ひとまず運んできました」

リックが説明している間に、同乗していた数人がバートを支えながら荷馬車から降ろす。

「いやあああっ！　バートさん！」

あり得ない方向に曲がり、変色しているバートの右腕を見た妻ミシェルが悲鳴を上げる。駆け寄ろうとした彼女を、リックは制止する。

「ミシェルさん、悪いが後にしてくれ。今はセルファース先生に診せるのが先だ」

「大丈夫だよミシェル。片腕が折れただけだ。それだけだから」

バートは真っ青な顔で、それでもミシェルに笑顔を向ける。相当な痛みを感じているのか、その笑みは硬い。

そこへ、セルファースとリリス、そして担架を抱えた大柄な領民二人が駆け寄る。

「見たところ、おそらく単純骨折ですね。ひとまずこの魔法薬を。痛みが引くはずです……バートさんを診療所へ運んでください」

小瓶に入った魔法薬を飲み、目に見えて表情が和らいだバートは、ミシェルに付き添われながらセルファースの診療所へと運ばれていった。

「……三匹のオークを相手に、重傷者が一人だけ。正規軍人がほとんどいない中での討伐だったことを考えると破格の成功ね。皆お疲れさま。ありがとう」

マイのその言葉を皮切りに、皆が口々に感謝や労《ねぎら》い、称賛の言葉をリックたちにかける。

そして、リックの前に領主代行のクラーラが進み出てくる。護衛を務めているつもりなのか、クロスボウ——屋敷の防衛用の備品だ——を抱えたメアリーに付き添われたクラーラは、リックに向けて微笑《ほほえ》む。

「見事にオーク討伐を成してくださり、ありがとうございました。皆さんのご活躍のおかげで、このアールクヴィスト領は守られました」

「い、いえ。自分は当然の務めを果たしたまでで……」

領主夫人を前にさすがに緊張を覚えながら、リックは背筋を正して答える。

「の、後ほど詳細を報告いたします」

「はい、お願いします。討伐の後処理で、何か必要な手配があれば言ってくださいね」

邪魔にならないよう配慮してくれたのか、クラーラはそう言い残して離れていった。

このやり取りの間にも、オークを倒したという事実を前に領民たちはますます盛り上がり、いつの間にかヘンリクが胴上げされている。

「おいおい、まだ終わってないぞ。『天使の蜜』の原液を使ったから肉は食えないけど、オーク三匹分の毛皮や牙、魔石は放置できない。鉱山村の輸送隊が放棄した積み荷だって回収しないといけないんだ。人手が要るし、荷馬車や荷車だって回さないといけない。皆手伝ってくれ」

リックは苦笑しながら領民たちの興奮を抑え、次の行動に移る。

・・・・・

オーク討伐の後処理が一段落したときには、既に日が沈んで夜になっていた。

ダントとリック、そして重傷を負ったバートに代わって立ち会うマイは、屋敷の一室でクラーラに詳細の報告を行う。

「――周辺を調べた結果、他にオークがいる気配はありませんでした。森での狩りに慣れているリックが見てもオークの痕跡は仕留めた三匹分だけであり、基本的にオークは番や親子以外では群れないため、これで危機は去ったものと思われます」

「……分かりました。報告ご苦労さまです」

クラーラは安堵を滲ませた声で、ダントの報告にそう返す。

「それで、バートさんのご容体は？」

「セルファース先生が鑑定の魔道具で全身を調べたそうですが、右腕の骨折と細かな怪我《けが》のみで、内臓は無事だそうです。痛み止めの魔法薬はありますし、セルファース先生が簡易の治癒魔法を毎日かけるそうなので、数か月で完治する見込みです」

バートのその後の様子を見ていたリックが言うと、クラーラは少し考えた末にまた口を開く。

「では、備蓄されている最上級の魔法薬を、バートさんに使ってあげてください。それで完治までかかる期間が相当短縮されるでしょうから」

「よろしいのですか？」

ダントは小さく片眉を上げた。

最上級の魔法薬は、領内の重要人物が重い怪我や病気を負った際に使うための品。一本で平民の年収に匹敵する高価なもので、備蓄は五本程度しかない。おまけにそのうちの三本は、ノエインたちが出征の際に持っていった。

バートが今にも死にそうな状態ならともかく、骨折の治りを早くするために使っていいのか。確認の意味で問いかけたダントに、クラーラは迷いなく頷く。

「構いません。バートさんは外務を担当する従士としてアールクヴィスト領に不可欠な人材で、彼に早く回復してもらうことは領の利益に繋がります。加えて、バートさんは職務上、単独で領外に出ることが多い身ですから。万が一後遺症が残って、騎乗や自衛ができなくなっては大変です……それに、あなた方討伐部隊は、危険を承知でオークと戦い、この領を守ってくださいました。その過程で負傷したバートさんには、最上級の魔法薬を使って差し上げるべきです。私が領主代行として許可し、ノエイン様にも説明します」

「……かしこまりました。そのようにセルファース先生に伝えます」

領主代行としての彼女の覚悟を感じ取ったダントは、そう言って頷いた。

「よろしくお願いします……皆さん。あらためて、本当にありがとうございました。これで、不意の危機からアールクヴィスト領を立派に守り切ったとノエイン様にご報告できます。私の貢献など些細《ささい》なものですが……」

そう語るクラーラの声は、やや不自然に明るかった。

未だに領主ノエインの生死が分からない不安を、きっと懸命に堪《こら》えているのだろう。ダントはそう考える。

領軍隊長代理の自分でさえ、もしユーリたち上官を失い、今の役職から「代理」の言葉が取れることになってしまったらと思うだけでぞっとするのだ。ノエインから領主代行として全てを預かり、その身に全ての責任を抱えている領主夫人の心細さはどれほどのものか。想像もできない。

「……そんなことはありません。クラーラ様が領主代行として覚悟を示してくださったからこそ、私たちも安心して事態に臨むことができました。必ず、ノエイン様もクラーラ様のことを誇らしく思われますよ」

ダントが返答に窮している横で、マイが優しげな声で答えた。その声色と表情、そして言葉選びはさすがと言うべきもので、クラーラは目に見えて安心した様子になる。

もともと軍人の領分ではないのかもしれないが、繊細な気遣いという点においては、ダントとリックは婦人会を運営するマイに敵うはずもない。二人は顔を見合わせ、自分たちの不器用さに微苦笑した。

「それでは明日以降、討伐したオークの処理を行います。鉱山村からの輸送も明日には再開される見込みで、それと念のために、森林内の見回りを強化しようと思います。その分、領都内の巡回が少なくなりますが……」

「それで問題ありません。もともと、アールクヴィスト領の治安は極めて良好ですから」

ダントの提案に、クラーラはそう言って頷いた。

「かしこまりました。ではそのように」

「よろしくお願いします。今日は本当にお疲れさまでした」

こうしてオークという危機は去り、アールクヴィスト領は再び、社会を維持しながら領主ノエインたちの帰還を待つ日々に戻った。

それからさほど経たず、アールクヴィスト領からの出征部隊全員の生存と、帰還の予定時期を報せる先触れが領都ノエイナに到着した。

七章 帰還

既に季節が春へと移り変わったロードベルク王国西部。その中央をガルドウィン侯爵領からベヒトルスハイム侯爵領まで繋《つな》ぐ主要街道を、ノエインの率いる一行は北に進んでいた。

現在地は、ちょうど王国南西部閥と北西部閥の縄張りの境界あたり。大小の丘や森を避けるようにやや曲がりくねった、よく整備された街道を進む一行は、往路と比べると規模が十倍近くにまで膨れ上がっている。

その大半を占めるのは、ノエインがアールクヴィスト領へと迎え入れることを決めた獣人たち。バレル砦《とりで》での戦いを生き延びた元徴募兵と、合流を果たした彼らの家族、総勢およそ百八十人ほどが、アールクヴィスト領軍の後ろに列を成して進んでいる。

「……ノエイン様。後方が少し遅れ気味になってきたようです」

ノエインと並んで馬に乗っているマチルダが、後ろを振り返って言った。

ノエインも後方を確認すると、確かに隊列の後ろ半分、獣人の中でやや足の遅い者たちが少しずつ遅れ、列全体が延びてしまっている。

「そろそろ疲れてきたみたいだね。少し早いけど、次の休憩場所で野営にしよう……ラドレー」

隊列があまり長くなりすぎると、万が一魔物や盗賊と出くわしたときに、人数の少ないアールクヴィスト領軍では獣人たちを守りづらくなる。ノエインは遅れている者たちを休ませるべきと判断し、やや離れた位置を馬で進んでいたラドレーに呼びかけた。

現在、ユーリは途中で通り過ぎた村に立ち寄って食料の買いつけを行っており、ペンスはこちらの状況やアールクヴィスト領への帰還時期を報《しら》せる先触れとして兵士数人と先行しているので、今この隊列にいる領軍の最上位者はラドレーだ。

「全員止まりやがれ！　今日はここで休むぞ！　今日はここで休む！　休憩場所に入れ！」

ノエインの指示を受けたラドレーは、間もなく到着した休憩場所――主要街道には、およそ数十キロメートルごとに宿場となる都市や村が、そして数キロメートルごとに小休止や野営に適した休憩場所が設けられている――で全体に停止を命じると、隊列後方まで馬で戻りながら、少々柄の悪い口調で指示を繰り返す。

一週間以上も移動を続けていれば獣人たちも既に集団行動に慣れており、皆戸惑う様子もなく、街道の脇の休憩場所に移動して各々の休む場所を決める。見知った家族同士、およそ十人から二十人ほどのグループで固まって野営場所を確保する。

ノエインは彼らからやや離れた場所に座り、その横ではマチルダと領軍兵士たちが天幕の設営や、馬の世話などを開始する。

野営の準備は半時間ほどで一段落し、食事の用意も始まる。当番の者たちが、休憩場所の水源である泉で水を汲《く》み、湯を沸かし、夕食を作る。

皆が落ち着いた頃、ノエインは獣人たちの固まっている方へと足を運んだ。

「ケノーゼ、皆の調子はどう？　歩くのが難しいほど疲れの出ている者はいる？」

ノエインが尋ねると、亡き父に代わって獣人たちのまとめ役となったケノーゼは立ち上がり、生真面目な表情で口を開く。

「子供が二人と、戦争で負傷した者が一人、明日からはしばらく荷馬車に乗せた方がいいかと思われる者がいます。申し訳ございません」

「分かった、大丈夫だよ。その三人は明日から、とりあえず数日は馬車移動をしてもらおう」

ノエインは微笑を浮かべて答える。

行軍速度の維持のためにも、今や愛すべき領民となった彼らのためにも、歩くのが難しい者は我慢させずに荷馬車に乗せるのがノエインの方針だった。

「感謝します……他の者は全員問題ありません。疲れも出ていますが、それよりもこれからの生活への期待が勝《まさ》って、皆楽しそうにしています」

「あはは、それならよかった。だけど、もしまた歩けそうにない者が出たら、行軍中でも遠慮なく言ってね。荷馬車にはまだ余裕があるから」

「かしこまりました」

獣人たちの調子を確認し終えたノエインは、彼らのもとを離れて自分の天幕へと戻る。

アールクヴィスト領までの帰路、ノエインたちはこれまでのほぼ全ての夜をこうして野営で過ごしている。

今は戦争が終わったばかりの時期で、立ち寄った都市や村も領主や村長が不在か、戦争から帰還したばかりで慌ただしくしているところがほとんど。平時でも都市や村への滞在が難しい大所帯は、なかなか受け入れてもらえない。

そもそも、獣人差別の激しい王国南西部では獣人の宿泊を許す宿屋など皆無と言っていい。せいぜい市街地の脇での野営を許される程度だった。

「……ようやく半分か。戦争の後の移動となると、さすがに疲れを感じるね」

領主用の天幕に戻ったノエインは、床に敷かれた毛皮に座りながら呟《つぶや》く。

大所帯となり、一行の中には子供や老人も含まれているため、帰路は往路よりも多少時間がかかっている。

馬に乗っているのも歩くほどではないが体力を消耗するので、ふと気を抜いたときに、どうしようもなく疲れを覚える。

ノエインの横ではマチルダが『沸騰』の魔道具を使ってお湯を沸かし、手早くお茶を淹《い》れる。

「どうぞ、ノエイン様」

「ありがとう、マチルダ……君も疲れてるよね。ご苦労さま」

お茶を受け取りながらノエインが言うと、マチルダは微笑を浮かべた。

「私は平気です。ノエイン様がご無事で、一緒にアールクヴィスト領へと帰れる。そう思うだけで幸福で、疲れも感じません」

その言葉に、ノエインも微笑《ほほえ》みを返す。肩を寄せてきたマチルダに応えるように、彼女と手を絡め合う。

戦争は終わった。なのでノエインは、人目のないところではマチルダと触れ合い、夜は抱き締め合って眠っている。

「……早く、クラーラに会いたいね」

「はい、ノエイン様」

先触れのペンスたちは、そろそろアールクヴィスト領に着いている頃だろうか。クラーラは自分たち二人の無事を聞いただろうか。そう思いながら、ノエインはマチルダと言葉を交わした。

「ノエイン様。今戻った。報告していいか？」

そのとき。天幕の外からユーリの声が聞こえた。

ノエインはマチルダと絡め合っていた手を解《ほど》くと、彼女と少し離れ、口を開く。

「入っていいよ」

許可を受けて天幕の入り口を開いたユーリは、そのまま入り口に座る。

「食料だが、思ったほどの量は買えなかった。せいぜい二日分だ。それと、少し割高になった。あの村も、やはり戦争に向けて多くの食料を酒保商人から買われた後だったらしい」

「そうか。やっぱり南西部の村はどこも同じような状況だね……北西部に入ったら、状況は改善するかな？」

「おそらくはな。さすがに、道中で食料が尽きる心配はないだろう」

「分かった。報告ご苦労さま。休んでて」

ユーリを下がらせたノエインは、再び二人きりになったマチルダと肩を寄せ合う。

「……少し、眠くなったな」

「では、夕食までお休みください。お傍《そば》におります」

横になったノエインは、マチルダに寄り添われ、抱き締められながら、しばし眠りにつく。

このように、帰路の旅は極めて穏やかなものだった。

・・・・・

その後の道中も特筆すべき出来事はなく、ノエインたちはケーニッツ子爵領を抜け、アールクヴィスト領に入った。

領境を越えたのは正午頃。夕刻前には森に囲まれた街道を抜け、領都ノエイナが視界に入る。

「……帰ってきたね、マチルダ」

「はい、ノエイン様」

感慨深さを覚えながら言ったノエインに、マチルダが答える。

領地を空けていたのはおよそ二か月。決して短くはないが、とてつもなく長い期間というわけでもない。

しかしノエインには、こうして領都ノエイナを見るのがずいぶんと久しぶりに感じられた。戦争は、それほど長いものに感じられた。

隊列の後方からは、新たな定住の地を見た獣人たちが賑《にぎ》やかに話す声が聞こえてくる。

一行は森の中の街道を抜け、農地に囲まれた道へと入る。麦やジャガイモが栽培されている農地と、そこで勤勉に働く領民たち。平和で懐かしい光景だった。

領主と領軍の帰還を見た領民たちは、その場でノエインに向けて頭を下げる。ノエインが新たな領民として獣人たちを連れ帰ることは先触れによって伝えられているので、大所帯での帰還を見た領民たちに大きな混乱は見られなかった。

二時間ほど前には到着時刻を伝えるために兵士を先行させているので、既に出迎えの準備は整えられている。ノエインが領都の東門を潜《くぐ》ると――手の空いている領民たちが沿道に集まり、盛大に出迎えてくれる。

大人たちは礼をし、小さな子供たちはノエインに向けて手を振る。親がそれを注意するが、ノエインは気にせず笑顔で手を振り返してやる。

無事の帰還を喜ばれながら領都内を進んだ一行は、ケノーゼたち獣人をひとまず広場で待たせ、ノエインと臣下、兵士たちで領主家の屋敷に進む。

ついに、ノエインは屋敷の敷地に入る。マチルダがそのすぐ後ろに続く。

そこにはクラーラが、貴族夫人としての正装で立っていた。顔も日常用の薄化粧ではなく、しっかりとした化粧をしている。夫の帰還を迎える、彼女なりの喜びと誠意の表れだ。

「ノエイン様……ご無事でのご帰還を心より嬉《うれ》しく思います。お帰りなさいませ」

「ありがとう、クラーラ。ただいま」

この出迎えの場には、領地に居残っていた従士や兵士、使用人たち、クリスティをはじめとした奴隷たちも並んでいる。皆が見ている手前、公人として丁寧な言葉と所作で迎えるクラーラに、ノエインは微笑みながらそう返した。

「アールクヴィスト士爵閣下。我々臣下一同、閣下のご帰還をお慶《よろこ》び申し上げます」

領主とその夫人が言葉を交わした後、居並ぶ一同を代表して、最上位者であるマイが言った。それに合わせて、皆が一斉に、それぞれの立場に合わせた礼をする。

「皆、出迎えご苦労さま。ありがとう」

格式ばった挨拶はそれで完了し、その後はくだけた空気の中、各々が自由に動き、語らう。ユーリやラドレーが、そして兵士たちが、居残り組の者たちと言葉を交わす。

ノエインも皆から口々に声をかけられ、一人ひとりに答える。

「ノエイン様、お疲れさまでした」

先触れとして一足先に帰っていたペンスも、そう声をかけてくる。

「ありがとう。ペンスもご苦労さま……それで、ロゼッタとはどうなった？　結果は明らかみたいだけど」

　ノエインはペンスの傍ら、彼の腕にしっかりと自身の腕を絡めて放さないロゼッタに視線を向けながら尋ねた。

「ご覧の通りでさぁ。帰ってきたその日に、俺からロゼッタに求婚して受け入れられました。ロゼッタの両親にも挨拶を済ませて結婚の許しをもらったので、来週にも教会でハセル司祭から誓いの儀式を執り行ってもらうつもりです」

「私、ペンスさんのお嫁さんになるんです～。もう決まりなんです～」

　喜色満面で言うロゼッタに、ペンスは照れたような微苦笑を向ける。

「こいつ、俺が先触れとして帰ってから、ずっとこんな調子で……」

「でも、昼間はちゃんとお仕事をしてますよ～？」

「あはは、仕事をこなしてるならいいじゃない。二人とも幸せそうで何よりだよ」

　ノエインがそう言うと、ロゼッタは一度ペンスの腕から離れ、真面目な顔になってノエインに頭を下げる。

「ノエイン様、ペンスさんを無事に連れ帰ってくださってありがとうございます～。本当に、本当にありがとうございます～」

「……ロゼッタ、顔を上げて」

ノエインが言葉をかけると、ロゼッタは言われた通り顔を上げる。その目元には、涙が一筋流れたあとがあった。

「君の幸福は、領主である僕の幸福だ。これからもペンスと愛し合って、幸福でいてね」

ロゼッタは頷《うなず》き、にっこりと笑った。

「ペンス。ロゼッタを大切にしてあげてね」

「もちろんでさぁ」

ノエインの言葉に、ペンスは一瞬の迷いもなく即答した。

二人と話し終えたノエインのもとに、今度はエドガーが歩み寄ってくる。

「ノエイン様。広場に集めてある獣人たちの件ですが……」

「ああ、そうそう。事前に相談もなく彼らの受け入れを決めてしまってごめんね」

獣人の元徴募兵たちは農村出身のため、その多くは農民へと戻る見込み。彼らの面倒を見る実務を担うのは、農業を統括するエドガーとなる。

彼に負担をかけることをノエインが詫《わ》びると、エドガーは首を横に振った。

「いえ、まったく問題ありません。戦後の領外での食料需要を考えると、むしろ農業の働き手が増えたことはありがたく思います。彼らが寝起きするための土地も余っています。当面は彼らにはテント暮らしを強いることになりますが……」

「その点は事前に話して彼らにも受け入れてもらってるし、これからどんどん暖かくなっていくから問題ないよ。家屋建設は彼ら自身も手伝うつもりらしいから」

「かしこまりました。それでは、私はひとまず彼らを空き地に案内します」

「よろしく。とりあえず、君と獣人たちの顔合わせをしてしまおうか」

・・・・

出征部隊の解散作業はユーリに、獣人たちの以降の世話はエドガーに、そして事務的な後処理はアンナに任せ、ノエインはマチルダとクラーラとともに、ひとまず屋敷に入る。

やはり懐かしさを覚える居間に入り、使用人たちを下がらせる。

「……ノエイン様っ！」

三人きりになった瞬間、クラーラは感極まった様子でノエインに抱きついた。

ノエインもそれを抱き留め、二人でしっかりと抱擁する。

「あなた……ご無事で本当に良かったです……おかえりなさい」

「ただいま、クラーラ。会いたかったよ。すごくすごく会いたかった」

領主と領主夫人ではなく、今はただの愛し合う男女として、ノエインとクラーラは再会を喜び合う。傍らでは、マチルダがそんな二人を微笑ましく見ていた。

しばらく抱擁していた二人はそっと離れ、クラーラは今度はマチルダを向く。

「……マチルダさん、おかえりなさい。生きて帰ってきてくれてありがとう。そして、ノエイン様を守り抜いてくれてありがとう」

優しい笑みを浮かべて言ったクラーラに、マチルダも同じ笑みを浮かべて答える。

「クラーラ様、無事に戻りました。約束も、果たしました」

クラーラはアールクヴィスト領を守り、マチルダはノエインを守る。それぞれのかたちで共にノエインを支えると誓い合った二人の約束は、こうして果たされた。

再び、クラーラはノエインを向く。

「……正直に言うと、とても寂しかったです。贅沢《ぜいたく》でわがままな悩みだとは分かっていても、毎日一人で眠るのが辛《つら》くて仕方なかったです。だから……どうか今夜は可愛《かわい》がってください。私と一緒にいてください」

甘えたように言うクラーラの頬に、ノエインはそっと触れる。

「もちろんそのつもりだよ、今夜からはまた一緒だ」

「クラーラ様。良ければ、私は今夜は別室で……」

「駄目です。マチルダさんも一緒です。私と一緒に、ノエイン様を癒してあげてください」

「……かしこまりました」

マチルダは小さく苦笑して、クラーラの要求に頷く。

「ノエイン様。きっと戦場では辛いことも悲しいこともあったのだと思います。アールクヴィスト領でも色々なことがありました。離れていた間のお互いのことを、お話ししましょう」

「そうだね、話したいことも聞きたいこともたくさんある……やるべき仕事は多いけど、それは明日からにして、とりあえず今日はゆっくり過ごそう」

「では、お茶をお淹れしましょう。いつものように」

マチルダがそう言って厨房《ちゅうぼう》に向かう。ノエインはクラーラと並んでソファに座り、マチルダがお茶を淹れてくれるのを待つ。

部屋を見回し、天井を見上げ、隣に寄り添うクラーラの体温を感じ、安堵《あんど》を覚える。

生きて帰ってきたのだ。

我が家に。愛する人々のもとに。これまで築き上げた幸福の地に。

自分は生きて帰ってきた。生きて、今ここにいる。

間もなくマチルダが戻ってきて、お茶のカップを三つ、テーブルに置く。

ノエインはカップを手に取り、お茶をひと口飲み、ほっと息を吐《つ》く。

戦争を生き抜いたノエインとマチルダ、そして領主代行としてアールクヴィスト領の危機を乗り越えたクラーラは、こうして日常に戻っていく。

終章 朗報

HINEKURE RYOSHU NO KOFUKU-TAN

王暦二一四年の春。ロードベルク王国南西部での大戦が、ロードベルク王国側の勝利で終結して間もなくの頃。

王都リヒトハーゲンへと帰還した国王オスカー・ロードベルク三世は、戦時と変わらず、あるいは戦時以上の忙しさを覚えていた。

「まったく。ランセル王国のクソガキも、一度敗《ま》けたのだからしばらく大人しくしていればいいものを……」

王家の重臣が集まった、王城の会議室。その最上座に座るオスカーは、王国軍務大臣ラグナル・ブルクハルト伯爵の報告を聞き、ため息を零《こぼ》しながら呟《つぶや》いた。

大戦では勝利した。しかしそれは、敵の消滅を意味しない。敵対的な姿勢でランセル王国を治めるカドネ・ランセルが死んだわけでもなければ、彼と結んでランセル王国を牛耳る軍閥貴族たちが権勢を失ったわけでもない。

結局、現状は国境地帯をロードベルク王国側が掌握したという、ただそれだけ。国境線を西へと多少押し込んだところでランセル王国との紛争が完全に止《や》むことはなく、国境の防衛に兵力を割く負担が減ることもない。

南西部が未《いま》だ不安定な状況にあるということは、ランセル王国との貿易に経済面で依存していた王国南西部の社会が直ちに安定を取り戻すことも、混乱し低迷する南西部から逃げ出した難民たちが直ちに戻ることもないということだ。

「幸い、先の大戦で王国軍の損耗は軽微でしたが……南西部の貴族領の負担が限界に近い以上、国境防衛の任に多くの軍団を充てることは必須かと存じます。これまでの二個軍団体制から、三個軍団体制にするべきと意見具申いたします」

「……致し方あるまい。そのように進めてくれ」

やや険しい表情で、しかしオスカーはブルクハルト伯爵の意見を受け入れた。

南西部は長年の紛争と先の大戦による消耗で経済が衰え、多くの農民が逃亡した上で戦いに人手を取られ続けたことで、来年には麦が不足するという予測さえ立てられている。

今は疲弊した南西部社会の回復が急務。復興の支援に加え、国境防衛のさらなる負担まで担うのはいかな王家といえども楽なことではないが、必要である以上は仕方がない。そう考えた。

国防についての今後の方針がひとまず立ったところで、議題は次に移る。

「それでは陛下。私からは、この秋に行われる戦勝の祝いについてご報告申し上げます」

議題を提示したのは、王国内務大臣であるスノッリ・スケッギャソン侯爵だった。

ロードベルク王国において久々となる、万を超える軍勢による大戦での勝利。それを大々的に祝う場を設けることは、王家の威厳を保つために欠かせない。少なくない金がかかるのは必然だが、それもまた必要経費。

この秋には大戦で活躍した南西部と北西部の貴族たちに褒賞を与える式典を開き、さらには王国東部の主要貴族たちも招待した大規模な晩餐会《ばんさんかい》を開く計画が立てられており、スケッギャソン侯爵はそれについて現状を報告する。

「――よって、日程についてては定まり、それに向けた準備も余裕をもって進んでいると言えましょう。また、最重要事項である、褒賞を与える貴族の選定と褒賞内容についても概《おおむ》ね定まっており、陛下のご承諾をいただきたく存じます」

ブルクハルト伯爵とも相談し、各貴族の戦功や王国の歴史における前例も踏まえた上で、どの貴族にどのような褒賞を与えるかの概案をまとめてある。スケッギャソン侯爵はそう語った。

「いいだろう。聞かせろ」

「御意に。それではまず、南西部閥の盟主ガルドウィン侯爵と、北西部閥の盟主ベヒトルスハイム侯爵についてー」

今回の戦勝の式典で褒賞を与えられるのは、本隊の将官格として活躍した両派閥の重鎮たちと、戦いの中でランセル王国の上級貴族などを討ち取った、あるいは捕縛した貴族たち。そして、要塞地帯の戦いにおいて、困難な状況にもかかわらず砦《とりで》を守り抜いた貴族たち。

そのうち南西部貴族たちへの褒賞は、復興支援の意味も兼ねて金銭が中心となる。一方で北西部貴族たちに関しては、自領から遠い戦地に赴いて王国の同胞を助けたことに対し、国王より直々にかけられる称賛の言葉とそれを示す証書こそが褒賞となる。

もちろん、いくら国王から称賛されて名誉を得るとはいえ、それだけでは北西部貴族の示した労に見合わないので、彼らには褒賞の裏で、王家からの何かしらの便宜や援助が戦功に見合う範囲で与えられる。

それは例えば、商売のために王都の大商人に顔を繋《つな》いでほしいという話であったり、官僚や魔法使いなど領地で不足している人材を紹介してほしいという話であったり、他の貴族との係争について王家の仲介が欲しいという話であったり、貴族によって異なるものになる。

有能な文官であるスケッギャソン侯爵と、有能な武官であるブルクハルト伯爵。二人が事前に調整を重ねた概案は、オスカーが口を挟む余地もなく妥当な内容であった。貴族たちへの褒賞の内容は、スムーズに確定していく。

「――では最後に、北西部貴族、アールクヴィスト士爵ノエインについて」

まずは本隊にいた貴族たち、次に要塞地帯の砦で戦った貴族たちが爵位の順に褒賞を決められていき、最後に議題に出されたのが、今回褒賞を与えられる中で最も若く、最下級の士爵であるノエイン・アールクヴィストだった。

「この者の戦功は、要塞地帯のバレル砦において総指揮官を務め、およそ百六十の兵を率いて砦を守り抜いたことにございます」

戦争でのノエインの戦いぶりについて、彼と共にバレル砦を守った王国軍士官――ケーニッツ子爵家の嫡男フレデリックの報告をもとに、スケッギャソン侯爵は解説する。ノエインは正規戦についてては初陣でありながら、形式的な総指揮官には止《とど》まらず複数の策をもって度重なる敵部隊の襲撃を退け、また個人としても類《たぐい》まれな傀儡《くぐつ》魔法の才を用いて果敢に戦ったと。

「傀儡魔法で敵と戦ったか……それは、報告した士官の誇張ということはないのか？　そのケーニッツ子爵家嫡男というのは、アールクヴィスト士爵の義兄にあたるのだろう。身内贔屓《びいき》という可能性は？」

「その点については、懸念は不要と考えます。フレデリック・ケーニッツは極めて有能な軍人であり、王国軍の任においては、私情を挟むことはありません」

揺るぎない自信を含んだ口調で、ブルクハルト伯爵がオスカーに答える。

「……お前がそう言うのであれば間違いあるまい。報告通りにアールクヴィスト士爵の戦功を認めるとしよう」

オスカーはブルクハルト伯爵を見据えて言い、手元の資料に視線を戻す。

「それで、確かこのアールクヴィスト士爵は、例のクロスボウを開発した地の領主でもあるという話だったな」

「左様にございます。つきましては、クロスボウ開発の功績を今回の戦功に含め、見合った褒賞を与えるべきかと」

スケッギャソン侯爵の進言に、オスカーは顎に手を当ててしばし考える。

「ふむ……よかろう。では、アールクヴィスト士爵には褒賞として式典での称賛と、その証書、他の北西部貴族たちと同じく内々での便宜や援助、そして――」

・・・・・

元徴募兵の獣人たちを迎え入れたことで、アールクヴィスト士爵領の人口は七百人を超えた。

一気に二百人近い人口増となればさすがに家屋が足りないため、彼らは未だ空き地でテント暮らしをしている状態ではあるが、ドミトリのラドフスキー商会による家屋建設は獣人たち自身の手も借りて急ピッチで進んでおり、全員が我が家を所有する日もそう遠くない。

人口増は市域の拡大やさらなる農地の開墾を促し、消費者が大幅に増えたことでフィリップのスキナー商会も小売の営業規模を拡大。獣人の一部、大柄で屈強な種族の者の中には鉱山で働く道を選んだ者もいるので、ヴィクターのバルムホルト商会も鉱山開発の規模を大きくしている。

新たな商店や酒場なども開かれることが決まり、領都ノエイナはもはや農村ではなく、小都市と呼ぶべき地へと発展し始めている。

そんな領都を、自身の領主としての膝元を、ノエインは視察して回っていた。

「ご覧の通り、年初の予定では今年の秋までかけて開墾する予定だった農地を、初夏の現時点で既に開墾し終えました。麦と春植えのジャガイモの収穫を終えれば、すぐにでも新たな農地への作付けを開始します」

農業を統括する従士エドガーの説明を受けながら、広大な農地を眺め、ノエインは満足げな笑みを浮かべる。

「……壮観だね。素晴らしいよ。この調子なら、今年の冬も食料の心配はないかな？」

「はい。領民増加の分は、備蓄されている麦を使い、輸出する予定だったジャガイモの一部を領内での消費と秋植えの種芋に回すことで余裕をもって対応できる見込みです。なるべく早く、より詳細な概算をご報告します」

「分かった。よろしくね」

エドガーにそう返し、ノエインは農地を――そこで働く領民たちを見回す。

「古参の領民たちと新領民たちの関係も、相変わらず問題ないみたいだね」

ロードベルク王国の多くの場面では、差別され迫害される獣人たち。そして差別し迫害する側である普人たち。しかしこのアールクヴィスト領では、彼らは全員が仲良く手を取り合っているとまではいかずとも、少なくとも表立って揉《も》めることはなく共存している。

新たに移住したケノーゼたち新領民も、ほとんどが普人である古参領民たちと概ね良好な関係を築いている。

それは農業に関してだけではない。領民たちの生活ぶりを普段から近くで見ているマイや、フィリップたち商人、ダフネやセルファースやハセル司祭など市井の有力者たちからも、古参領民と新領民は対立せず、協力すべき場面では協力しながら生活していると報告がなされている。

「はい。彼らの関係性は、日に日に良好なかたちへと発展していっているように思います……これもやはり、ノエイン様のこれまでの施策や、普段のお振る舞いのおかげかと」

アールクヴィスト領では、開拓初期からドミトリをはじめ獣人が重要な役割を果たし、領内社会において比較的高い立場に立ってきた。また、領主であるノエインは、兎人《うさぎ》のマチルダを自身の従者として常に傍《そば》に置き、寵愛《ちょうあい》を与えていることを公言してもいる。

そうして、獣人が普人とほぼ変わらない存在としてありながら、既に三年。普人の領民たちも現状にすっかり慣れており、そのことが新領民たちとの融和にも良く影響していた。

ノエインとエドガーが話しながら農地を見回っていると、その一角で農作業をしていたケノーゼが気づき、作業の手を止めて歩み寄ってくる。

「ノエイン様。おはようございます」

「おはよう、ケノーゼ。ここでの仕事や生活にもすっかり慣れたみたいだね」

頭を下げて挨拶をしてきたケノーゼに、ノエインは慈愛に満ちた笑みを向ける。

「はい。おかげさまで、順調に生活の基盤を固められつつあります。これも全て、ノエイン様にお慈悲をいただいたおかげです……家だけでなく農地までいただいて、何度お礼を申し上げても足りません」

「それはよかった。ここまで早くアールクヴィスト領に馴染《なじ》んで、先達の領民たちとも融和を果たせているのは、君たち自身の努力もあってこそだよ。特に君は、新領民たちの代表としてよくやってくれている。僕の方が領主として礼を言いたいくらいだよ」

「そんな……私などには勿体《もったい》ないお言葉です」

感銘を受けた様子で、ケノーゼは深々と礼をした。

「それじゃあケノーゼ。今後も身体《からだ》に気をつけながら頑張って。もし何か困ったことがあれば、このエドガーにいつでも相談してね。必要なら僕もできるだけの手助けをするから」

あまり引き止めて農作業の邪魔をしても悪いだろう。ノエインはそう考え、その場を立ち去る。

その後はエドガーとも別れ、マチルダと共に領都内を適当に見回り、屋敷へ帰宅。

すると、出迎えに出てきたメイド長のキンバリーが一礼して口を開く。

「お帰りなさいませ、旦那様。先ほどお客様がお見えになりました」

「お客さん？　誰？」

キンバリーに外套《がいとう》を預けながら、ノエインは尋ねる。今日は来客の予定は入っていない。

「王家の遣いとして来訪された、王国軍騎士の方です。応接室にてお待ちいただき、現在は奥方様にご対応いただいております」

「……なるほど。分かった、すぐに向かうよ」

この時期に王家の遣いが来たということは、おそらくは先の大戦での戦勝を祝う王都での宴《うたげ》と、戦功を挙げた貴族への褒賞について伝えるためだろう。ノエインはそう予想を立てる。

こうした大きな戦争の後は王都で宴が開かれるのが常であり、また小勢でバレル砦を守り抜いた自分は、功労者の一人として国王より褒賞を賜ることになる。戦争終結後、ノエインはフレデリックからそう聞かされていた。

王家の使者をあまり待たせるわけにもいかない。そう考え、足早に応接室へと向かう。

マチルダとキンバリーを引き連れて応接室に入ると、王家の遣いである騎士は、お茶を出されてクラーラの応対を受けながら待っていた。

領主の入室を認めた騎士は、すぐに立ち上がる。

「ノエイン・アールクヴィスト士爵閣下」

敬礼しながら、騎士は自身の名と、自身が王家の遣いであることを言った。

「王都よりはるばるご苦労さまです。どうぞ、座ってください」

相手はあくまで遣いであるが、貴族の中でも最下級の士爵であるノエインは、王国軍騎士とそこまで立場に差があるわけではない。また、この騎士は王国軍人としての軍務中なので名のみを名乗ったが、フレデリックのようにどこかの貴族家の子息である可能性もある。

なのでノエインは、努めて丁寧に応える。

「それでは早速ですが、お話を伺いたく思います」

ノエインが切り出すと、騎士は頷《うなず》き、懐から革製の筒を一本取り出した。

筒の蓋が開けられ、その中から丸めて封蠟《ふうろう》をされた羊皮紙が出てくる。

「ご確認をお願いいたします」

「……確かに」

騎士に羊皮紙を示されたノエインは、封蠟に王家の家紋が押されており、まだ割られていないことを確認する。

その上で、騎士は封蠟を割り、羊皮紙を開き、自身の顔よりやや低い位置で掲げた。

「読み上げます」

騎士が読み上げるのは王の言葉。なのでノエインとクラーラは、貴族として礼の姿勢をとり、拝聴する。

「……王暦二一四年、初春の戦いにおいて、ロードベルク王国は勝利した。ヴェダ山脈より南の決戦、そして北の要塞地帯での戦い。双方において歴史的な勝利を収めた。この戦いにおいて、多くの貴族が戦功を挙げ、王国に多くの英雄が生まれた。ロードベルク王家としては、諸貴族の忠節と貢献に報いるのは当然の責務である。予想を超える長期戦の中、小勢にてバレル砦を死守し、数倍の敵勢による攻撃を退けたノエイン・アールクヴィスト士爵もまた、王家が報いるべき英雄の一人である。よって、アールクヴィスト士爵には国王の名のもとに功績を称《たた》える証書と……アールクヴィスト士爵位に代わり、新たにアールクヴィスト準男爵位を下賜するものとする」

それを聞いたノエインは、礼の姿勢をとったまま、小さく目を開ける。自身の足元を見降ろしながら、僅かに口の端を歪《ゆが》め、そしてまた目を閉じる。

「これらの褒賞は、今年九月の王城での式典をもって正式に下賜する。ついては、九月十日までに王都リヒトハーゲンへと参上し、九月十五日の王城での式典及び戦勝の宴に出席するように。ロードベルク王国第十四代国王、オスカー・ロードベルク三世……以上となります」

騎士が読み上げる王の言葉を拝聴し終え、ノエインとクラーラは顔を上げた。

騎士から差し出された羊皮紙の書状を読み、そこに書かれている文言が読み上げられた内容と相違ないことを確認する。

「また、これは非公式の伝言となりますが……褒賞を下賜される諸貴族のうち、王国北西部貴族の皆様におかれましては、金銭的な褒賞がない代わりに国王陛下との会談の席が設けられるとのことです。その席に限り、陛下に直接の要請・要望をお伝えすることが許可されると」

「……分かりました」

金銭をもって報いるのは、領地復興が急務である南西部貴族のみ。北西部貴族には王家の金が割かれない代わりに、希望する事項について国王直々に便宜なり配慮なりが与えられる。そういう意味だとノエインは理解した。

「王城の式典では、閣下は戦功を挙げた他の貴族の方々と並んで、国王陛下より直々に褒賞を下賜されることとなります。また、戦勝の宴では、王国西部の貴族はもちろん、王国東部からも主だった貴族が出席する予定となっております……以上の説明をもって、私の務めは完了いたしました。

アールクヴィスト士爵閣下、ご陞爵《しょうしゃく》おめでとうございます」

「ありがとうございます。長旅でお疲れでしょう。客室を用意いたしましたので、今夜はどうぞお泊まりください」

そう言って、ノエインは部屋の隅に控えるキンバリーへと視線を送った。キンバリーに客室への案内を申し出られると、騎士はノエインに丁寧に礼を述べた上で、彼女に続いて退室していった。

室内に自分とマチルダ、クラーラだけになったことで、ノエインはソファの背にもたれかかり、ほっと息を吐《つ》く。

「ノエイン様、おめでとうございます」

「爵位を得て開拓を始めてから、僅か三年で準男爵に陞爵だなんて……素晴らしいですわ」

ノエインの右隣に座ったマチルダと、左隣に並んでいたクラーラが、揃《そろ》ってノエインに身体を寄せながら言う。

「二人ともありがとう。まあ、一応予想してた展開のひとつではあったけど……案外悪くないものだね。出世というのも」

微苦笑しながら、ノエインは二人と腕を絡め合う。

ノエイン個人としては、世俗での名誉にさほど興味はない。しかし、名声と地位はときに、自身の幸福を、自身の愛する者たちを守る上で強い力となる。そのことを、ノエインは書物の知識としてもぼんやりと知っていたし、この数年では経験をもって理解した。

なので、この陞爵を悪くないものだと思えた。

「国王陛下に直接の要請や要望を伝えられるというのは予想外だったけど、これもなかなか悪くない話だね。丁度よかった」

「どのようなお話をされるのか、もうお考えなのですか？」

妻の問いかけに、ノエインは意味深に笑いながら頷く。

「大まかにだけど、考えてるよ。こういう手札は、やっぱりアールクヴィスト領と、愛する人たち……君たちを守るために使わないとね」

そこで、ノエインの表情に、喜びや安堵《あんど》とは別の感情——憎しみが交じる。

久しく周囲に見せていなかった、凶悪な笑みが覗《のぞ》く。

「この手札があれば、僕の復讐《ふくしゅう》の自由度が上がる。使わない手はないよ……せっかく、憎き父上と対面できるんだからさ」

戦勝の宴には、王国東部からも主だった貴族が集まる。

ならば、王国南東部閥において盟主に次ぐ重鎮である、マクシミリアン・キヴィレフト伯爵——ノエインの父も、まず間違いなく出席する。

思っていたよりも早く再会することになった。さて、何を言ってやろうか。どんな顔を見せてやろうか。

「……ふふふっ、今からすごく楽しみだね」

思いを巡らせながら、ノエインは笑みを深くする。

あとがき

この度は『ひねくれ領主の幸福譚《たん》4　性格が悪くても辺境開拓できますぅ！』を手にとっていただき、誠にありがとうございます。エノキスルメです。

早いもので、シリーズもついに四巻目。ここまでたどり着くことができたのも、皆様にお支えいただいたからこそです。

今回ノエインが経験するのは、初めての大規模な戦争。味方は寡兵で、敵は数倍。戦場に孤立しながら、しかし援軍は未定。戦記物が好きな方にはたまらないシチュエーションではないでしょうか……性格の悪い奇策を駆使して戦い抜くノエインを思い切り書くことができて、作者としては大満足です。

ノエインが味わう苦悩も、今までとは一味違うスケールとなっています。ひねくれ領主たるノエインが、為政者として生きていく上で心の軸となるひとつの答えを得る……そんな物語を目指しました。手に汗握りながら、ノエインに感情移入しながら、読んでいただけましたら幸いです。

そして、前回に引き続き今回も嬉《うれ》しいお知らせです。この書籍第四巻と一緒に、コミカライズ版『ひねくれ領主の幸福譚』第一巻も発売となりました。

めまぐるしく表情を変化させながら、可愛《かわい》らしい一面も凶悪な一面も見せてくれるノエイン。普段はクールに澄ましているからこそ、ノエインに対するデレの一面が最強なマチルダ。曲者《くせもの》ぞろいで強敵で、だからこそ味方になると頼れるユーリたち従士。今はまだ物静かな町娘のアンナ。漫画ならではの鮮やかな世界観と、その中で活《い》き活きと動く登場人物たちが最高に魅力的です……どうか、ぜひ、手にとってみてください。

ここからは謝辞を。

戦場に立ったことでいつもとは少し違う表情を見せるノエインたちや、本巻からのキーパーソンとなる国王オスカーや、可愛すぎるメイド三人娘を魅力的に描いてくださった高嶋《たかしま》しょあ先生。いつも迅速に、そして丁寧にサポートしてくださる担当編集様。漫画というかたちで物語に命を吹き込んでくださる藤屋《ふじや》いずこ先生。本作の刊行にお力添えくださった全ての方々。本当にありがとうございます。心よりお礼申し上げます。

そして、ここまでシリーズと共に歩んでくださった読者の皆様。書籍化デビューから一年を越えた今も私が作家であり続けることができるのは、偏《ひとえ》に皆様のおかげです。ありがとうございます。どれほど感謝しても足りないほどです。

さて、前巻に続いて本巻でも、新たな波乱を匂わせる引きで物語を締めさせていただきました。ノエインはついに憎き父マクシミリアンと再会し、復讐《ふくしゅう》を前進させることができるのか。さらなる物語を、皆様にお届けできることを願っています。

コミカライズ
絶好調連載中!!
ひねくれ領主の幸福譚
コミックス第①巻好評発売中!!
漫画 藤屋いずこ
原作 エノキスルメ キャラクター原案 高嶋しょあ
COMIC GARDO
コミックガルド
オーバーラップ発
WEBコミック誌
連載はこちら!

作品のご感想、
ファンレターを
お待ちしています

あて先

〒141-0031　東京都品川区西五反田 8-1-5 五反田光和ビル4階
ライトノベル編集部
「エノキスルメ」先生係／「高嶋しょあ」先生係

スマホ、PCからWEBアンケートにご協力ください

アンケートにご協力いただいた方には、下記スペシャルコンテンツをプレゼントします。
★本書イラストの「無料壁紙」　★毎月10名様に抽選で「図書カード（1000円分）」

公式HPもしくは左記の二次元バーコードまたはURLよりアクセスしてください。
▶ **https://over-lap.co.jp/824005588**
※スマートフォンとPCからのアクセスにのみ対応しております。
※サイトへのアクセスや登録時に発生する通信費等はご負担ください。

オーバーラップノベルス公式HP ▶ **https://over-lap.co.jp/lnv/**

ひねくれ領主の幸福譚 4
性格が悪くても辺境開拓できますうぅ！

発行　2023年7月25日　初版第一刷発行
著者　エノキスルメ
イラスト　高嶋しょあ
発行者　永田勝治
発行所　株式会社オーバーラップ
〒141-0031
東京都品川区西五反田8-1-5
校正・DTP　株式会社鷗来堂
印刷・製本　大日本印刷株式会社

ISBN　978-4-8240-0558-8 C0093

【オーバーラップ　カスタマーサポート】
電話　03-6219-0850
受付時間　10時～18時(土日祝日をのぞく)

コミカライズ
連載中!!
お気楽領主の
okiraku ryousyu no tanoshii ryouchibouei
楽しい
領地防衛
～生産系魔術で名もなき村を
最強の城塞都市に～
Sou Akaike
赤池宗
illustration 転
ハズレ適性の生産魔術で
辺境を最強の都市に!?
転生者である貴族の少年・ヴァンは、魔術適性鑑定の儀で“役立たず”とされる生産魔術の適性判定を受けてしまう。名もなき辺境の村に追放されたヴァンは、前世の知識と“役立たず”のはずの生産魔術で、辺境の村を巨大都市へと発展させていく――！
OVERLAP
NOVELS

チートなスローライフ、はじめます。

異世界からクライロード魔法国に勇者候補として召喚されたバナザは、レベル1での能力が平凡だったため、勇者失格の烙印を押されてしまう。さらに手違いで元の世界に戻れなくなってしまい——。やむなく異世界で生きることになったバナザは森で襲いかかってきたスライムを撃退し、レベルアップを果たす。その瞬間、平凡だった能力値がすべて「∞」に変わり、ありとあらゆる能力を身につけていて……！？

Chillin Different World Life of the EX-Brave Candidate was Cheat from Lv 2